사하라의 진주
리비아

Libya 리비아

권영국 지음

사하라의 진주, 리비아

초판 1쇄 인쇄   2007년 11월 20일
초판 1쇄 발행   2007년 11월 25일

지 은 이   권영국
펴 낸 이   손형국
펴 낸 곳   (주)에세이
출판등록   2004. 12. 1(제395-2004-00099호)

주   소   412-791 경기도 고양시 덕양구 화전동 200-1 한국항공대학교
           중소벤처육성지원센터 409호
홈페이지   www.essay.co.kr
전화번호   (02)3159-9638~40
팩   스   (02)3159-9637

ISBN 978-89-6023-149-8 03810

사하라의 진주 리비아

권영국 지음

ESSAY

본 안내서를 내면서

'리비아' 하면 오지 아프리카의 한 나라이고 '카다피' 란 군인의 쿠데타에 의한 독재공산국가, 사막의 폭염의 나라 등으로 긍정적인 측면보다는 부정적 감정이 먼저 들었고, 일반적으로 발 딛기가 어려운 나라로 알고 있었다.

현장에서 일하는 상황만 듣고 상상 속의 리비아를 찾는 심정은 일한다는 것을 제외하고는 암울하기만 했다. 2006년 3월 20일 쌀쌀한 아침의 독일 프랑크푸르트 공항에 이륙하여 눈 덮인 알프스를 넘고 파란 지중해를 넘을 때까지는 기분이 좋았다. 아프리카 대륙이 보이고 '트리폴리' 상공에 이르자 오렌지색 먼지로 뒤덮인 하늘이 힘겨운 앞날을 예고하듯 가슴을 옥죄어왔다. 현대건설 현장 캠프에 이르러 방을 배정받았을 때 문 앞은 물론 방바닥에도 모래 먼지가 쌓여있었다. 창문은 모두 밀폐해 놓았고 식당출입구는 이중문을 만들어 먼지를 막았다. 암담했었다. 그러나 4월이 지나자 파란하늘과 지중해가 더없이 정겹게 다가왔다. 허나 여름이 오면서 몇 차례 불어 닥친 열풍은 뺨을 데우고 대지를 달구며 숨을 헐떡이게 했다. 이런 와중에서 리비아인의 도움으로 마주하게 된 상상도 못했던 엄청난 고대 유적들은 움츠렸던 나의 가슴을 활짝 열어주었고 리비아에 대한 관심을 재고하게 되었다.

유일신으로 철저히 무장된 현지인들과의 유대를 넓히게 되는 길을 하나하나 깨달으면서 경계의 대상에서 협조자와 친구로 가까워지게 된 것은 먼저 그들을 이해하려는 배려에 있음을 알았다. 힘든 정복과 투쟁의 역사와 근세 30여년의 비참한 이탈리아 파시스트의 지배는 그들에게 외세에 대한 불신을 심어주었다. 현실만 보고 그들의 끈질긴 삶의 역사를 외면하면 안 된다. 트리폴리 옛 도시의 좁은 미로들은 리비아인들도 들어가기 꺼리는 곳이었지만 혼자서 걸으며 그들을 이해해 보고 싶었다. 침울한 그들의 겉모습과는 달리 상상외로 조건 없이 친절하고 끝까지 나의 길을 안내해주던 빈민가의 하얀 옷을 입은 알 묵타르는 잊을 수가 없다. 사무실 옆에 앉아 나무뿌리로 이를 한 시간이고 두 시간이고 닦아대는 모습이 처음엔 메스꺼웠지만 목표를 향한 동반자가 되려면 그들의 관습과 사고를 이해해야 했다. 물로 어지럽게 뒤처리를 하는 그들의 변소문화가 불결하게 느껴지기도 하지만 어쩜 그것이 더 위생적일 수도 있다는 이해심이 필요하다. 나의 동료가 소변을 보고 손을 씻지 않았다고 따지는 그들이었고, 트리폴리 옛 도시의 300년 역사의 터키탕을 들어서는 나(이방인)를 보고 안내자에게 거세게 항의하던 그들을 이해하는 배려가 필요하다.

인간이 살아가는 목적은 어느 시대, 어느 곳, 어느 민족에게서도 같았음을 알아야 한다. 리비아에 대한 이번 여행은 나만의 세계가 아닌 세계 속의 나를 발견하는 또 한 번의 좋은 기회가 되었다.

시간이 지난 지금은 전혀 색다른 측면에서 리비아의 참모습을 보게 된다. 따라서 이 책은 리비아가 지금껏 잘못 알고 온 것과는 같지 않을 뿐만 아니라 광범위한 고고학적 보물의 나라이며, 사막 케러반 (caravan: 대상무역)과 사막에 꽃피운 문화와 더불어 지중해 연안의 온화하고 친근감 있는 현대적 장소들이 있고, 비옥한 농경지, 바위 덮인 고원지대 Hammadas와 광활하게 펼쳐진 사막(익히 알려져 있는 사하라 사막), 그리고 Ghat, Chad, Koufra 등의 푸른 오아시스가 있다는 것과, 깊고 기구한 과거사만큼이나 어두운 그림자를 털고 앞으로 무한한 발전의 잠재력을 가지고 있는 나라임을 발견하게 해줄 것이다. 그러므로 ① 리비아를 처음으로 방문하는 사람에게 ② 리비아의 고고학과 역사에 대한 정보를 얻고자 하는 일반 독자들에게 최소한의 유익한 정보를 제공할 수 있을 것이다.

그러나 이 책은 학문연구를 위한 것이 아니라 그동안 이 나라에 대해 너무도 모르고 지내왔던 사실들을 애써 연구해놓은 사람들의 출판물들과 필자가 직접 답사, 확인하고 기술하였지만 필자 스스로의 지식 부족과 빈약한 현지 출판물로 인해 보다 충실한 것을 기록하지 못했음을 염려한다.

하지만 이 나라에 대한 정보가 국내에 거의 전무한 점을 안타깝게 생각하던 차에 이 나라에 와서 만 13개월을 머무는 동안 애써 수집한 정보를 장차 관심 있는 관광객들에게 전할 수 있음을 다행으로 여긴다.

낯선 문화와 역사에 대한 어려운 문장들을 다듬고 출판에 대한 용기와 함께 사진들을 정리해준 나의 아내 미정에게 감사하고 선뜻 출판에 응해주시고 애써주신 (주)에세이 관계자 여러분께 감사드린다.

2007년 11월 15일
경기도 양평에서 권 영국

⬆ 트리폴리박물관의 '라이어'를 연주하는 미남 청년

⬆ 트리폴리박물관의 비너스 상

⬆ 트리폴리박물관의 최고급으로 장식한 전시물(검붉은 목곽 안에는 1997년 9월
한겨레신문사에서 '카다피'에게 증정한 기념물이 있다)

↑ 트리폴리 그린스퀘어(녹색광장)의 관광마차

↑ 트리폴리의 공예품가게

↑ 트리폴리의 전통악기 가게

↑ 전통음식(식사 때가 되면 날개 돋친 듯 팔린다)

↑ 녹색광장에서의 결혼하기 좋은 날의 풍경

↑ 물 담배 파이프 가게

↑ 어로 작업 모자이크

↑ 사자에게 죄수를 떠밀고 있는 장면

↑ 이종 동물 간, 동물과 인간의 싸움

↑ 바닥장식용 모자이크

↑ 홈즈(렙티스 마그나)의 셉티무스 세베루스의 개선문

↑ 홈즈의 하드리안 목욕탕

▲ 홈즈의 세베란 포럼

▲ 홈즈의 세베란 바실리카

▲ 홈즈의 원형경기장

▲ 홈즈의 원형극장

↟ 사브라타의 포럼의 회랑 유적

↟ 사브라타의 원형극장

↟ 사브라타의 원형경기장

↑ 가다메스의 '아인 엘 페르싸' 샘물(가다메스의 생명수)

↑ 전통악기를 연주하는 원주민

↑ 낙타로 모래언덕을 넘다

↑ 오아시스의 맑은 물

↑ 사막의 바위산

↑ 사하라의 거대한 모래 산

🔺 사막의 큰 얼굴

🔺 자갈과 모래의 바다

Contents

Contents

Map of Libya

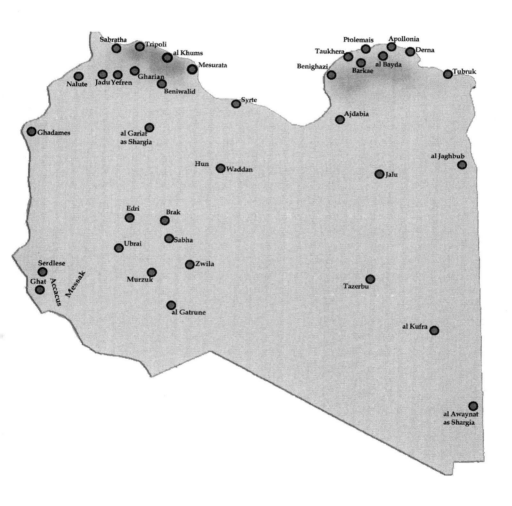

Sabratha Tripoli
al Khums
Mesurata
Ptolemais Apollonia
Taukhera Derna
Benighazi al Bayda Tubruk
Barkae
Nalute Jadu Yefren Gharian
Beniwalid
Syrte
Ghadames al Gariat Ajdabia
as Shargia al Jaghbub
Hun Waddan Jalu
Edri Brak
Ubrai Sabha
Serdlese Zwila
Ghat Murzuk Tazerbu
al Gatrune
al Kufra
Accacus Messak
al Awaynat
as Shargia

사하라의 진주 리비아

1. 리비아 속성 알아보기

Libya

-위치: 북아프리카 중앙부, 지중해 연안(북위 20-33도, 동경 20-25도)

-공식국명: 리비아 사회주의 인민 아랍 대중국가(The Socialist People's Libyan Arab Jamahiria)

-수도: 트리폴리(Tripoli), 175만 명

-독립: 1951년

-국가원수: 무하마르 알 카다피(1969년 9월 1일 혁명주도 후 계속집권)

-면적: 177만 5천 평방미터(한반도의 8배), 해안선: 약 2천 km

-인구: 약 556만 명(2005년)+비국적 체류자 약 150만 명

-기후: 사막기후+지중해 연안기후

-언어: 아랍어(자신들의 언어가 코란에 가장 충실한 표준 아랍어라는 긍지를 가지고 있다), Berber족은 자기들끼리는 Berber어를 사용하기도 한다.

● 혁명이후 아랍어 전용정책을 강력히 실시하여 거리의 간판, 도로 표지판, 공문서 등이 아랍어로만 되어 있다.

● 최근 영어가 확산되고 있으나 영어로 의사소통을 하기는 어렵다.

-화폐: 디나르(Libyan Dinar), 1.34LD = 1us $(2007.3)

-종교: 이슬람교(수니파) 100%

(3개의 가톨릭 교구가 있는데 현지체류 외국인 전용: 약 5만 명으로 추정)

※ 모든 생활규범은 코란을 기준으로 운영하고 종교는 개인생활은 물론 정부시책에도 많은 영향을 주고 있다.

-1인당 국민 총생산: 약 6천 달러

-국기: 녹색 단색 기(녹색은 회교에서 신성한 색으로 간주됨)

-주요도시: 뱅가지(95만), 자위와(55만), 미수라 타(50만), 제벨가르비(35만), 주와라(35만), 페잔(35만), 세브하(30만)

-국가위상

●아프리카에서 4번째로 큰 나라

●아프리카 최대 산유국(석유, 가스, 석탄 등 자원 부국)

●고고학적 고대 도시와 사막 고대 문명의 보고

-향후전망

●2006년 국제관계의 완전회복(친 서방선회)과 유가급등에 의한 오일머니 확대로 급속한 문호개방과 대대적 국토개발예상

●개혁 개방정책으로 서비스 급성장(거리에 매일 새로운 상점 개장)

●특히 트리폴리와 튜니지 국경사이 40km해안에 '중동 판 홍콩' 경제자유 도시 건설계획(2006년 국가원수의 차남인 '알 사디 카다피'

가 영국일간 '인디펜던트' 와의 인터뷰에서 밝힘). 따라서 '경제와 개방, 국제관계에서 리비아에 혁명적 변화의 전환점이 될 전망'

-중동일간지 하얏트-

● 10억불 규모의 공항현대화계획 시행(마스트 플랜 및 설계업체 선정 작업 중) (2007년 1월말 현재)

-한국과의 관계

● 무역보다 건설 프로젝트로 한국과 친밀

동아건설: 리비아 대수로 공사 1단계 공사(완공)

대한통운: 리비아 대수로 공사 2단계 공사 중(2006년 현재)

현대건설: '자위아' 복합화력 발전소(리비아 최대용량) 건설 중 (2007년 현재)

대우건설: 벵가지 복합화력 발전소 건설 중(2007년 현재)

기타: 신라건설, 마주코 등

● 1999년9월 서울에서 한-리비아 공동위원회 개최 후 정례적인 협력채널 유지(2006년 8월 20일 트리폴리에서 4차 개최)

● 해외건설 총수주액의 제 2위 시장(2006년 한국기업 시공 중인 공사: 76억불)

● 리비아-차드-수단-홍해 송유관망 건설계획(한, 중, 일 공동자금)(2006년 9월 20일 한-리비아 총리회담시 기술위원회구성 합의)

● 자동차, TV, 에어컨, 냉장고 등 전자제품 수출 러시(국민 선호도 상위권, 한국 출시 거의 전 차종의 자동차를 거리에서 볼 수 있고, 에어컨은 어디에서든 볼 수 있음)

2. 리비아 여행 시 준비 및 알아두어야 할 사항

Libya

01 비자취득

해외여행 중 제3국 리비아 대사관에서 사증취득은 거의 불가능하므로 반드시 출국 전 비자를 취득해야 한다. 사증은 목적에 따라 취업비자, 동반비자, 관광비자, 방문비자 등이 있고 이민국의 사전 승인이 있어야 비자가 발급된다.

1. 사증신청방법

●사증 종류에 따라 주재국에 거주하는 초청인, 리비아 현지 여행사, 또는 현지 우리나라 업체(초청업체가 없는 경우 한국무역관)를 통하여 관련서류(초청장, 여권사본 등)와 함께 리비아 이민국에 사전 입국승인을 요청한다.

● 리비아 이민국은 입국승인 관련서류를 심사한 후, 주한 리비아 대사관에 입국사증 발급을 위한 입국승인 사실을 통보(Visa Cable 발송)해주는데 이것이 확인되어야 발급받을 수 있다.

2. 사증신청 구비서류

●상기 사전 입국신청이 승인된 사실을 통보받은 신청자의 여권유효기간은 6개월 이상이어야 한다.

●여권용 사진 2장과 사증발급수수료(사증종류에 상관없이 5만원)를 가지고 주한 리비아 대사관에 비자 신청서를 제출

3. 취득 소요기간

리비아 이민국의 사증 서류심사 기간에 따라 차이가 있으나, 최소 1개월 이상이 소요된다. 자세한 사항은 주한 리비아 대사관에 문의(02-797-6001).

도착 후에는 이민국에 도착신고(1개월 이상 체류 시는 체류신고)를 해야 추후 출국가능하다(관련 여행업체나 체류호텔에 따라 도착신고를 대신 접수, 처리해 주기도 함).

02 출입국시 유의사항

입국 시 주류, 마약, 춘화, 돼지고기 및 그 가공품, 이스라엘제품 등은 반입 금지되어 있다. 좀 완화되긴 했으나 외국잡지, 신문, 비디오테이프등도 검열대상이다.

공항에서 입국비자를 발급하지 않으므로 각별히 유의해야 하며, 입국 후 일주일 이내에 이민국에 입·출국 관련 내용을 신고하고 방문사실을 확인받아야 출국이 가능하다. 또한 체류기간이 1개월을 초과하는 경우에는 출국 전에 별도의 출국비자를 취득해야 한다.

03 치안상태

대체로 안전한 편이지만 심야시간대, 사람이 드문 지역에서의 활동을

자제하고 남부 사막지역 여행 시는 현지인의 안내를 받는 것이 좋다.

04 공항여건

프랑크푸르트, 런던, 로마, 취리히 등 유럽경유와 카이로, 두바이 등 중동지역경유 항공편을 이용할 수 있다. 한국에서 주로 이용하는 노선은 루프트한자가 인천-프랑크푸르트-트리폴리(리비아), 대한항공이 인천-프랑크푸르트까지, 그리고 루프트한자로 트리폴리까지 이용하고, 에미리트항공이 인천-두바이-트리폴리를 운행한다.

05 기후(의복준비)

건조한 사막기후지만 사하라 사막과 지중해의 영향으로 기후변화가 심하다.

해안지역은 3~5월까지는 낮 기온 25℃ 내외, 5월말~9월까지는 낮 평균 40℃를 오르내리며 무더운 사막바람이 먼지와 모래를 동반하는 경우가 많다. 겨울(11~3월)이 우기에 해당하고 갑자기 많은 비가 쏟아지는 경우가 있으나 전체 강우량은 많지 않다. 겨울 아침기온은 5~10℃ 정도로 방한복은 필요 없지만 동복은 필요하다.

06 식당

한식이나 일식당은 없고 중국식당 두 개가 트리폴리에 있다. 2003년 4월에 개장한 코린씨아 호텔(리비아 내 유일한 5성급 호텔)내에 양식당과 동양식당, 오픈뷔페가 있으나 비싸다.

07 호텔

코린씨아 호텔(최고시설로 1박2식에 미화 300달러정도), 그랜드, 알마하리, 팔레스, 알타우수크, 케네디 등의 호텔이 있고 1박 2식에 미화 80달러부터이다. 물론 더 싼 숙박시설도 있으나 서비스 수준은 요금에 못 미친다.

08 쇼핑

백화점이나 대형쇼핑센터는 없고 개별산점이나 재래시장에서 품목별로 구입해야 한다. 점원들의 영어소통능력이 부족하고 현금휴대가 필요하다.

09 운전 및 크레디트카드

국제운전면허증은 인정하지 않고 도로 표지판이 아랍어로만 되어 있어 직접운전은 곤란하다. 크레디트카드는 사용이 거의 불가능하나 코린씨아 호텔에서는 숙식비로 Visa카드를 쓸 수 있다.

10 대중교통

● 리비안 아랍항공이 트리폴리, 벵가지, 세브하 등 주요도시를 연결한다.

● 철도는 없고 주요도시를 버스가 연결하며 인접국 왕래 직행버스도 있다. 트리폴리 시내엔 미니버스가 있으나 지정된 정류장이 완비되어 있지 않고 부정기적이다.

● 공영 황색 표시를 한 택시가 있지만 비공식택시와 요금 면에서 크게 다르지 않다. 비싼 편이므로 타기 전에 흥정을 잘해야 한다.

● 트리폴리와 벵가지에 국제항구가 있고, 두 개의 원유수송전용 항

구가 있으며, 다르나(Darns)에 새 항구를 개발 중이다. 트리폴리 여객터미널에서 이집트, 모로코, 말타행 선박편이 있다.

●주요도시 도로 및 지방간선 도로의 포장상태는 양호한 편이다.

11 예절 및 금기사항

●리비아에서는 사진촬영금지구역(보안시설)이 있고, 일반사람들을 상대로 사진 찍는 것도 문제가 될 수 있으므로 촬영 시 주의하고 미리 물어보고 찍는 게 좋다.

●남의 여자나 부인을 쳐다보거나 접근하는 것이 금기사항이다.

●친교 및 업무담당자와 접촉 시 아랍어 인사말을 쓰고 웃으며 덕담이 필요하다.

●현지정세나 자본주의사회의 장점(특히 미국편에서서)을 말하지 말아야 한다.

●유일신을 신봉하므로 타 종교를 얘기하거나 회교의 문제점을 들추지 말아야 한다.

●자존심이 강하고 낙천적(변덕스러운 면이 있음)이므로 문화가 뒤떨어졌다거나 못산다고 비판하는 행동이나 말을 삼가야 한다.

●리비아 여성에 관한 얘기나 술, 돼지고기 등의 섭취를 자제하고 회교계율에 어긋나는 이야기를 피하도록 한다.

●리비아인과의 다툼을 피할 것 - 현지 경찰은 자국민 보호주의적이다.

12 보건 위생

●건조한 날씨가 계속되어 전염병이나 풍토병의 우려는 없고 말라

리아의 매개체인 모기도 없다.

●수도가 대부분 우물물이어서 염분이나 석회분을 포함하고 있는 경우가 많으므로 물은 사서 먹는 것이 좋다.

●여름철은 고온에 직사광선이 강하여 피로가 축적되기 쉽고 간염의 원인이 되므로 충분한 건강관리가 필요하다.

13 전력 사정

표준전압 220v, 50Hz, 한국의 220v, 50Hz 규격제품이나 겸용제품은 사용가능하다. 여름철에 정전이 가끔 있으나 전기사용에 제한이 없고 공급사정도 좋아지고 있다.

14 시 차

한국보다 7시간 늦다.

15 한국기관 및 상사

●대사관: Abounawas Area Gargaresh st.

　　　P. O. Box 4781

　　　전화: (218-21)483-1322, 1323

　　　E-mail: libya@mofat.go.kr

　　　홈페이지: www.mofat.go.kr/llibya

●KOTRA 무역관

●건설업체: 동아, 대우, 현대, 신라, 마주코 등

16 사막 여행 시 준비사항

여름철 여행은 고온으로 인해 적절치 못하다(11~3월이 적기).

● 야영에 대비한 옷차림(내의, 동 잠바 등), 등산화, 선글라스

● 자신에게 맞는 간식(소형 밥그릇과 전용수저 준비)

● 구급약품(소화관련 약품, 진통제, 안약 또는 눈 세척제)

● 샤워가 어려우므로 갈아입을 속옷

● 카메라, 예비 배터리

3. '리비아' 라는 나라는?

Libya

01 리비아 역사 요약

고대부터 지중해 무역 요충지로서 외세에 의한 긴 식민지 역사를 가지고 있다.

- BC 1,000년경 페니키아인의 서부해안 진출, BC 800~700년간에 렙티스 마그나, 오에아(현 트리폴리), 사브라타 건설
- BC 631년경 그리스인의 동부해안 진출, 키레네, 벨루니스(현 벵가지), 아폴로니아 건설
- BC 86~AD 4세기 중엽까지 로마의 지배
- AD 431년 게르만계 반달족의 지배
- AD 500년경 비잔틴 제국(동로마제국)의 재 지배
- AD 642~643년부터 1551년까지 아랍의 지배
- 1551~제1차 세계대전 전까지 오스만 터키제국의 지배
- 1911~제2차계대전발발까지 이탈리아의 지배
- 제2차 세계 대전 중 영국, 프랑스 군의 군정
- 1951년 12월 24일 연방왕국 건설로 독립(Muhammad Idris 국왕)
- 1969년 9월 1일 무함마르 알 카다피(Muhammar Al- Qadhafi) 대

위를 중심으로 한 군부 쿠테타로 왕정폐지 → 리비아 아랍공화국 선포

- 1977년 3월 카다피의 제3세계 이론에 근거한 인민직접민주제도인 Jamahiriya(대중국가) 체제 수립
- 1986년 1월 미국의 대 리비아 경제제제조치로 미국인 철수
- 1986년 4월 미국의 트리폴리 카다피 숙소 지역과 벵가지 주요시설 폭격
- 1992년 4월 유엔의 대 리비아 제제조치
- 1999년 4월 유엔의 제제조치 정지
- 1999년 7월 영국과의 외교관계 회복을 시작으로 대외관계 개선
- 1999년 9월 서트(sirte)개최 OAU정상회의에서 아프리카통합 결의안 채택
- 2000년 7월 LOME(토고공화국의 수도)개최 OAU정상회의에서 카다피의 주도로 아프리카 연합법안 채택. 10월에 이의 비준서를 OAU 사무국에 기탁(36개 회원국)하고 아프리카 연합 창설을 적극 추진 중
- 2000년 10월 유엔총회에서 경제조치 제거 결의안 채택
- 2001년 5월 26일 AU헌법 발효
- 2002년 7월 남아공 더반에서 제1차 AU정상회의-AU정식 출범
- 2003년 12월 리비아의 WMD 개발계획 포기 선언
- 2004년 9월 20일 미국의 대 리비아 경제제제 완전해제
- 2004년 10월 11일 EU의 대 리비아 무기금수조치 해제(완전관계 정상화)

02 지리적 특징

서부의 트리폴리타니아(Tripolitania), 동부의 키레나이카

(Cyrenaica, 리비아사람들은 '바르카' 라 부름), 남부의 페잔(Fezzan) 세 지역으로 나뉘어 있다.

　지리학자들은 리비아에 대해 대서양에서 홍해까지 확장되는 대평원의 일부라고 말하지만 지역별로 다른 특징들이 있다.

　① 트리폴리지역은 남쪽을 향해 솟아오르며 비교적 광범위하게 한 단계씩 높낮이가 다른 일련의 지형으로 구성되어 있다. 지중해 연안을 따라 최북단에는 제파라(Jefara)라 불리는 낮은 해안평원인데, 자발(Jabal)이라 부르는 몇 가지 다른 지방이름을 가진 언덕들로 이어진 선까지 내륙으로 펼쳐진다.

　Jabal(산을 의미)의 여기저기에는 옛날 화산활동의 증거(오래된 분화구와 용암층)가 발견된다. 제파라와 자발지역은 단연 트리폴리의 중요한 지역들이다. 물 사정이 어디보다 더 좋기 때문이다.

　② 자발(Jabal) 남쪽에는 고원지대가 있다. 수백 킬로미터를 지나가는 고원지대는 동서로 이어지는 침하지대가 있는데, 지하물줄기까지 파내려간 우물이 있어 오아시스도 있다. 이 침하지대는 페잔 지역을 조성하고 상당히 큰 규모의 오아시스가 사막지역에 산재한다. 최남단 지역은 중앙 사하라의 산맥을 만들기 위해 눈에 띄게 솟아오르는데 어떤 지역은 3,600m에 이른다.

　③ 동쪽지방인 키레나이카는 약간 다른 형태로서 지중해를 따라 북쪽엔 두 개의 아주 가파르고 각각 수 킬로미터 넓이밖에 안 되는 약 600m의 고원지대가 있다. 이것이 키레나이카의 두드러진 돌출해안을

만든다. 따라서 낮은 해안의 트리폴리와 현저한 대조를 이루고 환초(環礁)로 둘러싸인 부분도 있다. 키레나이카의 북쪽 높은 땅은 Jabal Akhadar(푸른산)로 불리고, 벵가지와 대르나 두 도시는 인구밀집 지역이다. 키레나이카의 동부지역은 해안과 나란히 정렬된 낮은 산등성이로 구성되어 있어 Marmarica, Hadbat El Batnan으로 알려져 있고 주도시는 토부르크(Toburk)이다.

Jabal El Akhdar의 남쪽은 거의 사막이다. 여기저기에 몇몇 오아시스가 있는데 북쪽에서 Aujila, Jalo, Jaghbub, 그리고 남쪽에서는 Jawf, Zingen, Kufra(제일 큰 것임)가 있다. 이러한 오아시스들은 소수 거주민들은 물론이고 리비아의 어느 부분 못지 않게 중요하다.

마지막으로 키레나이카의 남쪽 먼 곳엔 중앙사하라의 산맥 Tibesti Ranges가 있고 페잔 남쪽까지 이어진다.

오늘날 리비아 The Jamahiriya는 1976년 이후 개발계획에 따라 모든 도시가 현대화를 통해 큰 걸음을 내딛고 있다.

03 지정학적 위치

리비아는 아프리카의 북쪽중앙에 있다. 북쪽은 지중해가 둘러싸고 동쪽은 아랍이집트 공화국과 수단, 남쪽에 나이제르와 차드, 서쪽에 튀니지와 알제리가 있다. 리비아의 해안선은 약 2,000km, 국토는 약 2백만 평방미터로 아프리카에서 4번째 큰 나라로 리비아 전 면적은 독일, 프랑스, 홀란드, 스칸디나비아를 모두 합한 면적과 같다.

이집트와 동쪽 아라비안국가들과 아랍세계의 경계사이에서 문화적, 지리적 가교 역할을 한다. 또한 지중해 국가와 유럽, 그리고 사하라 아프리칸을 연결해주고 있다.

04 지형적 특징

리비아의 땅은 석회질이거나 규소 석회질로 된 서로 다른 종류의 땅으로 되어있다. 불그스레한 땅은 주로 북동부에 있는 Jabal El Akhdar 지역에서 발견된다. 전체로 보아 다양한 지형적 지형으로 구성되어 있어 기후, 강우, 고도에 있어서 다양하다. 즉, 연안지대와 연안 Wadi(바닥이 마른강), 제파라평원(연안 그린벨트와 산맥사이), 동부의 산악지대(Jabal Nafusa, 리비아 북서지역, Jabal El Ajhdar)로 다양하다. 이들 산맥들은 지형적으로 매우 통일되어 있지만 영구적 와디들은 녹색지역을 형성한다. 그 밖의 남은지역은 가을과 봄에 정규적인 강우로 약간 기름진 준 사막지역, 준 사막이 연안까지 닿는 Sirte만, 사막 Hamada(바위 황무지), Seriv(자갈이 있는 모래), 또는 모래바다 (Sand sea)등이다.

05 기후

바다와 사막 모두의 영향을 받아 기후변화가 심하다. 연중 1월이 가장 춥고 8월(가끔은 7월)이 가장 더운 지중해 기후권인 연안지역과 산악지역을 제외하고는 열대성 사막 기후이다. 드물게 9월이나 6월이 8월보다 더 더울 때가 있다. 연안지역 여름 온도는 견딜만하고 대부분의 사람들은 에어컨 설비를 갖추고 있다. 해안지역은 3~5월까지는 섭씨 20도 내외, 5월말~9월까지는 섭씨 30도 이상, 10월~1월은 우기로 비가 자주오고 섭씨 5~10도이다. 해안지역을 벗어나면 5~9월은 섭씨 50도를 넘을 때가 있고, 남남서나 남동에서 불어오는 사막바람 (The Ghibli)은 건조하고 더운데 봄과 여름에 며칠 불어온다. 강할 때는 모래구름을 몰고 오기도 한다. 강우는 일정하지 않고 평균이란 의

미도 거의 없다. 연 강우량의 대부분이 한 계절, 심지어는 며칠 안에 내릴 때도 있고, 그 나머지는 다른 계절에 조금씩 내리거나 그것도 일시에 어느 작은 지역에 집중되기도 한다. 가장 강한 집중호우는 주로 트리폴리주변과 Jabal El Akhdar 지역에서 발생한다. 트리폴리의 연평균은 약 400mm이다. 사막 깊숙이는 실질적으로 비가 없어 강바닥이 마른 와디(Wadi)만 있다. 11월~3월이 겨울이고, 4~10월이 여름이다.

06 인구, 풍습 및 사회제도

1. 인구

리비아(Libya)란 이름이 처음 역사적 참고자료에 나오는 것은 BC 2000년의 고대 이집트문자 문장에서 나타난다. 거기서 기술하는 것은 이전의 키레나이카(Cyrenaica)에 거주하던 초기 부족들 중 하나인 Libua 또는 Libi였다. 그러나 그리스 역사가 헤로도투스(Herodtus)는 BC 5세기에 더 이른 다른 거류민들에 대해 언급했다. 트리폴리 동부의 Nasamone족, 홈즈 지역의 Macae족, 그리고 페잔의 Garamantis족이 그것이다.

그리스가 BC 약 631년에 이 나라 동부일부를 침공했을 때 'Libya'란 이름을 유지했듯이, AD 642년 이집트 통치자 Omar ibn Al-as가 이끄는 아랍 무슬림군대가 이 나라를 점령했을 때 리비아 사람들의 거부 없이 식민지화하기위하여 'Libya'란 이름을 유지했다. 그러나 아랍무슬림 첫 군대의 원정은 이 땅의 인구통계학적 상태에 드러나는 영향을 주지 않았다. 말하자면 소수인 그들의 군인들에게만 제한된 것이었다.

그러나 AD 1049년에 이 땅의 민족구성에 크게 영향을 미친 아주 중요한 사건이 일어났다. 즉, Fatimid caliph Al-Mansour의 치세 동안에 상부 이집트로부터 두 강력한 아랍무슬림 종족들인 Banu Hilaal과 Banu Saleem의 이주이다. 이들은 다른 종족들 간의 결혼을 통하여 13세기에 두 종족 간에 발생한 통합 때까지 점차적으로 원주민들과 통합됐다. 아랍족과 떨어진 다른 어떤 외국인 통치자들도 터키를 제외하고는 이 땅에 인구통계학적 또는 문화적인 어떤 주목할 만한 영향을 줄 수 없었다. 터키인들은 그들의 식민지 통치기간에 어느 정도 인구통계적 흔적을 남기는 데 성공했다. 그러나 전체 리비아 국민들은 아랍국가의 일부이다. 아랍국가의 최종목적은 아랍 만에서 대서양까지 펼쳐지는 전 아랍 통합이다.

오늘날 리비아는 리비아, 튜니지아, 알제리아, 모로코, 무리타니아 (Muritania)의 5개 국가로 구성되는 Arab maghreb union의 회원국이다. 리비안 아랍무슬림은 무슬림사회의 법전과 지침서의 원천으로서 신성한 코란을 단단히 쥐고 있다. 이슬람은 국교이고 아랍어는 공용어이다.

리비아 인구는 약 556만 명(2005)이고 연안지역에 거주하는 사람이 전체의 75%이다. 특히 트리폴리, 벵가지, 자위아, 대르나, 미수라타, 그리고 다른 작은 도시 순으로 분포되어 있다. 인구의 대부분은 아직까지 농업에 종사하지만 농경작의 기계화에 따라 많은 인구가 다른 분야에 투입되기 시작했다. 특히 석유탐사와 개발, 그리고 산업분야이다. 몇 가지 다른 직업으로는 전통적인 공예와 무역이 여전히 큰 규모로 실행중이며, 1969년 혁명으로 농업향상을 기하고 있다. 현재 가장 중요한 자원은 아프리카 제일의 산유국으로서의 석유와 천연가스, 철광석, 인산염, 소금, 농산물과 축산물이다.

아랍인이 정착한 이래 약 14개 대 부족들로 이어오면서 많은 부족이 분화하여 현재 약 500여 부족이 있으며, 주요 부족으로는 알 아베디아(벵가지), 알 바라이세(벵가지), 알하사(벵가지), 가다드(써트), 마가드마(트리폴리타니아),바라하마(트리폴리타니아)등이 있고, 구성비로는 아랍계 48%, 베르베르족 20%, 투아레그족 12%, 아랍, 흑인 혼혈 15%, 유럽계 5% 등으로 구성되어 있다.

1969년 혁명을 주도한 카다피는 페잔 지역의 시루티카 여러 부족의 특징과 야심을 몸소 실천하고 있어 대기업과 중산계급은 소멸되고 유럽 이민자들과 유대인이 추방되었다.

2. 식생활

아랍음식의 특징은 양질의 아랍 산 올리브유를 많이 사용하므로 기름이 많다. 주식인 양고기나 닭고기가 그렇고, 부침이나 볶음요리, 자주 먹지 않는 밥도 그렇다. 이런 아랍음식권의 리비아는 아랍과 지중해지역의 교차지점에 있어서 좀 색다르다. 특히 이탈리아의 점령의 영향으로 파스타나, 마카로니 같은 음식이 보편화되어 있다. 그럼에도 여전히 아랍적 특성을 가지고 있다.

가장 대표적인 리비아 음식은 쿠스쿠스(couscous)라고 기장이나 밀 등의 곡물을 넣고 끓인 것으로 고기와 감자가 주재료이다. 양파와 고기요리인 쿠프타(kufta)도 있다. 고기는 양고기가 선호되나 비싸서 닭고기를 쓰기도 한다. 이는 정식에 해당하고 전채로 먹는 리비아스프는 sharba이다. 이는 리비아의 대표적 스프로 향신료가 많이 들어간다. 아랍지역은 향신료가 발달하였고 오랜 역사를 가지고 있으므로 음식에 향신료를 많이 쓰는 것이 당연하다 할 것이다. 식사 후 디저트로는 과일이 나오는데 오렌지, 무화과, 살구, 올리브 등이 리비아 전역에서 재배되어 신선하고 맛있다. 보통 점심이나 저녁은 본식으로 먹지만 아침은 대체로 간단하다. 식품점과 정육점도 많지만 빵집도 많다. 빵이 주식이라 값이 싸고 길거리에 흔히 버려진 것이 빵이다. 정육점엔 갓 잡은 신선한 육질의 고기가 늘 매달려 있다. 외식보다 집안에서 식사하는 것을 선호하여 시내의 식당이나 카페는 외국인이나 젊은이가 대부분이며, 대도시가 아니면 식당이 그리 흔치않다. 1969년에 술이 금지되면서 많은 음식점이 폐쇄되었다.

간식으로는 당도가 매우 높은 대추야자나 말린 무화과를 많이 먹는다.

리비아산 과자나 초콜릿은 거의 없고 사우디아라비아, 터키, 이집트, 이탈리아 등에서 수입하며 슈퍼마켓에서 쉽게 구하지만 상대적으로 값이 비싸다.

최근에는 시내에 조각피자집이나 햄버거집이 생겨나기도 한다. 음료로는 오랜지, 사과, 포도 주스가 많고 펩시, 코카콜라 등 탄산음료를 좋아한다. 아랍인들은 차를 즐기는데 더위를 잊고 사람을 만나는 사교의 일환으로 차를 대해 왔으므로 그들에게 차는 삶의 일부분이라 볼 수 있다. 사막의 유목민들이 이동할 때 꼭 가져가는 것이 차와 찻잔, 그리고 주전자라 한다. 즐겨 마시는 차로는 조그만 잔에 진하게 타서 마시는 붉은 홍차, 민트차 그리고 땅콩차 등이다.

기호품들 중 담배 피는 사람이 많은데 거리에 모여앉아 물담배를 오랫동안 앉아 피는 것을 자주 보게 된다.

■ 길쭉한 빵을 갈라 속을 넣은 샌드위치

머프름: 양고기, 낙타, 소, 염소 고기를 넣은 것

켑따아: 머프름에 간을 친 것

톤: 참치를 넣은 것

글라예: 고기, 야채, 양파, 기름을 섞은 것을 넣은 것

샤아우르마: 터키식으로 닭고기나 양고기를 큰 덩어리로 만들어 쇠 꼬챙이에 꽂고 가스 불에 돌아가면서 익힌 것을 칼로 베어서 넣은 것

3. 경제체제

사회주의 경제체제와 시장경제체제의 혼합운용

주요산업은 국영기업으로 운영하고 물품의 제조, 판매, 수입은 정부가 통제

소매업, 유통업, 서비스업, 경공업 등 민간사업은 시장 메카니즘을 적용

4. 경제목표

농업의 자급자족, 제조업 생산기반의 확대, 사회간접 자본의 확충

5. 일반 산업 현황

· 석유부문이 GDP의 약 30% 차지(총 수출의 95%점유)

· 1988년 이후 소규모 자영업 허용, 민간부문 경제활동 범위 확대방침발표로 소비재 유통 분야의 민간부문 활성화가 가시화 되고 있음

· 전국토의 약 1.7%만이 경작가능하고 25%가 용수공급가능

· 1997년 외국인 투자유치법 제정

· 2004년 3월 361개 공기업 민영화 추진계획 발표

· 제조업은 GDP 의 약 10%, 근로인력의 약 10%가 종사

· 대규모 공사와 고도의 기술건설공사는 외국회사에 의해 실행되어 왔으나 꾸준히 자국화 정책 추진 중

· 2005년 8월부터 담배를 제외한 전 수입품의 관세철폐

· GDP성장률 5.1%(2004), 국민소득 약 6000불

· 원유생산: 일일 155만 베럴(2004)→200만 베럴(2007)

6. 교육제도

· 기본교육정책: 리비아 교육정책의 주목표 중 하나는 문맹퇴치이며 중등 교육까지 의무교육을 무상으로 실시하고 있다. 1977년 사립학교제가 폐지 되어 모두 국·공립으로 운영된다.

· 학제 및 학기: 초등교육 6년, 중등교육 일반과정은 3년이고 기술 또는 훈련 과정은 4년이다. 고등교육 일반과정은 3년이고 교사 또는 특수훈련과정은 4년이다. 대학교육 4년. 매년 9월에 학기가 시작되며 연 35주, 주 5일 수업이다.

· 대학현황: 벵가지의 리비아 종합대학을 비롯하여 총 25개의 대학이 있고 리비아인과 팔레스타인인은 무료이며 공공기관에 근무하는 아랍인과 외국인은 50% 면제된다.

· 외국인학교 현황

리비아정부가 운영하는 The College of the US Agression Martyrs(CUSAM: 일명 Oil Company School)와 Tripoli college가 있고, 리비아에 거주하는 자국인을 위해 대사관 또는 외국 업체가 설립한 British school, Turkish school, Italian school, Pakistan school, Bulgarian school, Russian school 등이 있다.

한인학교는 92년 4월 유엔제제에 따른 가족철수로 장기휴교 중 99년 폐쇄되었다.

7. 공휴일

3월 2일: 인권주권 선언일

3월 28일: 영국군 추출 기념일

6월 11일: 미국군 추출 기념일

9월 1일: 혁명 기념일

10월 7일: 이탈리아 식민주의 추출 기념일

8. 기타 풍습

· 결혼에 관하여

일부다처제가 허용되어 한 남자가 4명의 아내를 맞을 수 있다. 단, 경제적 여건이 충족되어야만 하고 한 지붕 아래에서 거주해야 한다. 이혼의 경우는 첫 이혼 후, 한 번은 재결합할 수 있으나 두 번째 헤어진 사람과는 다시 결합할 수 없다. 이 경우 남편은 절대로 각 부인을 차별해서는 안 된다. 해서 어느 가장은 24명의 자녀를 가진 사람도 있었다.

결혼 시 신랑은 자신의 주거를 가져야 하고 신부의 결혼 비용을 부담해야 한다. 때문에 많은 젊은이들이 나이가 들어도 결혼을 못 하는 경우가 많다. 집안 구조도 남녀가 따로 손님을 받도록 되어 있다. 따라서 음식 접대도 여자 손님은 아내가, 남자 손님은 남편이 시중든다.

· 사진 찍히는 것을 왜 거부하나?

교리에 의해 사진을 함부로 찍히는 것을 금하고 있다고 한다. 단, 여권용, 국적 증명서용, 활동사진은 가능하다고 한다. 그러나 지금은 그에 대한 거부감이 점차 줄어들고 있다.

■ Calendar

이슬람력(또는 Hjira)은 양력보다 만 11일이 짧다. 따라서 공공휴일과 축제일이 매년 11일씩 빨라진다.

· 1월: Tbaski는 Eid al-Adha 또는 Great Feast(대축제)로 알려져 있기도 하다. Tabaski는 아브라함이 하느님의 명령에 순종하기위해 자신의 아들을 희생하려했던 순간을 기념하는 것이다.

· 5월: Eid al-moulid 교주 모하메드 생일이 있다.

· 9월1일: 혁명일로 1주간 대중행진. 집결과 행사로 대표되는 리비아최대 축 제일로 민속 연 예단, 기수, 음악인, 다양한 군사 그룹들이 이때 트리폴리로 들어오고, 보통은 지도자가 Green광장에서 공식연설을 한다. 좀 아래지방에서는 대추야자 수확축제가 있다.

· December-Eid al-Fitr: 이슬람력 9번째 달은 코란이 모하메드에게 계시 된 때를 기념하는 Ramadan 축제기간이다. 경의의 뜻에서 무슬림들은 매일 해가 질 때 까지 음식이나 물을 먹지 않는다. 약 한 달 뒤에 오는 Ramadan의 끝 날을 Eid al-Fitr라 부르며 단식은 많은 축제가 이어지며 끝난다.

■ 리비아의 단색기

리비아 국기는 직사각형의 초록색 단색기인데, 초록은 이슬람교에서 신성한 색으로 알려져 있다.

4. 고대도시의 역사 및 방문하기

Libya

¤ 리비아는 오랜 세월동안 지중해의 비밀을 간직해온 곳이다.

01 리비아의 고고학적 관점

트리폴리, 키레나이카, 페잔의 고대 도시들에 대한 발굴 작업은 홀륭하고 열성적인 고고학자들에 의하여 2차 세계대전이 끝나고 1946년 이후에야 역사적 고도들이 세상의 빛을 보게 되었다.

2차 세계대전 후 고고학은 인간이 글자로 기록을 남기기 전 시대에 대한 정보의 주된 원천이 되어왔고, 사람들과 그들의 정착지, 그리고 그들의 활동에 관한 유물들의 조사를 통하여 과거 문명에 대해 연구하는 것이 되었다.

고고학적 유물들은 관광객들에게 핵심적 관점이라 하겠다. 그리스, 이탈리아, 스페인, 튀니지아, 이집트, 그리고 리비아 같은 몇몇 나라들은 오래된 고고학적 유물들을 가지고 있다. 어떤 경우이건 고대 유물에 대한 문화적, 역사적 가치를 따지려면 오랜 시간이 걸릴 것이다. 그러나 리비아의 사막에서 과거의 암벽 비문이나 다른 유물들에 대한 계속적인 발견은 이 사막이 단지 기름의 바다뿐만이 아니라 다양한 신기원들 속에 살아있는 거대하고 다양한 유물들이 숨어있는 곳이라는 것과, 그리고 그것들이 움직이는 모래에 의해 폐허 속으로 버려지거나 덮여져서 현재의 사막은 사라진 문명들의 일종의 무덤을 대표하는 것이라고 할 것이다.

미스터리 속에 빠져 있는 수많은 유물들, 고대인들의 정착지, 길, 댐, 기념물, 성채 등등의 구조물들은 사막을 거대한 야외 박물관으로 바꿔 놓을 수 있다.

3천 년 전에 발견된 Jarmah는 흩어져 있는 남부오아시스의 주된 중심이었고, 많은 역사적 신기원 중에 번창했었다.

몇몇 장소에서는 고대도시와 성의 유적을 볼 수 있고 그중 어떤 것들은 아직도 사용하고 있다. 그들은 '고다메스'에 있는 것처럼 고대리비안과 로마인의 본 모습이다. 또 무르즈크(Murzuk)와 주웨일라에서처럼 아랍무슬림의 본 모습이거나 터키와 이탈리아인의 본 모습들이다.

원추 형, 피리미드 형, 또는 다른 형태의 사당들과 무덤들이 있고 돌도끼와 석재무기들, 뼈 조각, 화살, 그리고 다양한 도자기 조각들은 고대인들에 의해 사용되었음을 뒷받침한다.

02 고고학적 가치가 빛나는 도시들

1. 트리폴리(Tripoli, 옛 이름: Oea)

트리폴리의 Tri는 그리스어로 'Three and polis'로 3도시란 뜻이니 트리폴리 동쪽 125km 지점에 있는 렙티스 마그나(Leptis Magna), 서쪽 70km 지점에 있는 사브라타(Sabratha), 그리고 오에아(Oea, 현 트리폴리)를 말한다. 렙티스 마그나 나 사브라타가 번영과 침체를 거듭한 끝에 지금은 이름과 폐허로만 남아 있는 반면 오에아(트리폴리)는 그때부터 지금까지 주민이 계속 살아오고 있다.

현재는 리비아 해안(Jeffara 평원) 도시 거주민들에게 가장 중요한 곳이고, 가장 오래 살아남은 역사적 도시들 중 하나로 간주된다. 트리폴리는 아프리카 북부지역과 지중해 유럽도시들 간에 교역루트로서 첫째가는 위치이다. 때문에 고대 페니키안 으로부터, 특히 로마시대 렙티스 출신 황제 셉티무스 세베루스(Septimius Severus)때 가장 빛나는 지역 발전이 있었다. 5세기 중반에는 반달(Vandals)의 침공으로 도시가 파괴되고 경제적 곤란이 겹쳐지게 되었다.

그러나 7세기경 북아프리카에서 이슬람의 서부로의 진출 동안 Arab 정복 후 중요하고 역사적인 역할이 나타난다.

아랍 무슬림은 642~643년 Omer Ben Al-Ass의 지휘 아래 트리폴리를 점령했다. 그가 회교사원(Mosque)을 지었다는 것 외에는 정복 후 그의 업적에 대한 기록은 없다. 그러나 아랍 무슬림의 가장 중요한 업적은 트리폴리에 아랍이슬람 도시로서의 진정한 개성(말과 종교)을 부여한 것이다.

트리폴리의 옛 성곽 도시(Medina)는 이슬람 도시를 특정 짓는 많은 전형적 특징들을 나타낸다. 동-서 아랍세계의 연결점인 관계로 이슬람 시대에 중요성이 컸다. 그러므로 아랍 여행자들과 지리학자들이 트리폴리에 많은 관심을 가졌으며, 모두가 9세기 아랍이슬람에 대해 쓴 여행 책에서 트리폴리에 대한 찬사를 기록하고 있다.

지중해 연안지역의 주요 항구로서 아랍어로는 타라블루스(Tarabulus)라고도 하며, 정식이름은 타라블루스 알가르브(Tarabulus al-Gharb)이다.

트리폴리의 역사는 복잡한데, 아랍의 구시가와 이탈리아가 건설한 신시가로 이루어져 있고 구시가에는 로마인이 163년 건설한 개선문을 비롯하여 1535년에 축조한 성벽, 1740년에 세운 사원 등이 있다. 신시가에는 이탈리아가 설계한 근대건축물들이 있고 1960년대 이래 석유 붐으로 시가지가 팽창하고 있다.

예로부터 지중해 연안과 수단 및 기니를 연결하는 대상로의 기점으로서 중요한 상업중심지가 되어왔기 때문에 1951년 리비아의 독립까지 그 지배자가 끊임없이 바뀌었다. 17~18세기에는 해적 기지가 되어 여러 차례 영국과 프랑스 함대의 포격을 받았고, 1804년에는 미국함대에 의해 봉쇄당하였다. 제 1차 세계대전 중에는 이탈리아인에 의해 장악되었고, 제2차 세계대전 중에는 영국군과 독일-이탈리아군 간의 격전지가 되었고, 1843년 1월엔 영국에게 점령되었다.

땅콩, 올리브유, 다랑어, 감귤류 등을 수출하는 비옥한 오아시스에 자리 잡은 아름다운 도시로 남쪽에 국제공항이 있다. 레바논의 트리폴리와 구별하기 위해 옛날에는 '바르바리 해안의 트리폴리' 라 불렀다고 한다.

● 고대도시 오에아에 대한 고찰

Marcus Aurelius의 아치를 제외하고는 고대도시의 건물들은 중세의 건물들과 현대 트리폴리의 건물들 아래로 사라졌다. 따라서 체계적인 발굴은 불가능했다. 다만, 다수의 발굴물들이 철거와 건물공사 과정에서 발견되었고, 어떤 것은 후기의 도시형성 상태로부터 추측될 수도 있다.

마르크스 아우랠리우스의 아치

Marcus Aurelius의 아치는 Old city의 북쪽 끝 가까운 광장에 서 있는 승리의 개선문이다. 그것은 당시 한 현지 시민과 행정장인 Caius calpurnius elsus의 비용으로 건립되어 AD 163년에 황제 마르크스아우랠리우스 와 루시우스 배루스 에게 헌납되었다. 옛 도시의 주 도로 교차점에 있고 2개의 아치를 가진 4면이며, 전체가 대리석으로 지어졌고 그 사실을 비문에 기록했다. 그리스 석공 작품으로 판명되며, 아치에서 루시우스 배루스의 조각상이 발견되었고 화환을 들고 있는 큐피드(cupid), 날개달린 여신들도 있다. 승리의 여신들 아래에는 아폴로[1]와 미네르바[2], Oea의 보호신들, 신의 제단과 갈가마귀, 여신들의 투구, 방패, 창, 올빼미 등이 나타나 있다. 왼쪽의 삼각소간에는 아폴로가 날개달린 그리핀(몸통은 사자이고 머리와 날개는 독수리인 괴물)이 끄는 전차를 몰고, 그 아래엔 신의 갈가마귀, 7현으로 된 수금, 라이어, 활, 흔들리는 월계수 가지가 훌륭하고, 균형을 위해 오른쪽 소간에는 날개달린 불사조가 끄는 전차 안에 미네르바(Minerva)가 있다. 여신의 투구, 그 위에 그녀의 올빼미가 높이 앉아 있고, 그녀의 방패, 창, 올리브 가지들이 있다.

원래 박공벽 속에 서 있었던 5개 형상 중 4개가 보존되어 있는데 중

1) 아폴로: 그리스, 로마 신화의 아폴로(태양, 빛, 의학, 음악, 시, 젊음, 남성미 등을 주관하는 신)
2) 미네르바: 로마신화의 미네르바(공예, 지혜, 전쟁의 여신, 그리스 신화의 Athena에 해당)

앙의 여인상은 높은 원통형 머리장식 너머로 망토를 우아하게 드리우고 있다. 아마도 튀케(Tyche 그리스 신화의 운명의 여신) 또는 Oea 거류민들의 좋은 행운을 의인화하는 것일 게다. 그녀의 한쪽에는 도시의 수호신 아폴로와 미네르바가 서 있다. 아폴로는 그녀의 오른쪽에서 잎이 달린 월계수의 작은 가지를 들고 피톤[3]이 똬리를 틀고 있는 Delphi(고대 그리스 델피신전)신전의 제단 위에 기대어 서 있다. 투구를 쓴 미네르바는 창과 방패를 들고 있고, 아폴로 다음에는 쥬피터[4]와 Leda[5]의 쌍둥이 아들 Dioscuri의 하나가 그의 말고삐를 잡고 있다.

트리폴리 성(The Tripoli Castle)

트리폴리 성(Tripoli castle) 또는 아싸라이 알 하마라(Assaray Alhamara)라고도 하며 항구를 조망하여 바다와 육지로부터의 공격을 막기에 적합하게 되어 있다. 기원전 7세기 페니키아인이 쌓은 작은 목책에서 시작된 성채는 로마, 반달, 비잔틴, 아랍 등의 침략과 지배를 계속 받아 오면서 점점 그 모습도 바뀌었고 규모도 확대되었다.

현존하는 성채의 원형이 완성된 것은 16세기 전반으로 스페인 군이나 성 요하네스 기사단이 트리폴리를 지배했을 당시이다. 성 내에는 화단이나 분수가 있는 정원이 있어 스페인 성을 연상케 한다.

642년 Amr Ibn Al-as지휘하의 아랍무슬림의 점령 후 이 성은 더욱 탄탄해졌고 계속되는 아랍통치자들에게 사용되었다. 성은 해자(성 둘레에 물을 채운 도랑)에 의해 도시에서 분리되고, 성을 둘러싸고 있는

---

3) Python: 그리스신화의 피톤으로 Delphi 근처에서 아폴로가 퇴치한 거대한 뱀
4) Jupiter: 로마신화의 쥬피터로 모든 신의 왕으로 천계의 최고 신, 그리스 신화의 제우스에 해당한다.
5) Leda: 그리스신화의 레다로 스파르타왕의 아내였으나 백조의 모습으로 찾아간 제우스의 사랑을 받아 Helen을 낳았다.

바다와 연결했다. 모든 면으로부터의 보호는 성안에서 조절되는 다리를 제외하고는 입성이 불가능했음을 의미한다.

Abo Yahia Elhiani가 트리폴리 통치자가 되었을 때는 그 자신과 그의 참모들을 위한 거처를 성에 추가했고 그것을 El Tarma라 불렀다.

본래의 설계는 계승되는 통치자들의 입맛과 수요에 따라 자유롭게 바뀌고 추가되었다. 총 면적이 약 4,000평이고 동북 면이 115m, 북서 면이 95m, 남쪽 면이 130m, 남동 면이 140m, 최대 높이 21m이다. 스페인 점령 시 스페인 사람들은 방어 성벽과 요새에 대한 많은 작업을 했으며, 특히 트리폴리 성에 대해 그랬다. 두개의 탑을 더 지었는데 하나는 남서쪽에, 다른 하나는 남동쪽에 세웠다. 그 당시 흐름에 맞는 무기운용 전략에 따라 다른 종류의 대포들을 배치할 수 있도록 많은 개방 부를 두었다.

성 요한(John)의 기사들이(1530~1551) '성 바바라 요새(Fort St. Barbara)'라 불린 다른 하나의 요새를 북동쪽 코너에 지었다. 그 주 출입구가 남쪽 벽에 있다.

1551년에 터키가 점령했을 때 그들은 건물을 확장했다. Murad Agha는 성의 교회를 Mosque(회교사원)로 전환했다. 터키인 통치자는 그들의 주거지로 이 성을 사용했다.

Ahmed Basha Karamanly가 1711~1835 나라를 지배했을 때 그와 그의 가족은 도시의 방어체계에 특별한 주의를 기울여서 성을 그의 개인 주거지로 바꿔버렸다. Karamanly의 지배기에 큰 홀을 갖춘 건물하나가 트리폴리 통치자를 위해 추가되었는데 거기서 대표자들과 외국사절들을 만났다.

성에는 조폐소와 법정, 국가 공공약국, 상점, 감옥, 방앗간 등이 포함되어 도시안의 작은 도시 같았다.

1911년 트리폴리를 넘겨받은 이탈리아인 통치자는 현재 박물관으로 바뀐 부분을 그의 공식적 사무실로 사용했다.

오늘날 트리폴리성은 도시의 가장탁월한 건축적 특징이다. 내부는 다른 부분들로 복잡하고 거리 역할을 하는 아치로 된 통로들로 연결된다. 성안의 각기 다른 높낮이에 있는 많은 정원들이 각기 다른 특징들을 가지고 있어 흥미롭다.

트리폴리 박물관(The Museum of Tripoli castle)

트리폴리 성 박물관은 리비아 고대 유물 관리부가 유네스코와 합작으로 설립하여 1988년에 개관했다. 성벽 안에 있지만 성벽보다 낮기 때문에 성의 역사적 특징(외관)을 손상시키지는 않는다.

이탈리아의 유명한 건축가가 설계한 이곳은 체계적으로 잘 구성된

트리폴리 국립박물관

전시관으로 정평이 나 있으며 희귀동물과 식물, 조류, 어류, 곤충(특히 나비)등의 박제표본도 볼 수 있고 리비아의 전통산업(농업, 임업, 목축업)의 고대유물도 보존 전시되고 있다. 4개 역사적 시기들로 분류해서 Libyan punic 유물관, 리비안 Roman유물관, 리비안 Greek유물관, 그리고 이슬람 및 현지 리비안 유물관으로 되어있고, 리비아 자연역사관이 추가되어 있다.

박물관의 조각상

본 박물관에는 사브라타, 렙티스마그나, 오에아 등의 현지에서 볼 수 없었던(본래는 그 자리에 있어야 했지만) 귀중한 유물들과 사막에서 발견된 암각화와 원주민의 생활상 등이 전시되어 있다. 세계 여러 나라의 박물관에 비해 결코 큰 범주에 드는 건 아니지만 리비아를 위하여 있을 것이 있는, 이 나라만의 맛을 느낄 수 있어 리비아 방문자는 꼭 한번 둘러봐야 할 곳이다.

개관시간: 일 2회(09:00~12:00, 14:00~17:00), 월요일과 국경일은 휴관

아흐메트 바샤 카라만리 회교사원(The Mosque of Ahmed Basha Karamanly)

이 사원은 1711~1745년까지 Karamanly국가를 세웠던 Ahmed

Basha Al- Karamanly가 1736년에 건설했다. 내부공간을 장식한 다양한 재료들(특히 모자이크가 유명)로 메디나(Medina-구시가 이름)에서 가장 크고 가장 아름다운 사원으로 간주되며, Omer Ben Al-As가 642~3년 트리폴리를 점령했을 때 메디나에서 최초로 세웠던 회교사원의 폐허 위에 세운 것으로 알려지고 있다. 성벽에 면한 알 무셔(Al mushir)시장에 있으며 코란학교, 공동묘지, 무덤들이 있다.

시계탑(Burg Alsaa)

터키지배 시대부터 살아남은 유일한 타워로 Ali Reda Basha Algazary에 의해 건축되었다. 그는 1867~1870년, 그리고 1872~1873년 트리폴리를 통치했고 메디나를 아름답게 만들려고 노력했다. 타워작업은 Namiq Basha정부 기간인 1898년에 완공되었고, 1911~1943년의 이태리 점령기에 예술가 Abdallah Altonsy에 의해 보수 되었다. 최종 복구는 1991~1992년에 있었다.

시장(Souqs)

메디나의 시장들은 전통적으로 둥근 천장으로 둘러싸인 곳에서 선다. 역사적 시장으로 아직 살아 있는 것으로는:

Al Turk가 Souq, Farmel 또는 Greek Souq, Al Ruba Souq, Al mushir Souq, Gold & Silver Jewley Souq, Tarig Al Hilga Souq, Al Hoot Souq, Traditional Local Craft Souq, Al Kesdara Souq 등이 있다.

이들 시장들은 사하라 무역 루트를 통한 물품 이송과 남유럽 상선들을 연결해주는 대단한 경제적 가치가 있었다. 이 시장 내에는 다른 역사적 건물들도 있다. 1654년의 오쓰만Basha의 Fundiq(호텔)는 이태

골동품가게

전통악기점

수제전통악기 장인: 리비아 TV출연자

리 점령기엔 Polytheama 영화관이 되었고, 현재는 Al-Nuser 영화관이 되어있다. 또한 1699년의 Mohammed Basha의 회교사원과 1870년 트리폴리의 최초 시정 청 건물이 포함되어있다.

알-나그 회교사원(Al-Naug mosque)

Al findga Quarter에 있으며 7세기에 트리폴리를 점령한 아랍무슬림에 의해 지어진 것으로 초기 이슬람건축의 단순성과 우아함을 보여준다.

첨탑을 형성하는 광장은 전통적인 리비안 회교사원의 특성이고 이 종류로는 메디나에서 유일한 것이다.

세키 후리야의 쿠탑(The Kutab of Shekh Hooriya)

Kutab은 보통 모스크의 큰 방이다. 대개 사원 안에 있는 큰방이지만 기도 홀과는 분리되어 있다. 이 방의 벽에는 Holy Quran(신성한 코란)과 다른 종교서적을 놓는 책선반이 있다. Shekh는 돌로 된 연단이나 의자에 강의 중 집중하지 않는 학생을 톡톡 때리기 위한 긴 막대기를 손에 들고 앉아있다. 여기서 학생들은 코란을 명심하도록 배우고 세정식(특히 성찬식 전후에 몸, 손, 성스런 제기 등을 씻는 의식)과 기도방법, 그리고 수학을 곁들여 배운다. 종이대신 석판을 사용하고 필기구는 갈대로 만들었고, 잉크는 태운 털을 물에 섞어 만들었다. 과거에는 Kutab들이 리비아의 도시와 도시외곽지역에서 공공교육의 중요한 역할을 했다. 그것은 비용이 적게 드는 이로운 교육방법이었다.

아이들은 대략 5살부터 10살까지 공부를 계속하는데, 정오 점심시간을 포함해 종일 수업한다. 목요일 오후와 금요일엔 수업이 없고 자신의 아이들이 Kutab에 입학하는 날은 가족이 축하해주고 졸업 날은 잊을 수 없는 축제일이다. Shekh(보통 회교사원에서 신성한 코란을 가리키는 사람)는 전통적으로 부유한 가족들로부터 음식과 돈을 제공받는다. Kutab Hooriya란 이름은 이태리 강점 시 50년 이상을 가르쳐온 유명한 선생 Shekh Mukhtar에서 따왔다.

카라만리 저택(Karamanly House)

이 집은 Arab Arsat거리에서 가장 중요한 역사적 건물 중의 하나이다. 18세기 후반 1754~1793년간의 Ali Basha Al Karamanly의 통치기간에 건축되었다. 트리폴리의 유명한통치자 유셉 바샤 카라만리(1798~1832)가 그의 대가족과 함께 살았기 때문에 Al hareem house로 알려졌다. 이 거리에서 유셉 바샤(Yousef Basha) 정부로부터 많은 장관들이 살았다고 한다. 2차 터키 점령기인 1835~1911년에 이집은 터스키니(이탈리아의) 영사관으로 사용되었다. 지금은 완전히 복구되었다. 내부는 집안의 작은집으로 설계된 전형적 리비아방인 Dar Al Gabo의 훌륭한 본보기로 알려져 있다.

1987~1994년 옛 도시사업으로 시행된 복원가옥은 전통적 관습에 대한 트리폴리의 역사박물관이다.

Al Zahar Fundiq

터키점령기 이전의 여행객들은 개인집이나 Zawyas와 Ribats에서 하숙했다. 그러나 상업적 여행, 사하라 교역, 그리고 활동적인 상업지역으로서 트리폴리에 대한 명성의 증가와 함께 많은 숙박시설들이 메디나에 지어졌다. 기록에 따르면, 이탈리안 점령에 앞서 대략 35개의 호텔이 있었다. Al Zahar Fundiq는 메디나에서 가장 훌륭한 본보기중 하나이다. 사방이 시장으로 둘러싸여 있고 정면은 알 무셔 시장 안에 있다. 커다란 목재 문을 넘어 주 출입구는 지금 카페(cafe)구실을 하고 있는데 매일(특히 오후에는) 단골손님들로 가득하다.

미국 영사관(The American Consulate)

Karamanly시대의 리비아 해군은 매우 강했다. 특히 1798~1832년간의 유셉 바샤 통치기간에 그랬다. 해적행위가 해운업 이권에 강한위협을 드러냈을 때 리비아해군은 지중해의 주인이었다. 따라서 지중해에서 무역이권을 가졌던 모든 나라들이 안전한 항해를 위해 카라만리 정부와 협정에 조인했다.

미국도 1769년의 협정에 조인한 나라들 중 하나였다. 처음 미국영사관 건물은 Bab Al Bahr의 Zankat El Hamman에 있는데 카라만리 시대(1711~1835)에 지어졌음을 알 수 있다. 좀 더 최근에는 호텔로 사용되었는데 처음엔 El Khadamsi Hotel로 알려졌고, 나중에는 El Seri 호텔로 알려졌다. 메디나 사람들 사이에서는 그 안뜰에 커다란 야자수가 심어져서 'Tree House'로 불리었다고 한다.

Dargut Hammam

터키의 점령은 메디나에 대중목욕탕을 가져왔다. 이의 한 예가 지금도 사용되는 Dargut Hammam이다. 이것은 Eskandir 바샤가 그의 정부(1600~1610)시절 Dargut 바샤(1533~1565)의 궁궐유적위에 짓고 근접한 Dargut 모스크의 이름을 따서 이름 지었다. Zinget El-Hammam에 있고 밥 알 바샤의 대문 아주 가까이에 있다. 건물 자체가 방문할 가치가 있는데, 목욕탕의 내부 문으로 들어가면 안뜰이 있다. 위층으로 올라가면 오래된 무화과나무와 작은 도로가 있는 우물을 볼 수 있다. 이 작은 길은 우물에서 수로를 통해 목욕탕까지 물을 운반하는 동물들이 사용한 길이다. 안뜰에는 아직도 옛 샘이 있다.

매일 08:00~15:00개관하고 목, 금, 토, 일은 남자. 월, 화, 수는 여자가 이용할 수 있다. 한 시간에 2 디나르이다.

산타마리아의 가톨릭교회

17세기에 교회의 건설은 Alsagizly, Mohammed, 그리고 처음 터키 점령기의 Uthman같은 기독교 태생의 훌륭한 통치자들의 존재와 부합하는 트리폴리에서의 프란시스칸(이탈리아의 수도사 성. 프란시스가 창설한 프란체스코 수도회의)포교단의 활동과 관계가 있다. 이 교회는 Bab El Bahar란 이름의 가장 중요한 역사적 지역에 있다. 이태리 점령기에는 대성당이 된 이 위엄 있는 교회는 1615년에 교회와 같은

지역치안담당자 Dye에 의해 세워진 감옥 내 하나의 단순한 설교단이
었다. 1682년 포교단의 주거지에 이교회와 같은 이름으로 지어진 조
그만 교회는 1685년 프랑스의 트리폴리 공격에서 파괴되었다.
1703~1704년 새로운 교회가 이교회의 바로근처에 프랑스대사 Lamair
와 포교 단 처리담당자 Necola De Shew에 의해 세워졌다. 이 새로운
교회는 1829년에 확장됐고, 1891년에 재건축 되었다. 완성하는데 5년
이 걸렸고, 길이 40m,폭20m로 오늘날 볼 수 있는 건물이다. 지금 복구
중이며 Mohammed Lagha의 Hall로 명명되어 미술전시관이 될 예정
이다.

터키 감옥(Turkish prison)

15세기말에 시작되어 1830년의 국제협약에 의해 지중해의 북쪽과
남쪽에서의 해적(선) 활동이 끝난 17세기에 생겨난 많은 포로로 인해
발생한 Hammam에 의해 이름 지어진 감옥들이 건설되었다. 이 건물
은 1665년 트리폴리와 베니스간의 해전으로 불어난 포로들을 수용하
기 위하여 지어졌다. Uthman Elzagizly의 통치기간(1649~1672)인
1664년에 로마은행 앞 Dargut 바샤 왕궁의 유적위에 지었는데 672명
의 포로를 수용할 수 있는 86개의 감방으로 되어있다. 그 일부는 스페
인 영사의 주거지로(1878~1884)사용되었고, 후에 일부는 성직자들을
위한 학교교실로 사용되었으며, 다른 남은 부분은 감옥으로서 시 경찰
에 의해 사용되어왔다. 현재는 1997년 10월27일 어린이 문화를 위한
Christ House로 개관했다.

성벽(Walls)

트리폴리 성벽은 로마시대(BC 142~AD 455)에 존재했고 해안 쪽의 북-서 부분을 제외하고는 전 도시를 둘러쌌다. 이것은 트리폴리 정복에 관한 기록에서 옛 아랍글자로 언급되어 있다.

로마인들은 당시 지중해의 패자였으므로 바다로부터의 공격을 두려워 할 필요가 없었다. 이것이 796~797년 아랍통치자들이 연안 쪽에 성벽을 쌓은 이유 중 하나이다. 전체 도시 성벽은 후에 복구되었고, 10세기 중에는 성벽높이가 높아졌다. 3개의 옛 유명한 성문이 있었는데, 서쪽 벽의 Bab Zantha로 지금은 Elgadeed란 이름으로 알려진 것이고, 남동쪽 벽의 Bab Howard(알 무서 시장 입구), 북쪽 벽의 Bab Bahar(Elgadafi gate)이다.

세월이 흐르면서 인구가 증가되자 주택들이 성 밖에 지어졌고, 그 결과로 성벽이 방어적 관점으로부터 깨어지게 되었다. 바다를 면한 부분들이 파괴되고, 이탈리아 지배기간엔 더 많은 부분이 파손되었다. 현재 남은 것은 알 무서 시장에서 밥 엘후리야까지 연장되는 남동 부분과, 남서쪽에 있는데 밥 엘 자디드에서 Cistern of Medina의 언덕까지 연장된다.

· Ghorji Mosque

1834년 Mustafa Ghorji에 의해 대 모스크인 아메드 바샤 알 카라만리를 본떠 조그맣게 지었다. Gorji는 1795~1832년 트리폴리 통치자 유셉 바샤의 부유한 사위였고 당시 해군 사령관이었다. 이 도시에서 이런 스타일로장식을 이용한 두 개의 모스크중 하나로 모로코 스타일을 실현했다. 완성까지 14년이 걸렸고 알제리에서 온 예술가에 의해 수행되었다. 이 장식은 당시 터키건축을 반영하고 유럽에 유행하고 있던 Roccoco 스타일에 의해 깊게 영향을 받았다.

· 영국 영사관(The British Consulate)

이 건물은 메디나에서 가장 오래되고, 가장 크고, 가장 흥미 있는 주택 중 하나이다. 1711~1835년 Karamanlian 국가를 설립한 아흐매드 바샤 카르만리를 위한 주택으로1744년에 건축되었다. 이 건물은 메디나 주택들에서 발견되는 보통의 안뜰을 둘러싸고 있어 거의 그 자체가 하나의 요새이다. 포위공격에 대비해 건축했다. 카라만리 국가와 영국정부간의 관계가 아주 좋았기 때문에 영국대표자가 그의 공관으로 선택하여 18세기 중반부터 1940년대까지 사용되었다.

오늘날 이 건물은 1987. 12~1993. 3까지 복구되어 Abd Al EhaliQ Nwiji House란 이름의 문화센터로 되었다.

· Almokney Zawiya

Zawiya는 Sufis(무슬림 신비론 자)의 거주지이다. 그들의 원리(교리)를 가르치고 그들 추종자들의 숙식을 제공하는 곳이다. 또한, 월요일과 금요일 밤에 찬양의 구절을 암송하고, 알라(Allah)와 그의 뜻을 알리는 사람 모하메드의 영광을 암송하는 Sufi 의식을 집행한다. 또한 Ashora날(아랍달력의 10일)과 Ramadan(회교력의 제9월: 일출에서 일몰까지 단식함)시행 전 Shaban(회교력의 8월) 15일 동안의 밤에도 이 의식을 집행한다. 의식에서 모임멤버들이 북을 치고, 막간에는 사람들에게 차, 향기로운 오렌지, 꽃, 물, 그리고 아몬드와 섞은 대추야자를 제공한다.

Zawiya는 종교교육의 학교일뿐만 아니라 가난한 사람과 도보 여행

옛 도시의 거리인 좁은 통로

자들의 집이기도 하다.

이 건물의 이름을 낳게 한 폐잔의 통치자였던 Zawiyat Almokaney
는 그의 통치기간(1691~1700)중에 Zawiyat를 지었고 Zinget Al Kaiwa
의 두 주요 거리인 Al Kabera거리와 Khoshet Al sofar거리 교차로에 묻
혀 있다.

메디나의 다른 모든 것들 가운데 Zawiya의 명성에 대한 이유는 유
명한 Murabat Abdusalam Al asmar의 모스크에 있는 교실을 갖고 있
기 때문이다. 1991~93에 확장 복원되었다.

2. 렙티스 마그나(Leptis Magna)

만약 리비아에서 단 하나의 고고학적 현장을 본다면 여기가 바로 그
곳이다. 지중해 연안에서 가장 훌륭한 로마 유적지로 간주되는 이곳

의 장엄한 건축물들과 광대한 규모가 여행자에게 가장 깊은 인상을 줄 것이다. 지방 오락을 위해 전차경주가 치러졌던 경마장, 그리고 검투사들의 결투가 장관이었던 2만 명 수용능력의 원형경기장을 놓쳐서는 안 된다.

1921년부터 로마시대의 유적이 발굴되어 세배루스의 개선문, 공중목욕탕, 시장, 1세기 초에 건설된 웅대한 원형극장, 바실리카, 포럼 등의 유적이 양호한 상태로 복원되었다. 1982년 유네스코(UNESCO)에서 세계문화유산으로 지정 하였다.

● 렙티스 설립 역사의 요약

현 리비아 수도 트리폴리지역의 세 유명한 도시 중 하나인 렙티스마그나는 가장 잘 보존된 고대도시 중 하나이다. 다른 두 개의 도시는 오에아(Oea, 현 트리폴리)와 사브라타(Sabratha)인데, 세 도시를 Tripolis라 하였고 그리스어로 세 도시를 의미한다. 현재 홈즈에 있으며 대(大) 렙티스라고도 한다.

기원전 첫 천년의 초엽에 페니키아 상인들에 의해 설립되어 무역장소와 임시항구로 시작했고, 그들은 지중해의 동쪽 끝에 살면서 지중해전 지역으로 무역을 통해 부자가 된 사람과 뱃사람, 그리고 여행자들로써 잘 알려져 왔다. 아프리카 북부해안의 특징은 아프리카 내륙의 물품에 접근할 수 있고, 금속의 출처인 스페인 연안에 위치한 다른 페니키아 중심지로부터 짧은 거리라는 점이었다. 카르타고는 기원전 약 814년경 페니키아인에 의해 설립된 최초의 영구도시로 믿어져 왔고 많은 식민지와 여러 곳에 무역센터를 가지고 있었다. 페니키아인들의 다른 그룹들은 렙티스를 포함한 트리폴리지역 도시들을 설립했다. 기원전 7~8세기에 아씨리아인(Assyrians)에 의해 도시 티레(Tyre)와 시돈(Sidon)을 포함하여 자국이 침공된 후 페니키아인의 힘의 중심은 기원전 500년 이후에 설립된 키레나이카에 있는 그리스 식민지에 대항하여 트리폴리지역에 있는 새로운 페니키아인들의 도시들을 방어할 능력이 있고, 가장 중요한 지중해연안을 지배할 수 있는 강력한 국가가 된 신흥 카르타고6)로 옮겨갔다.

페니키아인이 렙티스를 무역항으로 선택한 가장 중요한 이유는 계곡 입구에 자연적 항만을 갖춘 지정학적 위치 때문이다. 렙티스는 Ka' am 계곡의 풍부한 곡식을 거둬들이는 거점이 되었고, 남쪽의 페잔(Fezzan)지역으로 가는 길을 따라 물이 가능했던 최고, 최단의 횡단 루트(Caravan route)의 시작점이 되었다.

카르타고 인의 시대(The Carthaginian era)

Ka' am 계곡에 있는 그들의 식민지 유지가 그리스에 의해 좌절된 후 기원전 6세기 말에 모든 트리폴리주변 도시들을 합병 할 수 있었다. 그리스와 첫 번째 직접 접촉은 그리스 식민지 키레네(Cyrene: 현 Shahat)에서 기원전 7세기경에 이루어졌고 거기서 국경분쟁이 계속되었으나 양측이 평화적으로 해결하기로 결정할 때까지 승자는 없었다. 키레네와 카르타고간의 국경은 기원전 6세기 말에 결정되었고 기원전 4세기에 다시 결정됐다. 키레네로부터 계속 공격을 받았으나 카르타고의 내륙은 알렉산더 대제(Alexander the Great)의 후계자 Greek Ptolemies치하의 이집트에 의해 유지되었으나 기원전 309년에 패배했

---

6) 카르타고(Carthage): 북아프리카 튜니스 부근에 있던 고대도시 국가, 기원전 146년 로마군에 의해 멸망되었다.

다. 그러나 수평선너머에 새로운 힘이 등장했으니 로마(Rome)였다. 계속되는 포에니전쟁[7](Punic War, BC 264~146)에서 싸우다 결국 카르타고가 패배하였다.

● 무역의 중심지(Emporia)

카르타고 지배하의 트리폴리지역 도시들은 그리스인에게 Emporia(상업중심 또는 무역거점)로 알려졌다. 로마인 도래 이전의 이들 도시들에 대한 지식은 미약하지만, 페니키아인의 동전(주화)들이 트리폴리 근처의 Bou Sita에서 발견된 바 있고, 약간의 페니키아인 조각들이 렙티스와 사브라타에서 발견되어 왔다. 트리폴리 근처의 또 다른 지역에서는 페니카아인들의 무덤과 비문들도 발견되었다. 카르타고는 그의 지배하에 있는 트리폴리지역 도시들에게 상업 및 경제적 독립을 허락하지 않았고 과중한 세금을 부과했다. 카르타고와 로마간의 협정서(BC 507년에 제정, BC 348년에 개정)하에 해로를 통한 무역은 카르타고를 제외한 모든 북아프리카 항구로부터 금지되었다. Leptis는 카르타고 시대에 트리폴리지역 도시들의 행정 중심지였고, 내부문제를 관리함에 있어서는 괄목할만한 자치권을 누렸다(로마역사가 Sallust에 의해 입증됨). Leptis의 경제는 1차적으로 내륙으로의 Cavavan(사막의 隊商)에 두었고 다음이 농산물이었다. 몇몇 유실수의 재배원리를 도입한 것은 페니키아인이었을 것이다. 특히 올리브(그때나 지금이나 주된 수입원임), 무화과, 석류, 복숭아, 포도, 아몬드 등이다. 페니키아인들은 금속농기구를 소개하고 농업방식을 향상했다. 그들이 건설한 물탱크, 댐, 우물, 관개시설들은 후에 로마인들에 의해 개

7) 포에니 전쟁(Punic Wars): 로마와 카르타고 간의 3회에 걸친 전쟁, 끝내는 로마가 승리

발, 확대되었다.

누미디아인과 초기 로마인 시대

북아프리카에 대한 로마인의 지배는 카르타고의 멸망 뒤 BC 146년에 본격적으로 시작되었다. 그러나 트리폴리지역 도시역사에 그들의 영향을 남긴 그 이전에 몇 가지 사건이 일어났다. 2차 Punic War(포에니 전쟁)(카르타고인의 전쟁. 218~202 BC)후 누미디아(Numida: 현재 알제리아)왕 마시니사(Massinissa: 전쟁 중 로마로 돌아섬)는 로마인들에 의해 트리폴리지역 도시들과 리비안 지역에 대한 그의 영향력을 확대하도록 고무되었다. 그는 BC 193년에 제파라(Jefara: 트리폴리지역)의 해안평원을 공격했고, BC 161년에 재침했다가 카르타고에 의해 격퇴되었다. 그 당시 카르타고는 로마에 의해 트리폴리지역 도시들을 포기하라고 강요받았다. 카르타고는 로마에 전쟁을 선포했고 그것이 로마의 간섭(3차 포에니전쟁-Punic War)을 불러와 마시니사의 야망을 꺾게 했으나 결국 BC 149년 카르타고는 멸망했다. BC 149년에 왕 마시니사가 죽고 그의 아들 미십사(Micipsa)가 계승, 그의 통치기간에 트리폴리지역 도시들은 자유와 자치권을 크게 누렸다. 특히 해상무역에서 이전의 카르타고인 들의 제약을 제기함으로써 Leptis는 로마의 경제적 궤도에 진입했고, 로마상인들은 Leptis와, 그리고 다른 트리폴리지역 도시들에 상업 센터를 건설하기 시작했다. 로마는 미십사(Micipsa)가 죽은 후 누미디아(Numidia)와 트리폴리지역의 내전에 개입되었으나 결국 BC 104년에 위성왕국을 세우는 데 성공했다. 이 시점에서 Leptis(아마 Sabratha와 Oea도)는 폼페이(Pompey)와 줄리어스 시저(Julius Caeser)간의 내전의 결과로서 모든 북아프리카를 로마가 직접통치하기까지 근 50년 동안 로마의 보호 하에 상당한 자치권을 주도록 하는 협약에 로마가 서명할 것을 요구했다. 그러나 Leptis는 폼페이의 사령관 Cato를 비호한 대가로 매년 3백만 파운드의 올리브기름을 중벌금으로 시저에 의해 강제로 바치게 되었다. 아우구스투스(Augustus)황제와 그의 계승자 치하에서 북 아프리카 영토에 대한 행정이 재편되었다. 내륙의 종족들에 대항한 군사작전을 몇 차례 떠맡아야했고, 네로(Nero) 사망 후 내부 로마인들 간의 지도력 싸움은 후에 Fezzan(현재의 리비아 내륙지방)으로부터 Garamantes의 도움을 불러일으킨 Leptis와 Oea(현재 트리폴리)간의 싸움을 포함하여 북아프리카의 정치적 혼란에 반영되었다. 로마는 Leptis에 군대를 파견하여 Garamantes를 쫓아낸 뒤 아프리카 내륙으로 들어가는 다른 군사임무를 위한 기지가 된 Fezzan을 합병하였다.

셉티무스 세베루스의 시대

로마제국의 생활 속에서, 특히 트리폴리타니아인과 키레나이카인은 AD 2세기와 3세기에 모든 면에서 발전과 번영의 시대였다고 판단된다. 트라얀(Trajan)시대(AD 98~117)에 Leptis는 로마식민지의 상태로 향상되었고 본래 리비아 사람이었던 로마황제 셉티무스 세베루스(Septimius Severus)(AD 193~211)치하에서 그의 출생지인 Leptis가 새롭고 화려한 건물들로 규모를 확장하는 등 번영의 정점으로 올라갔다. 이 시기 Leptis는 이탈리아 도시들의 권리와 비슷한 자신의 통제 하에 자신의 땅을 소유하는 부가적인 권리를 인정받았다. 이 번영의 기간은 AD 235년까지의 세베란(Severan) 왕조의 통치동안 계속되었다. 세베루스(Severis) 대제는 몇몇 리비안 종족을 정복하여 그들의 침략위험을 제거함으로써 그의 위업을 시작했다. 다음에는 경영에 주의를 기울여 실질적 개혁을 가져왔다. 리비아에서 내륙으로 가는 주도로들을 통제하는 일련의 외곽 요새들로 구성된 새로운 국경방어체계를 시작했고, 뒤이어 전 리비아 군인들에게 비과세 땅을 주고 내륙의 부족으로부터의 공격에 대항해 그들의 장소를 방어할 목적으로 다시 비축하는 과거 리비아 군인들에 의해 정착된 소작제도(AD 222~235년에 Alexander Severus에 의해 설립됨)를 실시했다. 알렉산더 세베루스(Alexander Seveurs)의 암살에 뒤이어 황제 Diocletian(AD 284~305)의 계승 때까지 50여 년 동안 로마제국은 혼란에 빠졌다. 그와 그의 계승자 콘스탄틴(Constantine: AD 307~337)은 제국의 붕괴를 막기 위해 열심히 일했고 행정을 재조직했다. 트리폴리는 Leptis를 수도로 하는 준 독립도시가 되어 처음엔 연합시민과 군사통치가를 두었으나 후에 모든 로마 아프리카(Roman Africa)의 방어는 'Count of africa-아프리카의 백작'의 치하에 들어갔다. 그러나 AD 4세기 중반부터 재개된 부족들의 침입으로 기울기 시작했다. 특히 아우스트리안족(Austurians)은 지방을 약탈하고(AD 363~367) Leptis와 다른 도시들을 포위 공격했다. Leptis 자체는 견고한 성벽으로 인해 파멸을 벗어났으나, 둑 관리를 소홀히 하여 홍수를 야기했고, AD 365년 지중해 지역에서 발생한 대지진으로 도시들의 파괴가 재촉되었다.

반달(Vandal)인의 침공과 비잔틴(Byzantine)시대

반달족8)은 북유럽을 통해 스페인에 이주하여 왕국을 세운 민족이다. AD 429년에 아프리카의 로마 통치자 보니파스(Boniface)는 자신

---

8) 반달: 5세기에 로마를 침략하고 예술, 문화를 파괴한 게르만의 한 민족

의 로마와의 분쟁에서 자신을 지원하도록 반달족을 끌어들였다. 그런
데 평화가 결정되었을 때 반달족은 스페인으로의 철수를 거절했다.
반달족은 로마인을 대체하여 아프리카의 통치자가 되었다. 그들은 아
라아니즘9)으로 알려진 기독교 이단의 추종자들로서 가톨릭교회를 박
해하고 도나티스츠(Donatists)로 알려진 토착원주민의 다른 기독교인
아프리카 기독교인들에게 호의를 베풀기 시작했다. 반달족은 카르타
고를 그들의 수도로 만들고 트리폴리타니아 도시들에 대해 큰 주의를
기울이지 않았다. 그들은 트리폴리의 방어를 구축하는 일을 더 이상
하지 않은 반면에 도시를 반란의 시작으로부터 예방하기 위하여 고의
적으로 Leptis의 성벽을 손상시켰다. 그러나 AD 469년에 황제 Leo가
파견한 비잔틴군대는 반달족의 왕 겐세릭(Genseric)을 쳐부수는 데
성공했다. 그들은 3년 동안 트리폴리타니아의 도시들에 머물렀지만
뒤이어 철수했다. AD 477년에 겐세릭의 죽음에 뒤따라 리비아인 종
족들의 반란이 재개되었다. 그들은 광범위하게 낙타를 이용한 기동성
을 증가시켜 가끔씩 반달족을 쳤다. 그리고 위대한 지도자 벨리사리
우스(Belisarius)는 유스티아누스(비잔틴제국의 황제〈483-565〉) 통치
하의 비잔틴제국을 위해 AD 534년에 북아프리카에 개선했다. 그리하
여 트리폴리타니안 도시들에서 마지막 로마인의 번영이 이루어졌다.
비잔틴은 디오클레티안(Diocletian)에 의해 이전에 정립해놓은 체계
에 따라 통치를 재조직했는데 Leptis는 또다시 그 지방의 수도가 되었
다. 천주교가 견고하게 설립되었고 트리폴리타니안 도시들의 많은 바
실리카10) 공회당들이(Leptis에 있던 Severus의 바실리카를 포함해서)

---

9) Arianism: 아리우스파 학설 – 그리스도의 神性을 부정함
10) 바실리카(Basilica): 고대로마의 바실리카, 공회당으로 집회, 재판, 따위에서 사용된 장
   방형의 큰 건물

교회로 탈바꿈되었다. 비잔틴은 또한 현재의 성벽 밖에 있는 고대 건물들로부터 가져온 재료들을 이용하여 많이 축소된 규모로 Leptis와 Sabratha의 성벽을 재건했다.

비잔틴의 통치는 AD 643-644년에 시작하는 리비아의 이슬람 아랍11) (Islamic Arabic)의 정복에 의해 끝나게 되었는데 그때 Leptis는 베르베르족(Berbers)의 후아라(Huara) 종족으로부터 떼 지어 거주하게 된 하나의 작은 도시였다. Leptis는 AD 7세기 말까지 저항을 계속해온 베르베르족에 대항한 아랍인에 의해 방어가 강화되었다.

그 후 군대의 본부가 Leptis로부터 현재 홈즈(Homs)라 불리는 마을 근처로 옮겨지면서 Leptis는 더더욱 쇠퇴하게 되었다. 9세기에는 단지 하나의 작은 마을이었으며, 도시로서의 마지막 타격은 11세기에 베니 히랄(Beni Hilal)과 베니살렘(Beni Saleem)부족의 이주로부터였다. 흥미로운 것은 후에 Leptis가 로마의 도시가 되었음에도 리비아인과 페니키아인의 문화적, 정치적 유산은 존속되었고, 페니키아인의 언어 (Neo-Punic: 새로운 카르타고 언어)가 평민은 물론 관리들에 의해서도 사용되었다. Leptis에서 태어난 황제 세티미우스 세베레스는 항상 페니키아인의 악센트로 라틴어를 말했다. 더욱이 Leptis에서 발견된 비문에서 후세에 전해진 많은 주요 시민들이(로마시대를 통틀어) 페니키아인 또는 부분적으로 페니키아인의 이름을 가지고 있었다(예: Hannibal Rufis, Iddibal 등).

● Leptis의 유적을 통한 고고학적 여행
 - 페니키안 Leptis(phoenician Leptis)

---

11) Arab: 아라비아, 근동, 아프리카 북부에 사는 셈족의 한 파

현존하는 Leptis의 고고학적 유물들은 오로지 로마시대로 거슬러 올라가는데 아주 극소수의 페니키아인의 유물이 발견되었다. 1960~61년에 펜실베이니아 대학은 로마극장 아래에서 여러 개의 페니키아인 무덤을 발견함으로써 극장이 페니키아인 묘지의 꼭대기에 지어졌음이 확인되었다. 묘지는 일반적으로 도시밖에 위치하였기 때문에 본래의 페니키아인 도시는 Leptis 계곡의 입구와 옛 포럼 사이의 높은 지역에 있었고, 북쪽과 서쪽으로 확장하였음을 알 수 있다.

- 로마 시대의 Leptis

도시 지도를 보면 많은 거리가 평행으로 나있는데 남북도로는 카르도 (Cardo) 동서도로는 디쿠마누스(Decumanus)로 로마 도시들과 닮아 있다. 카르도를 승리의 길(Triumphal Way)이라 하여 본래 로마도시의 중심지였던 옛 포럼[12]으로부터 남동쪽으로 이어진다. 중요한 건물들의 시대로부터 도시의 빠른 성장과 확장을 추적할 수 있는데, 우선 시장이 아우구투스 치하인 BC 8년에 설립되었고, 극장은 AD 11~12년에 건설되었고, AD 27~30년에는 아우구스투스 살루타리스의 작은 아치가 세베루스 아치의 북쪽에 세워졌다. 옛 원형극장은 AD 56년에 지어졌다. 초기 로마시대에는 도시에 석벽이 없었으므로 진흙과 모래의 토목작업으로 둘러쌓았다. 단단한 석벽은 Leptis의 도시가 동-서로 대규모 확장을 보인 AD 2세기 중에 건설되었다. AD 3~4세기 간에 도시의 성벽은 Leptis 계곡의 왼쪽 둑으로부터 시작하여 3Km의 길이에 달했다. 그러나 비잔틴(동 로마제국)시절 성벽의 규모가 축소되

---

12) Forum: 고대 로마도시의 시장 또는 공공광장, 재판 및 기타공적인 집회에 쓰이던 대광장

었는데, 비잔틴 게이트는 그 남은 부분의 일예이다. 트라얀(Trajan) 통치(AD 98~117)동안 포럼과 바실리카가 지어졌지만 아직 발굴되지 않은 채 고고학적 작업이 이루어지지 않은 도시의 서쪽 부분에 잠자고 있을 것이다. 거대한 하드리안(Hadlian) 목욕탕은 AD 126~127년에 Leptis 계곡을 따라가는 새로운 남. 북 도로 옆에 지어졌다. AD 162년경에 원형경기장이 건설 되었고 AD 3세기경에 계곡의 서쪽 측면과 하드리안 목욕탕의 북동쪽을 따라 큰 지역을 배수한 뒤 상당한 확장이 이루어졌다. 여기서 많은 큰 건물들은 세베란(Severan) 왕조 하에서 건설되었고 그중 가장 중요한 것은 칼려네이드 거리를 따라 있었는데, 님페움(Nym-phaeum)과 화려한 바실리카 공회당에 부속된 거대한 새 포럼이다. 포럼과 항구 동쪽도시 외곽에 원형경기장(Amphitheatre)의 확장과 동시에 최대의 확장이 실시됐다. 세베루스(Severus)치하에서의 거대한 확장은 황제 셉티미우스 세베루스가 Leptis의 원주민이었고 그의 출생지를 미화하기로 희망한 데서 기인한다. AD 235년에 왕조의 붕괴 후 Leptis의 표준건축물들은 점차로 그 가치와 품질이 떨어지게 되었다. 황제 디오클레티안(Diocletian: AD 284~305)과 콘스탄틴(Constantine: AD 307~337)치하에서 약간의 번영을 되찾았으나 그때 또 다른 침체가 시작됐다. 반달(Vandal)의 시대는 트리폴리의 역사에서 어두운 시대의 하나였다. AD 455년경 도시 성벽이 손상되어 외부 공격으로부터 도시를 노출시켰으며, 게다가 모래가 도시에 쌓이기 시작했고, 인구는 그것을 막기에 너무 적었으며, 집밖골목을 깨끗이 유지할 수도 없었다. AD 533년 비잔틴이 Leptis를 공격했을 때 도시의 대부분이 모래로 덮여 있음을 발견했다. 그래서 본래 도시의 작은 부분만이 황제 유스티니안(Justinian: AD 527~565)에 의해 축소된 비잔틴 벽으로 둘러싸이게 되었다.

- 건축자재

Leptis의 건축물들은 두 종류의 돌로 건축되었다. 첫째는 누르스름한 부식에 강한 석회석으로 중요한 건물들에, 특히 조각품들과 함께 장식되어 사용되었다. 둘째는 부식에 덜 노출되는 장소에 사용된 연하고 깨지기 쉬운 사암(砂巖)이다. 두 가지 모두 Leptis 지역에서 조달 가능하였고, 도시 남쪽 5Km에 있는 Ras Al-Hamam에서 가져왔을 것으로 보인다. 그곳의 채석장 흔적을 지금도 볼 수 있다. 대리석의 사용은 AD 2세기에 공통적이었으며 조각품이나, 원주, 벽을 덮는 석판 등에 사용되었다. 이것은 동부 지중해에서 가져왔는데 현장에서 마지막으로 조각할 부분만 남기고 크기에 맞게 거의 준비된 상태로 왔다. 일반적으로 로마건축에 폭넓게 사용된 콘크리트와 벽돌은 leptis에서는 아주 드물게 발견된다. 콘크리트는 극장, 헌팅(hunting)목욕탕, 그리고 하드리안(Hadvian)목욕탕 등의 아치의 둥근 천장에서만 사용되었고, 콘크리트와 함께 쓴 벽돌은 세베루스(Severus)의 바실리카와 님페이움(Nymphaeum)에서 사용되었다.

- 고고학적 조사활동

Arab 시대의 자연영향이 도시 붕괴를 재촉했고, 화려한 도시는 모래에 완전히 덮여버렸다. 17세기의 인위적 파괴는 심각했고 시시각각 석재와 원주들이 인근마을이나 읍내로 옮겨졌다. 일례로 Leptis에서 온 원주들이 터키인 통치자 무라드 아가(Murad Aga)에 의해 Tagiura에 세워진 회교사원에서 지금도 볼 수 있다. 또 다른 재료들은 트리폴리로 옮겨졌다. 1662년 3월21일 Leptis 유적을 방문했던 유명한 모로코인 여행자 알 아야시(Al-Ayashi)는 그에 대한 몇 가지 현지 이야기들을 보고했다. Leptis의 유적을 묘사한 최초의 유럽인은 프랑스 사업가와 1668~1676년 사이에 트리폴리에서 살고 있었던 노예상인 제라드(Gerad)였다. 불행하게도 이 정보는 외국 영사에 의하여 조상(statues)과 조각품들을 훔쳐가도록 만들었다. 예로써 트리폴리의 프랑스 영사 르마이레(Lemaire)는 1686년 루이 14세에게 대리석 원주들과 석상들을 보냈다. 그것들은 파리의 베르사이유(Versailles)궁전 건물에 사용되었다. 더 많은 원주들과 조각품들이 18세기말에 영국으로 옮겨져 윈저(windaor: 영국 현 왕실이름)궁에 세워졌고, 다른 것들은 말타(malta)에 있는 성 John's church(교회)로 갔다. 19세기에 이르러 다양한 유럽인의 여행자들이 Leptis를 방문하였고 1911년에 리비아에 대한 이탈리아의 침공에 이어 진지한 발굴이 시작되었다. 1954년 이래 발굴 작업은 리비아 고고학협회에 의해 수행되었고 또한 로마에 있는 British School, 펜실베이니아대학, 그리고 Perugia의 이탈리아 대학에 의해 수행되었다.

● Leptis Magna 방문
 - 위치: 트리폴리 (Tripoli)동쪽 해안도로를 따라 약 110Km 떨어진 AL KHUMS(홈즈: Homs로 표기하기도 함)시내에서 3~4Km정도 동쪽 해안가Lebda 계곡의 Nufusa산의 동쪽 부분의 끝에 위치하고 있다.
 - 도시연혁: 1961년 펜실베이니아대학의 파견단에 의해 확인된바 B.C 6세기에 건설됨
 - 도시특징: 주요 로마항구중 하나이며 곡물 저장소였고, 1982. 12.

17. UNESCO세계문화유산으로 선정되었다.

　- 교통: 단체관광인 경우는 관광버스로 이동(현지 Guide도 있음), 개인관광일 경우는 트리폴리 중심의 알 카드라(AL KHADRA) 광장에서 알 묵타르 거리(AL MUKHTAR STREET)를 따라 10분 정도 내려오다가 오른쪽으로 난 알 라시드거리(AL RASHD STREET)를 따라 5분쯤 올라가면 거리 끝 부분에 택시정류장이 있다. 거기서 각 방면마다 출발장소가 다르므로 홈즈(Homs)가는 택시(택시는 지붕에 택시표시등을 달고 있는 정규택시와, 일반승용차로 영업하는 것도 택시라 부르고 9~12인승 승합차를 택시 또는 버스라 부르기도 한다)정류장을 찾아가면 된다. 관광버스나 아주 먼 장거리 버스 외는 대형버스가 운행되지 않는다. 특별한 경우가 아니라면 승합차를 이용하면 홈즈 까지 1인당 3디나르(1디나르 약 750원정도)이고 큰 불편이 없다. 택시는 부르는 것이 들쑥날쑥하니 기분을 상할 수도 있다. 홈즈까지는 1시간 10분정도 소요되고 홈즈 정류장에 도착해 운전사에게 'Leptis Magna까지 가자' 하면 대개 응해준다. 아니면 내려서 현지 택시를 이용하면(편도) 2디나르면 충분하다. 타고 온 승합의 경우도 비슷해서 합계 5디나르를 주면 된다. 방문할 로마도시가 폐허상태이므로 관람 중 그늘에서 쉴 곳은 없다. 큰 차양의 모자와 눈이 부시는 사람은 선글라스를 준비하고 먹을 간식과 물은 준비해가야 한다. 정문을 들어서면 광장(시골학교 운동장 크기)이 나오고 오른쪽에 매표소가 있다. 맞은편 나무 밑 조그만 팻말에 쓰인 W. C(화장실)는 사용료가 1/4 디나르이고 조그만 표는 가지고 있다가 나올 때 다시 쓸 수도 있다. Site(관람지) 내에서 화장실을 본 기억이 없으므로 미리 준비하는 것이 좋고 화장실엔 휴지를 비치하지 않는다. Site를 관람하는 데는 입장료 3디나르에 카메라

휴대 비용 5디나르를 받고 매표소 바로 왼쪽에 박물관(Museum)이 있는데 관람료는 별도로 Site 관람료와 같다. 박물관에 특별히 관심 있는 사람이 아니라면 시간절약을 위해 생략하고 트리폴리 시내의 국립박물관을 관람하는 것이 좋다고 생각한다. 훨씬 더 다양하고 거기보다 좋은 상태의 전시물을 볼 수 있기 때문이다. 여기서 Site로 입장하여 로마도시를 구경하고 나온 뒤 시간을 나누어 이곳에서 약 2Km 떨어진 원형경기장을 관람하는 것이 필수적이라 하겠다. 이 광장에서 원형경기장까지는 택시로 편도 2디나르면 충분하고 돌아올 때도 같은 식으로 2디나르 정도면 홈즈 시내 정류장까지 올 수 있다. 여기서 트리폴리행 승합차를 타고 3디나르를 주면 돌아오는 것이다.

옛 도시 중심지를 구경한 후 등대를 구경하고 걸어서 원형경기장을 가보는 것을 생각해본다면, 지금은 모래로 메워진 옛 항구의 2~3백 미터 길이의 깨끗한 백사장을 건너 Doric Temple을 지나 비잔틴 벽을 따라 3백 미터쯤 올라가면 경비초소가 있는 철책 울타리 후문이 나오고, 바로 앞의 아스팔트포장도로를 왼쪽으로 따라 500미터 정도 걸으면 숲으로 덮인 야트막한 산속에 있는 원형경기장에 닿는다. 이 경기장은 이 도시 중 원형이 가장 잘 보존돼 있으므로 꼭 한번 보기를 권한다. 관람료는 별도로 Site 관람료와 같다. 경기장 앞 바다 쪽으로는 전차(1인승 2륜 또는 4륜 마차)경기가 이루어지던 서커스경기장을 함께 볼 수 있다. 경기장 필드는 모래로 덮여 형체만 있지만 중앙의 구조물 기초와 둘레의 돌로 된 관람석은 경기장 비탈에 그대로 남아 있다.

〈유적입구와 셉티무스 세베루스 아치〉
매표소에서 50여 미터 들어가면 현대식 내리막 계단이 낭떠러지처

럼 발걸음을 멈추게 한다. 눈앞에 펼쳐진 전경은 자신이 바깥세계와
는 전혀 다른 세계에 와 있음을 느끼게 하는 장엄한 아치건물과 쭉 뻗
은 도로가 눈에 가득히 들어온다. 도시전경 사진과 기념사진을 찍은
뒤 계단을 내려서면 모래를 걷어내고 발굴한 본래의 돌로 포장되고 가
로 턱이 정렬된 큰 도로를 밟게 된다. 길가엔 Cardo란 돌 팻말이 나오
는데 이는 남·북을 잇는 것을 뜻한다. 그리고 장엄한 아치건물이 눈
앞에 서 있는데 Cardo와 동·서간 거리 Decumanus Maximus 교차점
에 있다. 1964년 리비아 고고학협회에 의해 복원된 황제 셉티무스 세
베루스(Septimius Severus)의 아치이다. 이 아치는 서둘러 건축한 것
으로 보이는데 그것은 황제가 AD 203년에 자신의 고향을 방문함에 맞
추려고 했기 때문일 것이다. 출입구가 4개 있지만 타일이 깔린 바닥이
교차되는 두 거리 바닥보다 높아서 바퀴달린 마차가 통과 하도록 하지
는 않았음을 보여준다. 아치는 조각부분과 장식부분으로 나누어지고
각 출입구는 양각으로 장식된 코린트식(Corinthian)원주이다. 아치의
꼭대기는 콘크리트 돔으로 덮였었고 아치에서 나온 조각들과 조각상
들은 트리폴리에 있는 박물관에서 볼 수 있다. 조각품들은 두 그룹으
로 나눌 수 있는데 첫 그룹은 4개의 패널로 되어 있다. 첫 번째와 두
번째는 황제의 승리의 행진을, 세 번째는 희생의 행위를 나타내고, 네
번째는 황제가 가족들 사이에서 충성을 상징하는 그의 아들 카라칼라
(Caraacalla)와 제다(Geta)사이에 서 있다. 두 번째 그룹은 다른 신의
권위들을 조각한 8개의 작은 패널로 구성되어 있다. 즉, 이 도시와 황
제 세베루스의 두 보호자 헤라클래스와 리버패터(그리스의 신
Bacchus와 Dionysius와 동일시됨), 행운의 여신(로마의 Fortuna와 그
리스의 Tyche), 그리고 세신 들(Jupiter, Juno, Minerva)과 함께한 황제

의 부인 줄리아 돔나(Julia Domna)이다. 아치의 외부는 죄수들의 방면과 전리품들로 장식되어 있다. 인접한 두 아치사이의 3각 모양의 8개 공간은 날개달린 승리의 여신(로마의 Victoria 와 그리스의 Nike)으로 장식되어 있다. 이들 모두의 복제품들은 트리폴리 박물관에 전시되어 있다.

〈체육관과 하드리안 목욕탕〉

세베루스 아치에서 우측으로 동-서 간 도로의 동쪽을 따라가면 도로가 단절된 곳에서 왼쪽으로 돌아 북쪽으로 간다. 도로를 포장한 큰 돌들의 표면이 반질거리는 것은 수많은 옛사람들의 발길로 다듬어진 것일 것이다. 모래로 덮인 도시전체 중 발굴된 이 도로를 따라가면 마치 지하터널을 걷는 것 같은 착각을 하게 된다. 곧 하드리안(Hadrian)목

체육관

욕탕과 나란히 있는 체육관(Palaestra)의 서쪽 측면에 서게 된다. 여기는 스포츠와 경기를 위한 장소로서 이탈리아산 흰색이나 녹색의 줄무늬가 있는 시펄리노 대리석의 코린트식 원주들로 장식된 지붕 있는 주랑(柱廊)현관 포르티코(Portico)로 둘러싸인 반원구형으로 끝을 처리한 커다란 직사각형 운동장으로 구성되어 있다.

   체육관의 남동쪽에는 유명한 하드리안 목욕탕이 있는데 AD 126~127년에 건설되었고, 황제 콤모두스(AD 180~192)와 셉티무스 세베루스 때에 개조되었다. 이 장엄한 목욕시설은 로마에 있는 대목욕탕(Great Baths)과 똑같은 스타일로 지어졌고 디자인도 같다고 한다. 중앙 축을 따라 커다란 홀들이 있고 측면을 따라 좀 더 작은 방들이 있다. 북쪽 측면에는 벽으로 둘러싸인 것이 있고 노출 수영장(The Natutio)은 북쪽 벽 중간쯤에 출입구가 있고 장밋빛 각력암(角礫岩) 코린트식 주랑 현관으로 3면이 둘러싸여 있다. 수영장의 남쪽 벽은 3개의 큰 홀로 들어가는 4개의 입구가 있는데 첫째는 냉욕(Frigidarium Bath)장으로 로마 목욕탕의 가장 중요한 것이다. 이것은 시플리노 대리석의 코린트식 원주 위에 화려하게 장식한 콘크리트 아치형의 둥근 천장과 대리석으로 타일을 붙이고 표면을 입힌 훌륭한 홀이라 한다(30.35×15.4m). 남쪽 벽 중간에는 두 번째 주된 지역인 미온욕실(微溫浴室: Tepidarium)로 가는 문이 있다. 이것은 본래 하나의 중앙홀로 구성되었으나 후에 냉욕실과 미온실 사이에 두 개의 방이 더 지어졌다. 미온욕실의 중앙 방은 남쪽 측면에서 세 번째 주된 지역과 연결되고 반 원구 형 끝으로 된 큰 바랠 모양(배가 볼록한)의 둥근 아치형방과 5개의 욕실을 황제 콤모두스시대에 추가한 뜨거운 목욕탕(caldarium)으로 연결된다. 동쪽과 서쪽으로는 두 개의 문이 사우나

(찜질방: Laconica)로 사용된 4개의 똑같은 작은 방들로 연결된다.

이 방들은 통로가 있는 높은 바닥(구들)아래로 뜨거운 공기가 통과하면서 가열된다(hypocaust: 고대 로마의 방바닥 밑의 난방). 이들 각 방은 냉온실로 가는 문이 하나씩 있다. 또 몇 개의 외부 방들이 있는데 그 용도가 분명치 않으나 탈의실, 옥내 체조실, 또는 독서실이었을 것이라고 한다.

목욕탕의 구석 북동과 북서쪽에 두 개의 별동(棟)이 있는데 남자와 여자의 변소(Forica: 공중화장실)였고 대리석의자 아래로는 수세용 통로가 있다. 화장실은 모든 도시의 공공 위생시설이었고 오직 부유한 가옥들만 개인 화장실을 갖추었다. 개별 칸막이 방이 없이 사람들이 앉아서 서로 이야기를 나누었다. 서쪽과 동쪽 구석에는 가열을 위한 3개의 방과 목욕물 공급을 위한 물탱크들이 있다. 여기서 AD 119~120년에 쿤투스 세르빌리우스 칸디우스(Quintus Servilius Candidus)라는 이름의 부유한 시민이 헌금한 Leptis와 목욕탕에 대한 물의 공급과 관련되는 라틴어 비문 하나가 발견되었다. 이 같은 사실들은 이 목욕탕이 로마수도에 있는 목욕탕보다 못하지 않음을 보여준다. 홀과 방들을 장식한 조각상들(어떤 것은 Polyclitus: BC 5세기, 그리고 Praxiteles: BC 4세기)은 유명한 그리스 조각가들 작품으로부터 복제하여 오히려 더 아름답게 되도록 하였다. 이것들은 Tripoli 와 leptis의 박물관에 있다. 전쟁의 신 Roman의 상(像). Mars, Apollo 등, 신에 대한 상 몇 점(하나는 라이어[13]lyre를 연주하고 있음), Mercury와 Venus 신, 잘생긴 젊은이 Antinous의 상, 황제 Hadrian의 연인, 그리고 다른 것 다수가 트리폴리에 있다. 로마시대의 목욕탕은 스포츠, 레슬링, 학

---

13) Lyre: 고대 그리스의 7현(絃)으로 된 수금

한증탕

여자용 화장실

습, 그리고 친목 적이고 학문적인 모임을 포함하는 행위를 위한 사회적인, 그리고 레저센터였다. 더욱이 이 목욕탕은 체육관(Palaestra) 바로 맞은편에 위치하여 명실 공히 스포츠, 레저, 학문, 사교의 종합 센터라 할 수 있다. 지붕이나 지상의 실체들이 사라진 폐허 된 유적을 답사하려면 그에 대한 역사지식을 준비하고 그 기초위에 높은 상상력을 동원해야 한다. 유적 하나하나가 오랜 세월을 겪으면서 비록 빛바랜 속삭임일지라도 귀 기울여 듣고 상상 속에 실체를 그려볼 수 있을 때 우리는 그 본래의 찬연함과 그 속에서 활동하는 옛사람과 조우할 수 있을 것이다. 그래서 역사탐방은 가장 흥미로운 레저 중 하나라고 말하는 것일 게다. 매끄럽고 아름다운 대리석 좌대에 앉아 옆 사람과 얘기를 나누는 모습이 선히 떠오르는 화장실을 둘러보고 다음 장소로 떠난다.

〈님피움14)과 칼라네이드 거리15)(Nymphaeum & Street of colonnades)〉

목욕탕을 나선 뒤 체육관의 동쪽 끝 반원구형 기초대의 동쪽에 넓은 8변형의 광장(Palaestra)이 나온다. 이 광장은 세베루스 황제 시대에 목욕탕의 동쪽에 나있는 옛날 거리와 새로운 칼러네이드 거리를 연결하기 위해 조성되었다. 따라서 북동쪽으로 가는 것과 남쪽으로 가는 두 개의 출입구에 각기 3개의 아치가 있었다.

광장너머 남동쪽에 보이는 큰 건물이 세베루스 치하에서 지어져 님프에게 헌납된 사원이라 그 이름이 님피움(Nymphaeum)이다. 반원구형 건축으로 연못과 분수지가 있으며 높은 벽으로 둘러쳐져 있다. 몇

---

14) 님피움: 바다, 강, 숲, 목장 등에 사는 것으로 생각되는 아름다운 여자 정령(精靈)
15) 칼라네이드: 열주(列柱), 주랑(柱廊)

개의 벽감(壁龕, niche: 벽면을 파내여 조각품이나 장식품을 놓도록 만든 곳)에는 조각상들을 놓았을 것이고 건축학적 흔적들이 상부지붕이 있었음을 암시하고 있다. 건물 앞에 흩어져 있는 아름다운 건축자재들이 본래의 웅장하고 화려했음을 말해준다. 광장의 북측에서 조금 가면 교회유적이 있는데 AD 6세기 비잔틴 황제 유스티나아(Justinian) 시대에 설립된 4개의 작은 교회들 중 하나이다. 이제 큰 길로 나오면 칼러네이드 거리인데 8각형 광장에서 시작해 하드리안 목욕탕과 항구를 연결하는 세베란(severan) 시기에 Leptis의 주된 큰 길이었다. 전장 약 500미터, 넓이 20.5미터이다. 마차길 은 두 개의 열주(列柱)가 있는 포르티코(Portico: 지붕이 있는 주랑현관)에 의해 측면에 접하며, 로마인 도시들에서 발견되는 불멸의 거리 중 가장 홀륭한 본보기중의 하나로써 시리아(Syria)에 있는 여러 길들보다 우수하며, 어느 면에서는 세계의 가장 유명한 기념물 중 하나로 간주된다. 각 측면에 150개의 시펄리노 대리석(이태리 산으로 흰색과 녹색줄무늬가 있음)으로 만든 원주들이 장방형 받침돌 위에 서 있었다. 기둥머리에는 반복된 연꽃무늬와 아칸서스(acanthus: 코린트식 원기둥 머리의 나뭇잎장식)잎 장식으로 새겨졌고, 이는 소아시아에서 온 페르가뭄(Pergamum)형식이다. 이 원주들로 만든 아케이드 형식은 그의 종류 중 가장 오래된 본보기로 사료되며 후에 이슬람과 유럽건축의 기본적 요소가 되었다. 이 도로를 계속 따라 간다면 지금은 퇴적모래로 메워진 항구까지 이어지는데 많은 부분이 함께 묻혀 있는 상태이다.

〈세베루스의 포럼: Sevevan Forum〉

큰길 칼러네이드는 Severan Fourm의 동쪽 측면을 따라 뻗어있고,

세베루스의 포럼 유적들

이 포럼과 연이어진 세베란 바실리카는 렙티스에 현존하는 중요한 거대규모의 건물들이다. 8각형 광장에서 큰길 칼러네이드를 내려오기 시작해 약 64m 지점에 이르면 왼쪽에 높고 견고한 포르티코에서 몇개의 출입구를 찾을 수 있다. 이중 어느 하나로 포럼으로 들어서면 저절로 입이 딱 벌어진다. 마치 자신이 로마에 있는 어느 포럼만큼 화려하게 장식된 장엄한 포럼에 서있음을 착각하게 된다. 우선 규모가 큰것에 놀라고 바닥을 빼곡히 메우고 있는 폐허된 조각들과 석재무덤에 놀란다. 가로 100미터, 세로60미터의 대규모의 벽을 따라 주랑현관으로 둘러싸고, 중앙은 지붕 없이 훤히 트인 지역으로 구성되어 있다. 남서쪽 측면 중앙에는 산처럼 높이 솟은 신전이 있다. 아마도 황제의 가족이나 그의 수호신들에게 봉헌되었을 것이다. 이 신전으로 인해 이포럼은 한층 더 격상되고 있다. 이탈리아 형식으로 32m×32m의 높은 아치형 둥근 기단(基壇)위에 우뚝 서 있으며 돌계단으로 올라간다. 포럼을 둘러싸고 있는 원주들의 건축은 큰길 칼러네이드의 그것들과 같다. 즉 연꽃과 아칸서스 잎 장식으로 장식된 기둥머리를 가진 대리석 아치를 가졌다. 아치들 사이에는 신화적인 창조물들을 나타내는 머리들이 조각되어 있는데, 머리털이 난 뱀 메두사(medusa), 그리고 바다의 요정들 또는 네레이드16)들이다. 이 아치들은 무너졌고 일부는 부분적으로 재건되어 아치위에 일렬로 놓인 훌륭한 두상들을 볼 수 있고 수많은 조각들은 아직도 땅위에 그대로 있다.

언젠가는 이 포럼이 복원되고 원주 꼭대기의 본래의 위치로 돌려 놓일 수 있을 것을 기대한다. 포럼의 북동쪽 포르티코 뒤에 서면 일련의 가게들을 일별할 수 있다.

〈세베루스의 바실리카: The Severan Basilica〉

포럼의 북쪽측면 가게들 양쪽에서 바실리카로 들어갈 수 있다. 바실리카(Basilica)는 고대 로마의 공회당으로 집회, 재판 따위에 사용된 장방형의 큰 건물을 말한다. 이 바실리카는 Leptis에 있는 가장 화려한 고고학적 유적들 중 하나이며 92m×40m의 각 끝에 돔형의 반원구형 엡시스17)를 갖춘 직사각형홀로 되어있다. 홀은 중앙의 본당과 두 개의 열주(列柱) 통로를 가지고 있고 본래는 2층이었다. 대리석 바닥타일의 유물들은 아직도 남아서 볼 수 있고 벽은 대리석 널빤지들로 덮여있었다. 원주들 위의 엔테블러쳐(entablature: 그리스신전 건축에서

---

16) Nereid: 그리스신화 Nereus의 50명의 딸 중의 하나, 바다의 요정
17) apse: 교회당 동쪽 끝에 내민 반원형 또는 다각형의 부분

기둥이 떠받치는 수평부분)들 중 하나에는 건설이 Septimius Severus 에 의해 시작되었고 AD 216년에 그의 아들 카라칼라(caracalla)에 의해 완성되었다는 라틴어 명문이 있다. 각 끝의 두 개 엡시스의 마주보는 벽들은 4개의 대리석 붙임기둥(palaster: 벽의 일부를 기둥모양으로 튀어 나오게 한 것-벽기둥)인데 포도송이와 아칸서스 잎을 든 신 디오니수스(Dionysus)나 박쿠스(Bacchus)를 보여주는 장면과 Labours of Hercules[18](헤라클레스의 세상사)로부터의 장면으로 아름답게 조각되었다. 이들은 Leptis의 도시와 황제를 보호하는 두 수호신이다. 비잔틴 황제 유스티니아 시대(AD 6세기)에 바실리카는 크리스천 교회로 전환되었고 남동쪽 끝에 교회 성찬대가 있다. 각 측면 낭하의 각 끝에는 방으로 통하는 출입구가 있다. 이 4개 방들 중 하나는 AD 5세기에 유대인의 교회당으로 전환 되었다. 6세기에 비잔틴인 들이 동, 서, 남쪽 방들의 천장을 사암으로 둥글게 만들고 지붕을 개조했다. 서쪽 방은 바닥에 십자가형의 홈을 파고 침례교회 세례 당으로 바꿨다. 바실리카의 북쪽엔 동서를 잇는 통로가 큰길 칼러네이드와 연결된다. 칼러네이드를 따라 약 95m정도 가면 항구의 서쪽 부두에 도달한다. 항구는 지금 모래로 메워져 평지를 이루고 있고 갈대 와 잡목들이 나있지만 옛 항구모습을 지니고 있으며 큰길 칼러네이드의 양측 석축이 이어져 가는 것을 볼 수 있다. 대부분의 큰 로마도시들은 포럼을 갖고 있었고 사회생활과 일반시민 생활의 중심지였다. 포럼은 타일이 깔린 바닥에(일부는 지금도 남아있음) 야외공간이 있고 마차는 통행이 허용되지 않았다. 또한 중요한 도시 신전들, 그리고 다른 중요한 공공건물들과 상접들로 둘러싸였다. 주민들이 함께 모여 새 소식과 정보를

18) Hercules: 제우스와 알크메너 사이에 태어난 아들로 용감무쌍한 영웅

얻었고, 지붕이 있는 주랑(柱廊)의 그늘아래서 사교적으로 만나는 곳이었다. 또한 공공연설의 장소였는데 대개 Leptis의 신전 앞에서, 특히 로마와 아우구스투스의 신전 앞에서 이뤄졌다. 시민들은 포럼에 모여서 선거에 투표하고 통치자나 법관으로부터 포고를 들었다. 한편 포럼 옆쪽의 지붕 덮인 홀인 바실리카는 법정으로, 무역을 위해서 ,가끔은 설교를 위한 장소로 쓰였다. 이 모든 것이 알반 대중에게 허용되었다.

〈항구: Harbour〉

본래는 Leptis계곡의 북쪽과 동쪽의 바위들 옆 바다로부터의 피난처였다. 그때 강 입구의 양측에는 부두를 만들기 위해 제방을 쌓았고 세베란(severan)시대(AD 3세기 초)에 자연적인 바위들은 단단한 방책으로 연결되었다. 이러한 변화로 항구는 4면이 되었고 주위가 1Km가 좀 넘는 길이가 되었다. 항구의 밑바닥은 현재 침전물들로 완전히 메워져 동쪽 부두 가까이를 제외하고는 거의 볼 수가 없다. 북동쪽 바위 위의 높은 장방형 석단(石壇)위에는 등대가 있었다. 석단위에 조심스럽게 기어 올라가니 지중해의 망망대해가 한눈에 들어온다. 바다 멀리 아득한 곳에서도 이 등대의 불빛을 발견했으리라. 등대를 찾아오는 선박들의 모습이 어른거린다. 하나둘씩 항구로 들어서고 항구 좌우에 우뚝했던 물류 창고들과 부두에 북적이는 사람들의 모습이 보이고, 아우성이 들려오는 듯하다. 예나 지금이나 세월은 이어져 흐르건만 떠나간 배들과 사라진 사람들의 모습은 온데간데없다. 하얀 백사장에 내려가 걸어보고 살며시 밀려왔다 물러가는 지중해 물결에 손을 담가본다. 옛 사람들의 온기어린 손을 잡는 듯하고 백사장 아래에선 그들의 고동소리가 들려 오는 듯하다. 등대가 있는 북쪽은 아직 발굴이 되지 않았다. 이 백사장을 넘어 동쪽 측면은 발굴했으나 조사가 더 필요하다. 그것은 수면 위에 두 개의 층으로 되어 있는데 낮은 층은 배들을 메었던 곳으로 돌벽에 배들의 밧줄을 묶었던 곳을 여전히 볼 수 있다. 상부 층은 몇 개의 계단으로 올라갈 수 있어 항구 사무실, 하역 창, 자재 창고들이 있었던 듯하다. 모퉁이 위엔 Semaphore로 알려진 신호용으로 사용된 장방형의 타워가 남아 있고 가까이에는 옛 그리스 도릭 스타일의 작은 원형사원(Doric Temple)이 있는데 나중에 교회로 전환되었다고 한다. 사원의 남쪽은 긴 열의 자재 창고들이다. 이 창고 바닥을 지나 비잔틴 벽을 타고 나오면 두 개의 중요한 고고학적 유물인 원형경기장과 원형 경마장으로 갈 수 있다. 항구의 남쪽으로 다른 하나의 사원이 있는데, Syrian Jupiter[19]나 Baal[20]의 숭배 때문에 아직 완전히 발굴되지 않았다.

〈옛 포럼 지역〉

항구와 등대를 돌아본 후 유적기둥들이 삐쭉삐쭉한 도시중앙을 바라보고 우측에 철썩이는 파도소리를 들으며 도시로 올라오면 10여분 후에 쿠리아에 도달하고 다음이 옛 포럼(Old Forum)이다. 쿠리아의 남동쪽을 발굴한 페루(Perugia)대학은 황제 도미티아(Domitian: AD 81~96)와 조화의 여신 콘코르디아(Concordia)에게 봉헌된 이중의 신전유물들을 발견했다. 쿠리아는 어느 로마도시에서도 가장 중요한 건물들 중의 하나였는데, 그곳에서 사건들이 시의회에 의해 토론되었고, 해마다 선출된 심판관이 주재했다. 여기 쿠리아는 지표면보다 조금

---

19) Jupiter: 로마신화 주피터(모든 신의 왕으로 天界의 최고신)
20) Baal: 바알 신(고대 셈족의 신, 자연의 생산력을 상징)

높은 직사각형코트에 있는 옛 포럼 다음에 있다. 문으로 들어가 남쪽 끝에서 계단을 올라갈 수 있고 그 안뜰은 사암포르티코(지붕이 있는 주랑현관)로 둘러싸여 있다. 쿠리아 홀은 직사각형이 Roma사원과 모양이 비슷하고 단(壇)위에 있으며, 앞에서 계단으로 올라갈 수 있다. 3개의 문이 의회 회의실로 이어지고 아직도 몇몇 벤치들이 남아 있다 (AD 2세기 작품). 쿠리아 서쪽의 옛 포럼은 초기의 제국시대 것으로 서쪽 구석에는 청동명문과 관련된 칼푸르니우스(Calpurnius, BC 5~AD 2)의 임기 중에 사용된 아우구스투스 황제 때의 타일 유물들이 있다.

〈옛 바실리카〉

세베루스의 포럼처럼 옛 포럼도 중요한 사원들과 공공건물들로 둘러싸여 있고 AD 1세기 초에 설립되었지만 황제 콘스탄틴 치세 중(AD 312) 완전히 재건축 되었다. 남쪽 측에는 '할머니' 란 별명을 가진 페르시안 여신 싸이벨(Cybele)에게 봉헌된 작은 사원이 있고, 사원 다음에는 트라얀(Trajan, AD 98~117)시대의 한 사원의 유적위에 세운 교회가 있다. 3개의 다른 사원들이 옛 포럼 서쪽에 있는데 가장 중요한 것은 황제 아우구스투스(BC 30~AD 14) 치세 중에 지은 리버페터 (Liber Pater)사원이다. 리버페터는 그리스신화에 나오는 술의 신 바쿠스(Bacchus)와 동일시되며, 두 도시의 보호자인 헤라클레스 (Hercules)와 함께 렙티스에서 숭배되었다. 그 사원이 서있던 자리와 현관으로 올라가는 계단들의 남은 부분들은 많지 않다. 더욱이 북동쪽 바다로 뻗어나간 비잔틴 도시 성벽이 뒷부분을 잘라버렸다.

〈로마와 아우구스투스 사원〉

이 사원은 중요사원 중 하나로 Rome과 Augustus에게 봉헌되었고 둘은 신격화 되었다.

이런 종류의 숭배는 BC 8세기경 렙티스에 소개된 것 같고, 본 사원은 AD 14~19년경에 지어졌다. 사원위의 넓은 계단은 현관으로 이어졌지만 사원의 뒷부분은 비잔틴성벽이 그것을 관통하여 축조될 때 대부분 옮겨졌다. 앞쪽과 양옆에 열주들로 둘러싸여진 이태리 스타일이다. 사원의 상부에서 페니키아 말로 된 명문이 발견되었고, 총독 발라씨움(Balyathum)과 보드넬퀴트(Bodnelquart)시대의 기념비적 건물이다. 다수의 Roma Dia 조각상, 황제 아우구스투스와 티베리우스, 그리고 다른제국 가족의 멤버들의 조각상들이 있었는데 트리폴리 박물관에 있다.

〈비잔틴 문〉

현존하는 비잔틴 문들 중에서 가장 우수한 이 문은 외부 성벽 위에 세워진 장방형 타워 옆의 양면에 접해있다. 비잔틴 문과 성벽은 축조에 사용된 많은 자재들이 옛 건물에서 가져왔기 때문에 서둘러 지어진 것으로 생각된다.

〈시장: Market〉

아우구스투스 치하인 BC 9~8세기에 세워졌는데 페니키아어와 로마어의 조합인 한니발루프스(Hannibal Rufus)라는 이름의 부유한 시민에 의해 설립되었다는 명문이 남서 벽 위에 남아있다. 설립 후 재건되었는데 3세기 초 세베란 시대에 특히 큰 변화를 겪었다. 4면이 모두 아

시장터

케이드로 둘러싸인 개방 직사각형이고 내부에 두 개의 키오스크[21]가 있었다.

시장 옆 거리들은 모두 임시 이동식 상점들로 점유되었고, 세베란 시대에 새로운 입구가 남동쪽에 만들어져 지금도 있다. 시장으로 들어가는 첫째 입구는 교역과 여행을 총괄한 신 머큐리(Mercury)의 상징인 날개달린 지팡이(caduceus: 그리스신화의 Hermess의 지팡이: 평화와 의술의 상징)가 새겨진 아치였다. 그 입구는 남쪽측면에 새로운 입구가 생겨난 후 막혀버렸다. 각 키오스크들은 단 위에 장방형 포르티코들로 둘러싸인 원형 건물들이었고 팔 물건들을 내놓은 높은 문지방의 창문들이 있었다. 시장안과 키오스크의 밖에는 물건의 길이, 무

---

12) Kiosk: 터키, 이란 등의 일종의 정자 또는 키오스크 식 간이 건물로 신문, 매점, 공중전화박스 등

게, 길이, 목록, 기준 등을 위한 사무실들이 있었다. 현존(복구해 놓은) 키오스크 앞에는 길이를 보여주는 기준 척도가 새겨진 돌이 서 있다. 키오스크 계단 아래바닥에는 우물도 발굴되어 있고, 물을 기를 때 밧줄을 당기면서 빗살처럼 닳은 돌 모습을 볼 수 있다. 동쪽입구를 들어서면 좌우로 가축, 물고기, 새 등의 동물형태의 석상이 늘어서 있는데 바로 그 앞에 그 동물과 관련된 동물을 갖다놓고 매매했다 한다. 키오스크 창가에 서 있는 점원들의 모습과 웅성 이는 사람들이 어른거리고, 각가지 동물들의 울부짖는 소리가 들리는 듯하다.

〈아치〉

다섯 개의 승리의 아치가 발견되었고 모두 도시의 주도로에 위치한다. 셉티스 세베루스, 트라얀, 티베리우스, 안토니우스 피우스 등. 황제 티베리우스 아치는 거의 장식 없는 단순한 화강암 아치로서 렙티스에서 가장 오래된 아치이다. 황제 트라얀(AD 98~117)의 아치는 렙티스에서 가장 우수한 것으로 평가되며 모두 화강암으로 지어졌다. 주도로의 교차점에 위치하여 4개 입구를 가진 세베루스 아치와 닮았다. AD 109년이나 110년경 황제 트라얀에 의해 렙티스 시가 로마 식민지 지위로 승낙함을 기념하기위하여 만든 것 같다.

〈찰시디쿰 Chalcidicum〉

이 건물의 목적은 분명하지 않지만 틀림없이 어떤 종류의 특성화한 시장이었던 것으로 보인다. 내부엔 Chalcis의 비너스(Venus)를 위한 작은 사원이 있는데 그로부터 현재의 건물 이름이 생겨났다. 비문은 황제 아우구스투스 시대인 AD 11~12년에 Iddibal Caphada Aemilus

라는 이름의 부유한 시민에 의해 건설되었고, 그의 이름은 페니키아인 태생임을 증명하고 있다.

〈극장 Theater〉

시장을 건립한 한니발 루프스에 의해 지어져 황제 아우구스투스(AD 1~2)에게 선물한 극장이다. 무대를 완전히 바라보도록 만들어진 반원형 좌석들이 있고, 보미토리아(Vomitoria)로 알려진 입구를 통해 들어갈 수 있다. 극장의 각 측면은 둥근 천정이 있는 포르티코를 통하여 들어가는 입구인데 반원형의 맨 아래 합창대석으로 들어가고, 다음은 중요한 시민들의 좌석을 위한 낮은 계단의 열 들이다. 이 낮은 계단들에서는 합창대석으로부터 나오는 두 개의 출구가 있는데 거기에서 한니발 루프스에 의하여 도시에 극장을 선물하는 기념에 대한 페니키아어와 라틴어로 된 비문을 볼 수 있다. 관람석 꼭대기에 있는 다른 하나의 비문(AD 35~36년경)엔 한니발 루프스의 딸 수피니발에 의해 신 세레스 아우구스트라에게 헌납함을 기념하고 있다. 무대의 각 측면 벽 위에는 도시의 보호자들인 디오니수스 와 헤르큘레스의 조각상이 서있다. 유명한 배우 셉티무스 아그리파(Septimius Agrippa)의 것을 포함한 다양한 조각상들의 기초대도 발견되었다.

제국시대에 로마인의 극장은 주로 음악과 춤을 위한 장소였고 그리스의 비극적 사건들이 드물게 공연되었다. 그러나 일인 무언익살극이 음악인과 가수들을 동반한 복면한 배우에 의해 공연되는 것이 일반적이었다.

〈세라피스 사원 Serapaeum〉

1951~1961년 사이에 발굴된 유명한 건물 중 하나로서 AD 2세기 황제 마르쿠스 아우렐리우스(AD 161~180)의 통치동안에 지어진 것이다. 이집트의 신 오시리스(Osiris)와 동일시되는 세라피스(Serapis)는 황소의 형태로 숭배되었는데 이런 의식은 로마인 세계 도처에 퍼져있었다. 이 특별한 사원은 세라피스에게, 또한 이시스(Isis: 본래 이집트 여신)에게 헌납되었다. 조각상들의 많은 파편들이 발견되었고, 그 사원이 북아프리카에 크리스천이 퍼지면서 파괴되었음을 말해주고 있다. 여기서 발견된 비문들이 그리스어로 써졌다는 사실은 대부분의 종교적인 집회가 본래 알렉산드리아(이집트의 북부 도시)에서 왔음을 말해준다. 대부분의 조각품들은 렙티스 박물관에 전시되어 있다. 큰 흑백 대리석으로 된 앉아있는 세라피스의 상, 그의 옆에는 추종자들이 있고 삼두견(三頭犬) 세르베루스, 지하세계의 수호자, 이시스의 상, 세라피스의 파트너, 황제의 대리석상(아마도 마르쿠스 아우렐리우스), 그리고 세베란제국의 마지막 황제 알렉산더 세베루스의 어머니중 하나, 등이다.

〈사냥 목욕탕 Hunting Bath〉

도시교외에 있는 유적이지만 참고로 게재한다.

서문(West Gate: 26)에서 길을 따라 서쪽으로 계속가면 후기 로마 성벽과 알 라스프(Al-Rasf) 계곡사이 절반쯤에, 바다에서 92m 떨어진 곳에 Hunting Baths라 불리는 곳이 있다. 이 목욕탕의 고대 로마 냉욕장(Frigidarium)의 벽에서 발견된 사냥하는 장면들로부터 이름을 얻었다. 본래 2세기 말이나 A D 3세기 초, 아니면 더 늦게 지어졌다. 발견 당시 유적들이 양호한 상태여서 아주 정확하게 주된 부분을 복원할 가능성이 있었다. 로마인 목욕탕(특히 콘크리트 둥근 천장)의 가장 완벽한 본보기를 나타낸다(콘크리트는 1세기 동안이나 AD 2세기 초 로마 건축에 도입되었다). 북동쪽 코너의 둥근 천정이 있는 통로를 통하여 목욕탕의 주 부분으로 들어가면 냉욕장에 이른다. 본래 둥근 천장과 벽의 뒷부분은 페인트로 되어 있고 반원형 끝 위의 천장은 모자이크들로 장식되었는데, 거기서 양에게 젖을 물린 님프(여자정령), 바다신의 머리, 그리고 악어들을 포함한 나일 강 장면들이 보인다. 윗부분은 치타와 사자들을 포함한 사냥 장면들로 페인트 되었다.

〈경마장: Circus〉

경마장은 항구의 동쪽 약 1km에 위치하고 원형경기장 북측 바닷가에 있다. 450m×100m의 이경기장은 로마세계에서 가장 큰 것 중의 하나이다. 황제 마르쿠스 아우렐리우스시대인 AD 162년에 건축됐고, 다음 통치시대인 AD 3세기 초기의 세베란 시기에 대대적 재건축을 했다. 주된 오락거리는 전차(Chariot: 옛날의 전쟁 또는 경기에 쓰임) 경주였다. 경주는 지금은 사라지고 없는 둥근 천장이 있는 부스(booth)에서 출발했다. 이 부스는 17세기 프랑스 여행객 Durandon에 의해 목격되었고, 그는 승리의 문(Doorway: Porta Triumphalis)으로 알려진 아치로 된 북동으로 가는 통로의 주입구의 유적에 대해서도 기술했다.

구경꾼들은 자연적인 경사를 이용한 원형경기장의 뒷면(경마장의 남쪽측면 위)과 북쪽의 돌로 만든 계단식 관람석에 앉았다. 남쪽 관람석은 거의 많은 부분이 본래 보습을 유지하고 있으나, 콘크리트와 돌기초위에 세워진 북쪽좌석들은 파괴되었다. 이 의자들 앞에 있는 흉벽(胸壁)은 외부로 나가는 통로로 뚫려 있다. 경기장의 타원형트랙 중

경마장 유적

앙부(기초대가 아직도 남아 있음)에는 중앙에 작은 사원이 있었고, 지표보다 높은 부분에 다섯 개의 직사각형 연못이 일렬로 있었다. 이것은 외부 문헌으로 알려진 Euripus라 불리는 특수한 건축 구조물의 유일한 본보기이다. 중앙부분은 본래 조각상들로 장식되었고 각 끝은 전차들의 돌아가는 지점을 표시하는 솔방울무늬 꼭대기를 씌운 3개의 입구를 가진 반원형 구조물이다.

경주에 참여하는 전차들은 모양이 다양하고 12대까지 달릴 수 있었다. 리비아의 말들이 특별나게 입상하게 되었다. 보통의 경주는 일곱 바퀴로 치러지는데 시계반대방향으로 돌아가고 카운트는 경기장의 중앙에 세워놓은 일곱 개의 계란의 열, 또는 물을 뿜어내는 일곱 마리 돌고래들의 열에서 각 회수마다 하나씩 제거함으로써 시행되었다.

이들 경주 전차들 간의 충돌은 예사였는데 콰라가르쉬(Qaragarsh)

에 있는 AD 4세기 무덤의 벽에 삽화로 설명되어 있다. 이 경기에 도박을 거는 것도 흔한 일이었음은 물론이다. 폐허로 된 모래바닥에서 옛 모습의 역사를 모른다면 아무것도 볼 수도, 느낄 수도 없다. 역사 속으로 들어가 한편의 활동사진을 감상하고 나면 감동 어린 땀방울을 훔치며 일어설 수 있을 것이다.

〈고대 로마의 원형경기장: Amphidtheater〉

항구에서 약 1Km떨어져 있고 경마장 남쪽 관람석 중앙에 원형경기장으로 들어가는 입구가 있다. 산을 깎아내고 입구를 만들어서 높은 석문 과 석벽사이를 들어서는데 벌써 으스스한 느낌이 든다. 2~30m 들어가면 웅장한 원형경기장의 바닥으로 바로 들어간다. 마치 자신이 검투사라도 된 듯 흥분한 관중들의 고함 소리가 들리는 듯하다. 지금은 현실적으로 주차장이 있는 입구의 매표소를 거쳐야 하기 때문에 바로 위에서 경기장을 먼저 내려다보게 되고 다음에 경마장을 보게 된다.

본래는 연약한 사암(砂巖)의 자연적인 경사 위에 AD 5~6년경 만들어졌지만, AD 2세기에 보수, 확장되었고, 세베루스 치하에서 다시 보수, 확장되었다. 둥근 천장으로 된 주입구와 북측으로 두 개의 입구가 있다. 산비탈에는 야생동물의 우리가 준비되어 있었다. 북동쪽 출입구(관객용 출입구가 아님)로 나가보면 지금도 빈 우리가 있다.

로마세계에서 원형경기장은 잔인한 놀이거리였다. 거기서 남자들과 동물들이 도살되었고 아주 인기가 높았다고 한다. '젤리틴' 가까이에 있는 로마인 빌라에서 발견된 모자이크에서 그런 장면들이 발견되었고 트리폴리 박물관에 전시되고 있다. 볼거리중 하나는 야생동물 사냥(Venatio)이었는데 보통 아침나절에 나무와 풀로 정글처럼 꾸며

놓은 원형투기장의 중앙에서 치러졌다. 사자와 호랑이들이 전쟁 포로들을 죽이고 먹도록 풀려났고, 사형수들은 여기로 끌려 나왔다. 동물 간의 싸움도 붙였는데 곰과 황소, 사자와 호랑이 등이었다.

이러한 야생 동물들의 수요가 로마와 다른 주요도시들에서도 있었으므로 지방통치자들의 중요한 임무 중 하나가 동물들을 로마의 원형경기장들에 공급하는 것이었다. 로마의 원형투기장 한곳에서 하루에 5천 마리 이상의 동물이 죽었다고 보고되었다고 한다. 어떤 역사가들은 로마인의 지방들에서 이러한 필요를 원형투기장에 공급하므로 서북아프리카의 사자와 코끼리 같은 많은 종류의 동물들을 멸종시키게 되었다고 말하고 있다. 또다른 형태의 오락은 오후에 실행된 레슬링과 검투사들 간의 접전(接戰 : 1:1이 아니라 다수의 대결)이었다. 이러한 장면들 역시 젤리틴의 모자이크에서 볼 수 있다. 검투사들의 대부분은 전쟁포로들이거나 사형선고를 받은 사람들이었다.

호랑이에게 죄수를 떠미는 장면

경기장에 나오기 직전의 맹수 우리

　격투의 다른 형태들은 다른 종류의 무기를 가지고 실행되었는데, 트럼펫, 뿔피리, 물파이프 들이 시작을 알리는 소리를 내었고 한사람이 졌을 때는 항복의 표시로 자신의 왼팔을 들었다. 그 뒤에 심판(총독이나 그의 대리인)이 결정을 내렸다. 대게 관중들의 희망이 반영되었으며, 만약 그의 엄지가 위로가면 패한 사람의 목숨은 살아남지만 아래로 내려가면 승리한 사람이 그의 상대자를 죽여야 했다. 이 싸움은 며칠이 계속되기도 했다.

　높게 배열된 관람석 중간쯤에 여기저기 나 있는 출입구는 상하층으로 오르내리도록 터널식 통로로 통하는 출입구이다. 통로는 전 둘레를 통하여 상하로 오르내릴 수 있다. 원형투기장 맨 아래관람석 열 아래 바닥과 면한 벽에　는 우리에서 꺼내온 야생동물을 투기장에 내보내기 전, 잠시 가두어 두었던 석조 우리가 여러 군데 있다.

엄청난 노동력과 토목기술이 요구된 공사였고 지상부의 구조물들은 파괴되고 없다. 본래의 구조물이 렙티스에서 가장 잘 보존된 유적이다.

잔인하다고 알면서도 그 광경을 목격하기를 좋아하는 것이 인성이 아닌가 싶다. 깊고 거대한 원형투기장 바닥에서 몇 사람이 박수를 치자 우렁찬 메아리가 층층이 돌아 올라오며 울려 퍼진다. 마치 그날들의 광란의 울부짖음과 함성처럼….

3. 사브라타(Sabratha)

사브라타는 트리폴리 서쪽 약 80Km에 있고 기원전 8세기까지 거슬러 올라간다. 당시 트리폴리타니아를 방문한 페니키아인은 사브라타, 오에아(현재의 트리폴리), 렙티스 마그나 세 도시를 건설하고 지중해 무역의 거점으로 삼았다. 그 후 이 지역은 카르타고, 알렉산더 대제의 지배를 받았고, BC 84년부터는 로마제국의 속주가 되어 로마의 곡창 역할을 했다. 로마제국 쇠퇴 후 게르만계 반달의 침입으로 세 도시가 파괴됐으나 다시 동로마제국인 비잔틴 제국의 지배를 받게 되었다. 이후 행정의 중심이 오에아로 옮겨감에 따라 사브라타는 이전의 번영을 되찾을 수 없게 되었다. 642년 아무르 이반 아스의 아랍 군이 그리스, 로마시대의 식민도시를 파괴해 버렸다.

사브라타는 오랜 세월 동안 모래에 묻혀 지중해에 휩쓸리고 일부는 물속으로 가라앉았다. 사브라타 유적이 다시 빛을 본 것은 1920년대에 시작된 이탈리아 식민지 당국의 발굴 이후이다. 대리석으로 된 기둥들이 웅장하게 나열되어 있고 가까이에 맑고 아름다운 해수욕장이 있다. 1982년 12월 17일 UNESCO에서 세계문화유산으로 지정했다.

사브라타로 가는 길

이탈리아의 원로 예술, 역사가들은 모든 여행자들에게 똑같이 로만 사브라타를 한번보고 느껴야만 한다는 것을 단 몇 마디로 표현했다. '렙티스 마그나에서 느낀 장엄함이 아니라 사브라타는 마음에서 우러나오는 감탄이다' 라고. 실제로 사브라타에서의 일출과 일몰은 고적하다. 그리고 사람의 넋을 잃게 한다. 보는 이들도 없고 찾는 이들도 없이 도시는 깊게 숨 쉬고 찾아온 사람은 고요함에 경의를 표한다.

사브라타는 여성적이라고 한다. 황제 베스파시안(Vespasian)의 부인 플라비아 도미틸라(Flavia Domitilla)를 길러냈다. 당당하고 웅대한 렙티스는 York의 혹독한 추위에서 죽은 황제 셉티무스 세베루스를 배출했다. 렙티스의 외형적 장엄함은 가히 일개 제국의 축소판이라 할 수 있다. 사브라타는 쉽게 하루에 방문할 수 있지만 새로운 탐험에 대한 다른 분위기를 보여준다. 트리폴리 버스정류장(Ar Rashid Street 와 Al Maarr Street가 만나는 점)에서 버스로 자위아(Zawia)까지 가서 다시 사브라타까지 갈아타거나 아예 택시로 갈 수도 있다. 버스는 각각 1디나르(750원 정도)씩 2디나르면 되고, 택시는 편도 15~20디나르에 갈 수 있다. 택시는 타기 전 반드시 값을 확인하고 깎을 수도 있다. 버스로 사브라타에 내리면 사브라타 로만시티까지는 500여 미터로 택시를 이용한다(1~2디나르). 택시는 지붕에 노란 택시마크를 달고 있지만, 일반승용차도 택시역할을 하는 것이 많으므로 물어봐야하고 유적지 관람 후 주차장에 나와 차가 없을 시는 팔각정 선물센터에 문의하면 택시를 불러준다.

사브라타 도시의 연혁

● 페니키아인의 사브라타

페니키아인의 정착에 대한 증거는 사브라타 포럼 북쪽의 최초의 영구가옥 아래에서 바람에 휩쓸려 교차되며 다져진 바닥의 발견이다. 바닥들은 임시가옥들이 있었음을 나타내는데 푸석한 모래층의 깊이는 그쪽이 버려져있었던 동안의 기간을 나타낸다. 카르타고인의 저장용 항아리와 그리스의 BC 5, 6세기의 꽃병들이 이들 원시적인 가옥에서 발견된다. 이 가장 오래된 마을은 작은 진흙벽돌로 만든 임시 오두막들이었는데 그 둘레의 두꺼운 벽의 기초는 리버페터사원 안뜰의 북쪽 부지 밑에서 최근에 발견되었다. 그러나 이 마을은 곧 사람들로 넘쳐나게 되어 성벽너머에서도 집이 발견되었다. 시장광장이 생긴 후 로마인들이 포럼을 위해 확장시켰다. 그리스-이집트의 Isis와 serapis 같은 신에 대한 공개적 숭배의식이 있었던 것은 로마시대 이전 일 것으로 보인다.

● 로만 사브라타

로마인들은 BC 146년 카르타고의 멸망 후 그 도시 형태를 만들었는데 대영제국의 Timgad나 Leptis까지의 전 제국에서 볼 수 있는 형태인 바둑판 모양으로 남과 서로 확장시켰다. 지금 모습의 사브라타는 도시건축에 대한 로마인의 처음이자 인류의 천재적인 창조물이다. BC 140년경에 시작해서 AD 2세기 중에 끝난 것으로 믿고 있지만 초기도시의 확장은 그 남쪽경계지역이 아직 확인되지 않았으므로 정확히 알지 못한다. 그러나 리버페터 사원과 세라피스는 이시기에 속하고 인공방파제가 항구서쪽에 건설된 것도 확실하다. 쿠리아는 포럼 과 포럼바실리카처럼 시작되었다. 반면에 이시스 사원은 AD 10년에 지어졌고 90년 후 재건축되었다. 사브라타는 자신의 동전을 발행하는 권리를 가지고 있었고 이태리 항구 Ostia에 사무실 (statio Sabrathenism)을 설립하기도 했다. 로마는 사브라타를 고다메스(Ghadmes)를 통과하여 중앙아프리카로 가는 교역루트의 출구거점으로 사용함으로써 경제적 잠재력을 발달시켰다. 교역의 대부분은 상아, 노예, 그리고 야생동물이었다. BC 7세기경 Augustus로부터 libertas를 취득함으로써 사브라타는 157년에 식민지(colonia)의 지위로 올라서고 이 시기가 자연히 사브라타 농산물의 번영을 가져왔다. 도시는 동쪽으로 확장되었고 AD 180년의 극장건물에서 절정에 이르렀다. 이것이 헤라클레스 사원이 들어서게 된 배경이다. 낡은 건물들은 새롭게 수리되었고, 253년에 주교직 지위로 기록됨으로써 기독교들은 뿌리를 찾기 시작했다. 포럼의 북동쪽에 있는 리버페터 사원은 더 큰 규모로 재건되었고, 주피터 사원의 본래의 박공벽과 계단, 원기둥들은 그리스에서 대량으로 수입된 대리석으로 재건되었다. 그러나 365년의 대지진, 계속적인 확장, 남부 부족들의 침략 등은 사브라타의 침체를 재촉해서 다시 회복되지 못했을 것이다. 시들어가는 도시의 마지막 복구 작업의 하나는 5세기 전반으로 기록되는 제3의 포럼 바실리카이다.

●반달족 사브라타

429년에 로만 아프리카에 온 반달족은 사브라타에 치명적인 타격을 가했다. 435년 1월30일 조약이 비준되었고, 황제 Valentinian은 카르타고 지방을 제외한 아프리카의 전 로마영토를 반달 Gaiseric에게 양도했다. 그러나 Gaiseric은 439년에 카르타고를 빼앗고 455년에는 로마자체를 강탈하는 일을 착수했다. 455년 직후 반달족은 사브라타의 운명과 함께 그들 자신에 대해 심각한 고충에 직면했다.

● 비잔틴 사브라타

아프리카에서의 짧은 삶의 반달제국은 빼앗은 카르타고를 533년에 court Belisarius에 의해 다시 빼앗겼다. 사브라타에서는 Justinian(비잔틴제국의 황제, 483-565)에 의해 허약해진 도시방어를 위한 새로운 성벽이 건설되고 교회가 건설되었다. 현장 박물관에 이설된 신의 상징적 포도나무가 있는 유명한 비잔틴 모자이크는 당시의 유스티니안 바실리카에서 나온 것이다.

● 아랍 사브라타

회교교조(the propet: mohammed) 패주 22년, AD 642~3년 사브라타 주민들은 Amr ibn al-As가 트리폴리로 진군하고 있다는 것을 듣고 비잔틴성벽 안에서 포위공격에 대비했다. Ibn Ghalbun은 18세기 트리폴리의 연대기에서 Tarikh Tarabulus al-Gharb의 Sabra(그들이 사브라타를 그렇게 부름)로의 승리의 입성에 대해 기술하고 있다. '아무르(Amr)가 트리폴리에서 패퇴했다는 소식이 사브라타에 전해지자 사브라타 사람들은 경계심을 느슨하게 풀어버렸다. 그러나 아무르의 군대는 오히려 트리폴리를 함락한 후 숨 돌릴 틈도 없이 사브라타를 치기 위해 밤을 도와 쇄도했고 작은 항구도시는 놀라 문을 활짝 열고 즉시 항복했다' 라고.

이반 압둘 하킴은 AD 748~749년에 '압둘 라흐만 이반 하비브는 시장을 트리폴리로 이동하고 사브라타의 마지막 상업적 중요성을 박탈하고 그 반동력을 트리폴리의 정치, 경제적 지배권을 키우는데 쏟았다' 라고 기록하고 있다. 9세기에 알 야구비(Al-Yagubi)는 모래에 뒤덮인 도시상태를 관측했고, 14세기 까지는 아트-티자니만의 대리석 원기둥이 똑바로 서 있었음을 기록하고 있다. Haw wara족이 렙티스 마그나에 정착한 것과 똑같이 나퓨사의 부족인 고대 베르베르(Berber)족이 사브라타에 정착했다.

사브라타 방문하기
〈사브라타 박물관〉

주차장에서 내려 정문에서 표를 산 뒤(입장료 3디나르, 카메라 휴대 5디나르인데 본 박물관을 관람하려면 site입장비용과 똑같은 표를 별도로 사야함) 정문을 지나 아스팔트길을 50여 미터 올라가면 왼쪽에 흰 건물이 있는데 이것이 박물관(Roman Museum)이다. 전시된 작품 가운데는 공개된 어떤 것보다 우수한 최초의 것들도 있다. 1932년에 개관했고, 매일 연다. 박물관 입구에는 AD 3세기로 기록되는 Jupiter-as-serapis의 네 성직자들이 떡 버티고 서 있고, 안뜰에 들어서면 조각상들이 배치되어 있는데 좌에서 우로 머리 없는 비너스, 머리 없는 제물을 바치는 성직자, Flavia Domitilla(황제 Vespasian의 부인) 등이 있다. 본래 3개 동으로 분리되어 있었는데 서쪽 동은 antiquariam으로 대리석과 청동으로 된 작은 조각상들과 귀중한 동전 등 다수의 유물이 있었으나 트리폴리 박물관으로 옮기고 지금은 폐쇄되었다. 왼쪽 벽에 투박하지만 단단히 잠긴 철문을 열고 들어서면 극장 목욕탕에서 나온 우수한 모자이크들을 볼 수 있다. 이 작은 방을 지나면 조각상 전시실인데 주피터 갤러리실로 머리가 흘러내리고 위엄 있는 주피터 흉상이 압권이고 로마신화의 평화의 여신 콘코디아의 흉상, 비너스상 등이 있다. 다음의 조그만 방에는 프레스코화의 조각들과 뮤즈 신(세 미녀상)이 있는 모자이크, 사냥의 여신 Diana, Neptune의 모자이크 등이 있다. 이 작은 동쪽 동을 되돌아 나와 중앙에 있는 전시실에 들어서면 눈이 휘둥그레질 모자이크를 보게 된다. 바닥과 양쪽 벽이 모자이크로 꽉 차 있다. 머리 위의 관람 포인트로 가기위해 양쪽에 있는 계단으로 올라가 보자(도시의 현장설명 중 유스티니안 바실리카편에서 발굴과 이전 경위를 간단히 설명했으니 참고바람).

1925년 역사가 Renato Bartoccini에 의해 발견된 후 1934년에 이 박물관으로 옮겼고 장소가 적어 본래의 양쪽 측면 회랑에 있었던 모자이크는 양옆 벽에 붙여 났다. 중앙의 모자이크는 영혼의 기독교적 비유이다. 펼쳐져서 하늘 높이 올라간 한 아칸서스(acanthus: 나도엉가시류의 풀)의 덩굴가지들로부터 시작하는데 4개의 타원을 만들기 위해 4번이나 서로 교차한다. 구세주의 포도를 많은 새들이 쪼고 있고 그들 사이에 독수리, 비둘기, 꿩 풀라밍고, 백조, 오리, 어린 수탉들과 황새들이 있다. 두 번째 타원 안 새장의 새는 육체에 감금된 영혼을 나타낸다. 첫 번째 안에 있는 불사조는 부활을 상징하고 네 번째 안에 있는 푸른색과 초록색 테써러(tesserae: 모자이크용 각편, 대리석, 유리등)로 번쩍거리는 거대한 공작은 천국에 있는 영혼의 아름다움을 극적으로 표현한다.

〈개인 목욕탕〉

박물관을 나서면 정면에 광장이 나온다. 비록 폐허 된 도시지만 시원하고 파란 지중해와 어울리는 아름다움은 한 폭의 그림 같다. 부드럽고 고요함이 가슴에 와 닿는다. 그래서 사브라타를 여성적이라 했나보다. 바다 쪽으로 시원하게 뚫린 도로가 남북 간 주도로 카르도 (Cardo)이다. 들어서는 입구 오른쪽에 세계문화유산 팻말이 있고, 광장 왼쪽으로 100여 미터 떨어진 곳에 조그만 건물이 있는데 초기 페니키아인시대와 관련된 박물관(Punic museum)이다. 우리에게 큰 관심을 줄 것은 없으나 관심 있는 분은 들어올 때 별도로 입장표를 사야 한다. 주도로인 카르도를 들어서면서 바로 왼쪽에 고대인 주거지가 나오는데, 첫 번째 유적이 흔적 없이 잃어버릴 뻔했던 개인 목욕탕이다.

〈Bes의 영묘: Mausoleum of Bes〉

개인목욕탕 북서쪽으로 남은 유적지중 목욕탕을 갖춘 개인집과 우물을 통과하면 하늘을 찌를 듯이 삐죽이 솟은 영묘(靈廟)를 볼 수 있다. 오랫동안 제대로 보존되지 않은 상태에서 1962년에 발견되었다. 조사 결과 3세기말에 건축되었다. 본래 건물에서 나온 석재들은 방어용의 탑을 서둘러 재건축한 유스티니아인들에 의해 재사용되었다. 사브라타의 모든 비잔틴 성벽과 문들은 사실상 이전의 건축물들로부터 빼내온 석재들로 축조되었다.

영묘는 악을 피하기 위해 뱃머리에 앙가발이 난쟁이 상을 놓은 페니키아인에 의해 숭배된 신 Bes나 Bisu의 것으로 알려져 있다. 파리 루브르 박물관에 있는 26번째 왕조의 한 조각상은 희극적으로 모순된 Bes를 보여주는데, 두 손을 엉덩이에 올리고 혀를 내밀고 있는 한 원숭이다. 그러나 역설적이게도 그는 여성적인 장식품, 임산부, 그리고 수면 역을 맡아왔다. 이 마지막행위의 연장선에서 그는 죽음의 보호자로 간주되어 왔고, 이것이 사브라타의 영묘와 관련되게 된 이유이며 Osiris(고대 이집트의 저승을 지배하고 죽은 사람을 심판하는 신)만큼 유명하게 된 이유이다. 또한 Bes는 전통적으로 죽은 자들의 정복자이다. 이는 2층의 메토프(metope: 도리아식 건축의 좌우 트리글리프에 끼인 네모난 벽면)에서 비바람에 깎인 양각에서 볼 수 있다. 또 다른 메토프는 헤라클래스가 네미안(그리스 신화의 네미안, Zeus의 통칭)을 죽이는 것을 보여주고, 3층에는 몇몇 사람의 형상이 있다.

영묘의 북쪽 담벼락을 따라 동으로 난 도로를 따라가면 왼쪽에 비잔틴 성문이 나오고 들어서면 파란 지중해 바다를 전경으로 사브라타의 심장부가 펼쳐진다.

〈남쪽 포럼 사원: South Forum Temple〉

대로를 따라 들어가면 왼쪽의 첫 번째 건물이 Southern temple이고 AD 160년경에 세워졌다. 40년대에 지아코모(Giacomo)에 의해 발굴되었고 거대한 규모에도 불구하고 구체적 단서가 없어 이름 'Southern temple to an unknown divinity(미지의 신을 위한 남쪽 사원이란 뜻)'로 되어 있다. 직사각형 안뜰 각 측면에 대리석으로 포장된 지붕 있는 주랑 현관이 있었음을 볼 수 있다. 파괴되거나 뜯어가고 남은 벽면의 아름다운 대리석판의 일부가 남아 있다.

〈쥬디셜 바실리카: Judicial Basilica〉

남쪽 포럼사원 바로 북쪽에는 포럼바실리카 또는 Basliica of Apuleius of Modora라고도 알려진 쥬디셜 바실리카가 있다. 이 건물은 AD 약 50년부터 법정의 기능을 시작으로 복잡한 역사를 가지고 있다. 여기에서 대 라틴문호인 Modora의 Apuleius가 157년에 으뜸 패(牌)를 사용해 이기게 된 마법에 대한 문책으로 공판에 붙여졌다. 그의 무죄방면과 피고의 반박에 대한 이야기가 'Apuleius on Trail at Sabratha(사브라타 재판정의 아푸레이우스)'의 주제가 되었다.

아마도 그는 그 단순한 직사각형 홀에서 심판받지 않았고 반대쪽 입구인 코린트식 원주들 사이로 들어간 exhedra안에서였을 것이다. 그리고 아직도 완전한 세례당(Baptisty)이 5세기 북측에 추가로 만들어졌다. 세례당은 장방형으로 주교의 의자가 있는 건물로 가는 동쪽에 작은 엡시스가 있고 중앙에는 8변형의 십자가형 기초대가 1.5m 정도 깊이의 세례 반을 둘러싸고 있다. 그 건물은 십자 아치형의 천장으로 덮여 있었고 렙티스의 세베란 바실리카 예술을 연상케 하는 양각으로 조각된 높고 장대한 초기 건물들의 잔재들로 장식했다.

〈안토닌 사원: Antonine Temple〉

쥬디셜 바실리카에서 동쪽 맞은편에 웅장한 건물이 보이는데 이것이 AD 90~95년대의 안토닌 사원이다. 총독을 지냈던 M. Acilius Glabrio에 의해 166년과 169년 사이에 황제 마르쿠스 아우렐리우스와 루시우스 베루스에게 봉헌되었다. 1926년에 발굴이 시작되었으나 1964년까지 리비아 고대 유물관리소에서 바르토치니(Bartoccini)에 의해 공개되지 않았다. 플라비우스 툴루스 상 앞을 지나 테라스로 다섯 계단을 올라가고 흰색대리석으로 바닥처리를 한 직사각형 현관으로 들어가 삼면이 원주로 둘러싸인 43x39m의 직사각형 안뜰 Peribolus로 나아간다. 백그라운드에는 23개의 높은 계단이 있다. 대리석으로 덮였으나 지금은 일부만 남아 있다. 도랑에서 발견된 양 뼈의 조각들이 담긴 항아리들은 동물적 희생행위를 암시하고 있다. 바르토치니는 이들을 카르타고인들의 도벳(tophet: 옛날 유대인이 우상 moloch에게 자식들을 산 제물로 바쳤던 예루살렘근처의 땅) 또는 희생의 장소와 연관 지었다. 그리고 로마 신화에 나오는 크로노스-세터누스(Cronos: 그리스신화 크로노스, 거인의 한 사람으로 우라누스와 가이에르의 아들, 아버지의 왕위를 찬탈했다가 아들인 제우스에 의해 왕위에서 쫓겨났다. 로마신화의 Saturn에 해당)가 된 페니키안 Baal Hammon으로 추측한다.

〈리버페터 사원: Temple of Liber Pater or Dionysus〉

안토닌 사원 테라스를 내려와 주도로(카르도)를 따라 내려가다 바로 오른쪽이 리버페터 사원이다. 풍요와 술의 신 디오니수스(Dionysus년)의 명성을 증명하는 큰 규모, 그리고 그의 승리를 축하하는 모자이크가 현장 박물관에 있으며, 그의 양각이 극장 프리즈(frieze: 보통 장식적 조각을 두기위한 작은 벽)에 새겨져 있다. 그의 축제인 리베라리아는 전통적인 저속한 음악과 사악한 신령들을 쫓아버리기 위해 나무 위에 가면들을 걸어놓고 3월 17일에 거행되었다. 다른 모든 사브라타의 사원들처럼 이 사원도 뒤뜰에 세워졌는데 북, 서, 동쪽에 후기 코린트식 원주들의 열주로 되어 있다. 지금의 형태는 AD 340년 이후 10년으로 기록되지만 얼마 못가서 파괴되었음이 틀림없다. 사원과 그 경내는 귀디(Guidi)에 의해 발굴되었고 카푸토(Caputo)가 복원했다.

리버페터 사원으로의 접근은 포럼을 마주하는 서쪽 끝에 있는 계단으로 올라간다. 성상(聖像)안치소는 26개의 코린트식 원주들로 둘러싸여 있고 그중 8개는 각기 더 긴 옆면에 서 있으며 몇 개는 남쪽에 복원되었다.

〈포럼: Forum〉

리버페터 사원의 서쪽 맞은편 큰길 너머에 모든 로마인 도시의 공공생활의 중심이었던 포럼이 있다. 2세기의 도심 계획자들은 포럼을 도시의 중앙에 만들지는 않았다. 그러나 도시가 상업지역의 남쪽으로 확장하면서 웅장한 모습들을 보였을 것으로 추측된다. 좀 낮은 중앙의 직사각형 큰 구역에서 발견된 기둥용 구멍들은 옥외시장의 임시 목재 진열대로 구성되어 있었음을 나타낸다. 이러한 양상은 시장이 성대해지고 영구적이 되자 마침내 증가된 매매와 수·출입을 처리하기 위한 사무실들이 쑥쑥 생겨났다. 이들 복잡한 임시 거처들은 나중에 회색의 이집트 산 화강암의 우아한 열 기둥들을 갖춘 포르티코에 의해 둘러싸였다. 햇볕에 쬐이는 거대한 투기장(원형경기장)과 비교해 볼 때 한낮의 열기로부터 보행자를 보호하기 위한 지붕 덮인 포럼의 모습을 상상할 수 있다. 사브라타의 포럼은 문학의 원천이라 할 수 있는 '아풀레우스의 변론: Apologia of Apuleius'로부터 AD 155년 이전에 존재했음을 알 수 있다. 이 포럼이 지정학적으로 도시중심에 있었던 것은 아니지만 바다에 근접한 것은 자연적으로 상업 중심지로 만들었다. 그러나 아우스트리아니(Austuriani)의 침략, 또는 AD 365년의 지진, 아니면 두 가지 모두의 이유로 고대포럼의 모든 흔적들이 파괴되었고, 지금의 유적은 4세기에 복구한 포럼의 것이다.

〈카피톨리움: Capitolium or Temple of Jupiter〉

포럼 서쪽에 우뚝 솟은 계단위의 기단 건물이 카피톨리움이다.

이 건물은 아우구스투스 시대(BC 27~AD 14)에 치장벽토를 바른 사암으로 지어졌고, 본래는 그리스-이집트의 신 세라피스에게 봉헌되었다. 그때 카피톨린(Capitoline) 언덕의 3인조인 주피터[22), 주노[23), 미네르바에게 봉헌되었다.

안토닌 시대(AD 138~161) 초기에 대리석으로 다시 입혔으나 옛날에 파괴되었다. 지금 현지 박물관의 주피터 갤러리에 있는 4개의 조각상들은 이 사원에서 발견된 것으로 첫째는, 로마 예술가가 만든 머리가 흘러내리고 위엄 있는 반 모조의 주피터 흉상이고, 두 번째 흉상은 현지에서 만든 것으로 생각되는 콘코르디아(Condordia: 로마신화의 평화의 여신)의 여신 , 세 번째 것은 코에레스티스(Coelestis: 카르타고인의 족장 후계자)여신의 작은 조각상, 그리고 네 번째 것은 헤르메스(Hermes: 그리스 신화의 신들의 使者 , 상업, 교역, 도둑의 수호신)이다.

주피터 사원의 높은 기단(基壇)은 연설자들의 지지로 포럼 쪽으로 확장되었고, 처음의 사암계단들은 2세기 중반에 대리석으로 다시 포장되었다(지금은 대부분 훼손됨). 그때 처음의 박공벽과 원기둥들은 대리석으로 재건되고 남쪽 계단과 연설자들의 연단은 고고학자에 의해 복원되었다. 사원에는 16개의 코린트식 기둥머리가 있는 원기둥들이 있었고, 신전 또는 성소는 3개의 방과 3개의 문이 있었다. 3은 기독교에서 외치는 신성한 삼위일체(성부, 성자, 성령을 일체로 본다)로 주피터 신전의 신비적인 숫자이다.

카피톨리움의 연단 위에 올라가 부서져 있는 거대한 석재를 어루만지며 드넓은 포럼광장을 내려다보면, 잔잔한 파도가 이는 파란 지중해가 눈앞에 있고, 전후좌우로 웅장하고 신성한 사원들과 법정 등의 공

---

22) 주피터(Jupiter): 로마신화 주피터, 모든 신의 왕으로 천계의 최고신, Jove라고도 불리
　　며 그리스 신화의 제우스에 해당
23) 주노(Juno): 로마신화 주노, 주피터의 아내로 모든 신의 여왕, 결혼과 여성의 여신, 그
　　리스 신화의 헤라에 해당

공건물들을 가까이 하고 있는 이곳에 드나들던 시민들과 상인들의 분주한 모습들이 어른거린다.

〈세라피스 신전 Temple of Serapis〉

카피톨리움을 내려와 서북쪽 뒤에 자리한 건물이 세라피스 신전이다. 세라피스의 종교적 의식은 멤피스(Memphis)에서 일어나 알렉산드리아에서 확립되었다. 세라피스는 자기의 주제를 꿈속에서 말하는 Aesculapius와, 즐거운 연회에서 함께 먹고 마시며 어울리는 주피터의 어떤 양쪽 특성을 구체화하는 치료자이고 기적을 행하는 사람이었다. 또한 가끔 바쿠스(Bacchus: 로마신화의 酒神), Helies(그리스신화의 태양신, 로마신화에서는 Sol), 그리고 다른 신들과도 교제했다. 사브라타에서 그에 대한 의식은 종종 이시스(Isis: 고대 이집트의 풍요의 여신, 오시리스의 아내)에 대한 것과 결합시키기도 했다. 그리고 이집트 종교의식이 로마제국에서 최종적으로 금지된 것은 티베리우스(AD 14~37)의 통치 이후이다.

〈쿠리아 Curia〉

세라피스 사원 앞, 포럼의 북쪽에 쿠리아가 있다. 쿠리아는 고대 로마의 원로원(Senate House)이었다. 리버페터 사원과 같이 1세기에 지어졌고, 4세기에 복원되었다. 사브라타의 쿠리아에 대한 고전적 연구는 바르토치니의 'Quaderni di Archeologia della Libia(Vol. 1. 1950. pp.29~58)' 에 나온다. 공공생활의 중심지, 도시의 총독과 시 의회를 움직이는 원로원 의원들을 만나는 장소 쿠리아, 현재의 건물은 AD 365년경 지진 또는 아우스트리아니(Austriani : 트리폴리 해안을 따라

들어오는 침략자들의 침입을 불쾌하게 여기던 배후지역의 사나운 베르베르 사람들)에 의해 파괴된 것으로 믿어지는 초기의 쿠리아 장소에 4세기말에 지은 것이다. 대리석과 회색 화강암으로 된 시폴리노(Cipollino: 흰색과 녹색의 줄무늬가 있는 이탈리아산 대리석) 원기둥들이 직사각형 주랑현관을 장식했다. 대리석으로 마감한 낮은 계단들이 있는데 거기에 원로원 좌석들이 놓였고 최고 좌장 자리는 백그라운드에, 다른 사람들은 중앙과 옆면에 앉았다.

본래의 쿠리아는 아프레이우스의 바실리카의 기념비적 복합체의 필수적인 한 부분을 형성했고, 후에(4세기 이전) 크리스천 바실리카에 의해 교체되었다고 바르토치니는 주장했다.

〈유스티니안 바실리카 Basilica of Justinian〉

쿠리아 북쪽 바다가 잔잔히 내려다보이는 곳에 유스티니안 바실리카가 있다. 지금까지 4개의 크리스천교회가 사브라타에서 발굴되었다. 포럼 남쪽의 아프레이우스의 이름과 관련 있는 시민의 바실리카는 고고학적, 문학적 관점에서 가장 중요하다. 그러나 예술적 관점에서 가장 훌륭한 것은 포럼의 북쪽 교회인데, 이것이 유스티니안 바실리카로 불린다. 유스티니안은 사브라타 도시를 성벽으로 둘러쌌고 이 교회를 가장 우아한 교회로 장식했다. 유스티니안의 교회 자체는 베리사리우스가 533년에 승리하여 해안으로 돌아온 후에 건립되었는데 당시에 최상의 것이라고는 거의 없었다. 단순히 파손된 것이 아니라 완전히 폐허로 된 시민과 교회 건물들의 못쓰게 된 것들의 혼합물이었다. 그것은 6개의 원기둥들로 된 나르텍스(Narthex: 건축에서 교회본당 바로 앞의 널따란 홀), 3개의 본당, 낮은 곳에 있는 사제석, 하나의 설교단과 하나의 성찬 대(聖餐臺)가 있었다. 동쪽 끝에 나온 반원형 출입구는 사라지고 없다.

1925년 레나토 바르토치니(Renato Bartoccini)는 장엄한 모자이크를 발견했다. 그는 그것을 보호하기 위해 모래로 덮었지만, 대중의 관심이 아주 높아서 고대문화에 대한 지휘자였던 지아코모 귀디(Giacomo Guidi)는 그것을 정확히 묘사하여 전시할 특별 박물관을 지었다. 그것이 들어올 때 본 박물관이다. 본래 양쪽 측면 복도형식으로 된 바닥모자이크를 바닥 대신 양쪽 벽에 붙였다. 그것은 박물관 바닥 면적이 유스티니안 바실리카보다 작게 지었기 때문이다. 박물관에서 본 기억을 되살려 이곳 바실리카 현장에 다시 마음속으로 옮겨보라. 그 화려함이 쪽빛바다와 어울려 환상의 조화를 이룬다. 모자이크에 대한 설명은 박물관 설명에서 자세히 해놓았으므로 참고하기 바란다.

〈옛날 집과 거리 모습, 그리고 올리브 기름방〉

유스티니안 바실리카 동쪽 앞의 돌로 포장된 아늑한 기분이드는 도로가 올리브 프레스(Olive Press)거리이다. 길 건너에 복잡한 옛 주거지가 있다. 이것은 공식적인 도시계획을 가졌던 제국시절의 사브라타보다 앞선 주거와 상업 지역이다. 요리조리 들여다볼수록 흥미롭고 무엇이 무엇인지 궁금하기 짝이 없는 골목과 골방들이 얽혀 있다. 복잡하고 혼잡한 가게와 집들 사이에서 창고와 올리브기름 짜던 곳을 볼수 있다. 빈터엔 절구통 같은 돌들이 빈터에 흩어져 있고, 올리브 프레스 거리 끝 바닷가에는 지름이 1.5m 정도 되는 거대한 돌 절구통(올리브를 넣고 누르기 위한 용기)이 오랜 풍상을 겪으면서 살아남아 있다.

여기서 생산된 올리브 기름은 바로 아래 옛 항구를 통해 로마로 수

올리브 기름방

출되거나 공출되었다. 이 조그만 지역에 오밀조밀한 가구에는 아직도 몇몇 가게의 계산대들도 그 자리에 있다.

〈사브라타 항구 Sabratha Harbour〉

북아프리카의 해안선은 대체로 곧고 굴곡 부분이 없어서 항구로서 적절치 못하였다. 그럼에도 옛 화려한 도시가 왜 사브라타에 있었을까? 그것은 그나마 완곡 부가 있어 항구로 쓸 수 있었구나 하는 생각이 들었다. 이 항구에 대한 사실은 1966년의 R. A. York가 이끄는 캠브리지 탐험대로부터 나온 것이다. 해안을 따라 평행으로 이어진 암초가 180m가 넘는 거리에 걸쳐 콘크리트로 덮인 것이 발견되었다. 가장 주목되는 것은 바다 쪽 목욕탕 북쪽에 있는 부두였다. 여기서 직사각형 불록들의 결합형태가 암초 쪽으로 75m나 밖으로 나가있다. 일부는 모래와 뒤엉킨 바닷물로 덮여 있다. 잠수부들은 물속 약 1.8m 속에 놓여 있는 블록들의 선들을 스케치했다. 간혹 둘 또는 그 이상의 선들이 높게 나타난다. 이들 블록 가까이에서 잠수부들은 많은 사암들과 이탈리아산 흰색과 녹색의 줄무늬가 있는 대리석 원기둥들을 찾았다. 그것은 이 블록들이 본래 자재창고를 떠받치는 부두의 지하구조물을 형성했다는 가능성이 아주 크다. 끊어진 블록의 더 작은 부두는 만의 서쪽연안에서 발견되었다. 또한 인근에서 등대의 기초였을 거라고 생각되는 둥근 구조물의 유적도 발견되었다. 커다란 둥근 돌들의 한 줄은 항구의 서쪽 끝에 가장멀리 떨어져있는 조그만 섬에서 암초 쪽으로 320m나 이어 나가고 있다. 이 시설물은 항구가 암초와 연안사이의 지역에만 국한된 것이 아니었음을 말해준다. 선박들은 이 보호물 안에서 아주 안전하게 정박할 수 있었을 것이다. 크고 작은 선박들이 붐볐을 그 자리가 지금은 적막하기만 하다.

⟨바다쪽 목욕탕 Seaward Baths⟩

올리브기름 방에서 바다의 매혹과 옛 생각에서 깨어나 오른쪽으로 바라보면 눈앞에 높게 보이는 건물이 목욕탕 건물이다. AD 1세기와 2세기로 기록되는 화려한 이 목욕탕은 이 도시 목욕탕 중에서 가장 훌륭하고 가장 크다. 주입구를 들어서면 반원구형을 가진 직사각형 홀에 닿는다. 왼쪽의 좀 더 높은 곳에 윗 부분이 부서진 4개의 원기둥이 보이는 곳의 바닥엔 여기저기에 대리석 포장부분이 남아 있고 벽 주위엔 대리석 변기가 일렬로 설치되어 있다. 정교하게 구멍을 뚫고 엉덩이와 맞닿는 부분을 오목하게 파서 편안하게 앉을 수가 있게 해놨고 칸막이는 없다. 렙티스 마그나 목욕탕 언급에서 말했듯이 이 변기에 앉아 옆 사람과 담소를 나눴다고 한다. 화려하게 주변을 장식했고 변기 아래로는 수로를 만들어 정결히 유지되었을 것이다. 놀라운 것은 이곳 방문자중 사진 찍는 사람들의 대부분이 이 변소안의 좌석위에 앉아보고 자신이나 가족의 앉아있는 사진을 찍는다고 한다. 6각형의 방, 목욕탕의 휴게실처럼 대리석으로 포장했고 이태리 산 시펄리노 대리석 원기둥들 위에 코린트식 기둥머리들로 장식했다. 넓은 휴게실로 내려와 바다 쪽에 나무 울타리로 막아놓은 상태가 아주 양호한 모자이크 바닥을 볼 수 있다. 목욕 중 저 아름다운 바다를 바라볼 수 있는 휴게실이 아니었을까? 의자에 혹은 바닥에 주저앉아 전망을 즐기는 사람들의 모습이 어른거린다. 왼쪽으론 수영장이 있고 비너스 조각상이 서있는데, 머리가 잘려나갔지만 예쁜 몸매와 걸친 옷의 수려함은 그 아름다운 얼굴을 상상할 수 있다. 목욕탕을 나와 극장 쪽으로 가면서 목욕탕과 비잔틴 성벽간의 주거지역을 탐사해보는 것도 의미 있다. 이들 개인 가옥들의 바닥 모자이크, 벽의 장식으로 회반죽을 바른 것, 땅바닥 아래 빗물받이, 천수조(天水槽), 그리고 이들과 지붕을 연결하는 배관들, 이층을 지지한 들보 설치용 벽면의 사각형 구멍들, 그리고 사다리 발판 등이 흥미롭다.

〈헤라클래스 신전: Temple of Hercules〉

로마도시에서 동서간 도로를 데쿠마누스(Decumanus)라고 하는데, 이 길을 따라 극장 쪽으로 가다보면 오른쪽에 헤라클래스 신전이 있다. 이 신전은 리십포스(Lysippos)에 의해 앉아 있는 헤라클래스의 복사품의 조각들에 의해 확인되었다. 테이블 장식으로 사용된 것으로 헤라클래스 에프트라페찌스(Herakles Eptrapezies)라 불려졌다.

이 위대한 신(그리스 신화의 헤라클래스: 제우스와 알크메네 사이에 태어난 아들로 용감무쌍한 영웅)의 사브라타 신전은 AD 186년에 완성되었는데 주랑(지붕이 있는)현관 원기둥 맨 밑 부분에 있는 헌정사에 의해 증명되었다.

〈극장 목욕탕 Theatre Baths〉

뛰어난 랜드 마크인 극장에 근접해 있어서 극장목욕탕으로 불리며 로마인의 목욕탕 건설의 본보기로서 선택될 수 있다. 왼쪽에 변소를 끼고 탈의실로 간 다음 동쪽 벽의 문을 통하여 냉욕실로 들어간다. 두 개의 냉욕탕을 가지고 있는 직사각형 방으로 박물관에 있는 모자이크 emblemata BENELABA와 SALVOM LAVISSE는 이 방에서 나온 것이다. 이 공공목욕탕의 장식은 대리석 판벽을 벽에 붙여 특히 사치스럽다. 목욕도구나 넵튠(Neptune), 트리탄스(Tritans), 네레이드스(Nereids)의 초상화나 바다생명체, 바다식품 등을 삽화로 넣기 위해 모자이크를 사용했고, 그림도 넣었으며, 목욕탕을 덮은 대리석은 인조대리석이다. 냉욕실을 거쳐 열탕으로, 즉 목욕하러 들어가서 나오기까지 단계적 편의성과 난방의 효과적 설계 등이 놀랍고, 이글거리는 화덕, 곳곳에 설치한 배수구로 아지랑이 낀 목욕물 흘러가는 소리가 들리는 듯하다.

〈극장: Theater〉

비잔틴성벽 동쪽 너머에 위치한 이 극장은 사브라타에서 가장 주목할 만한 건물이며, 북아프리카 최대의 원형극장이다.

AD 175~200년 사이 세베리(Severi)치하에서 건축되었거나 재건축

원형극장

된 것으로 보인다. 오랜 기간의 조사와 연구의 결과로 이탈리아 고고학자들에 의해 빛나는 복원이 이루어졌고, 본래의 아름다움과 규모의 공정성을 인정받았다. 1937년 3월 무솔리니(Mussolini)에 의해 공식적인 개관식이 있었고 연극이 올려졌다. 무대에 오른 수많은 연극들은 본래의 흥미를 위한 것보다는 주변 환경의 분위기를 위하여 불가피했던 소재들이었다. 예쁘다는 느낌이 들 정도로 정교하고 깔끔한 반원구형 관람석에 서면 눈앞에 거대한 관람석 건물이 시야를 압도해온다. 25m의 높이로 전 로마제국의 극장들에서 잘 알려진 3개의 출입구를 가지고 있는 3개 층으로 된 코린트식의 108개 원기둥으로 구성되어 있다. 석회화(石灰華)로 된 원기둥들은 모두 현대의 것이고 2층의 기둥이 떠받치는 수평 부분엔 글자가 새겨져 있다.

이 극장의 특성을 가장 잘 말해주는 매우 중요한 대리석 양각 조각품이 무대 아래 반원구형과 직사각형 벽감(壁鑑: 벽면을 파내어 조각품이나 장식품을 놓도록 만든 곳)에 있다. 이들 벽감은 서로 교대로 배치되어 있는데 반원구형과 직사각형의 것들로 구분해 보면,

· 반원구형 벽감: (좌에서 우로) 조각품이 나타내는 것은 그리스신화에 나오는 뮤즈 신(제우스의 딸로서 시, 음악, 무용 따위를 관장하는 아홉 여신 중 하나)의 아홉 여신이다. 즉, Polymania, Urania, Euterpe, Thalia, Melpomene, Erato, Clio, Terpsichore이다. 그러나 Calliope의 그림은 거의 모두 상실했는데, 로마와 사브라타의 화합의 축제로 헌주(獻奏)를 따르고 황소를 신에게 제물로 바치는 것을 의인화했다. Re berg는 셉티무스 세베루스 자신이 산 제물을 바치고 있다고 믿고 있다.

그리고 세 Graces(그리스 신화의 美의 세 여신으로 Aglaia는 빛남을, Euphrosyne는 기쁨을, Thalia는 꽃핌을 상징), Satyr(그리스신화의 '사티로스' 로서 반은 사람, 반은 짐승인 주색을 좋아하는 술의 신으로 바쿠스의 從者, 로마신화의 faun)와 함께 Paris(그리스 신화의 파리스: 트로이의 왕자로, 스파르타 왕비 Helen을 유괴하여 트로이 전쟁의 원인을 만들었다)의 심판이다.

· 직사각형 벽감: (좌에서 우로) 연극학교에서의 리허설과 해시계 받침돌위에 두루마리 명부와 서책, 바구니 와 소파, 연극장면, 3개의 다리 달린 테이블, 두 개의 우스꽝스런 가면, 비극장면, 두 개의 비극적 가면, 그리고 무언극 장면이다.

· 정면: 두 사람의 무용수, 여신 Fortune(그녀의 차바퀴로 확인 됨), 그 다음 둘은 상실되었고, 유아 Dionysus와 같이 있는 Mercury(로마신화의 머큐리로 신들의 使者-사브라타의 리버페터의 대중성을 다시 한 번 보여 줌), Hercules, Victory, 그리고 가장 바깥쪽에 남은 무용수

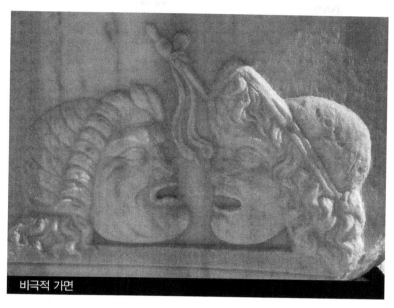

비극적 가면

와 균형을 맞추기 위해 의도된 한 쌍의 무용수 중 남아있는 하나의 무용수. 파란 하늘아래 신비한 소우주에 와 있는 듯하다.

〈기독교인의 묘지 Christian Cemetery〉

극장을 나와 바다 쪽으로 내려오다가 큰 도로에서 동쪽으로 조금 가서 오른쪽, 극장 앞쪽에 기독교인의 묘지가 있다. 이곳에서 단하나의 이레네(Irene : 그리스 신화의 이레네, 평화의 여신)에 대한 비문이 발견되었다. 그 내용은 '기독교 부모의 한 어린 소녀가 3살 한 달 만에 죽었다. 그리고 이 작은 영원한 생명을 치장벽토로 된 사암의 벽돌위에 새겼다' 라는 뜻으로 지금도 현장에 있다고 했는데 필자는 현장에서 찾을 수가 없었다.

〈4세기 크리스천 교회들〉

큰 도로(데쿠마누스) 북측 해안가에 두 개의 매우 흥미로운 교회가 있는데 4세기 후반에 지어졌고 비잔틴 시절에 개조되었다. 좀더 큰 교회는 그의 세례 당에서 두 시대를 분명하게 보여준다. 대충 중앙본당으로 가는 길의 중간쯤에 서면 남쪽에 3중 본당이 있는 건물과 인접하여 더 이른 시기의 세례당이 있고 북쪽에는 더 후기의 세례당이 있다. 앞에 있는 바실리카는 남측에 있던 파괴된 목욕탕건물의 벽돌을 재사용했다. 이상하게 위치한 천수조와 살아남은 모자이크 조각들도 있다. 북동쪽에 근접한 또 하나의 교회는 동시대의 비슷한 구조를 보여주지만 축소된 것이다.

〈오케아누스의 목욕탕: Baths of Oceanus〉

크리스천교회와 이시스 신전 사이 약 중간쯤에 작은 종합목욕탕이 하나 있다. 1934년 5월에 미온욕실에서 넵튠 또는 오케아누스의 훌륭한 모자이크 머리가 발견된 후 넵튠목욕탕으로 알려져 있고 지금 박물관에 전시되어 있다.

넵튠(Neptune) 또는 오케아누스[24]는 하늘(Uranus)과 땅(Ge)의 아들이다. 그리스의 우주 창조론에서 오케아누스는 위대한 창조력, theon genesis로서 여겨지며, 물의 존재에 의해서 모든 생명이 가능하다. 오케아누스는 오케아누스에서 태양과 별들이 뜨고 진다는 믿음은 별들이 오케아누스에서 목욕하고 태양이 황금주발 속에서 동쪽으로 되돌아가 기위해 밤에 오케아누스를 가로질러 간다는 언급에 대한 신화적인 언어로도 표현된다.

---

24) Oceanus: 그리스 신화의 태양의 신 오케아누스

〈이시스의 신전: Temple of Isis〉

오케아누스의 목욕탕에서 동쪽으로 보면 원기둥들이 삐죽삐죽 서 있는 것이 이시스 신전이다.

이시스[25]는 이집트의 Aset[26]나 Eset의 그리스 형태이다.

이는 Demeter, Selene, Hera, 그리고 Aphrodite까지의 특성을 정략적으로 빼앗아버린 힘 있는 여신이다. 아프레이우스는 2세기에 이시스의 추종자였고, 그 의식은 4세기 후기에 그녀의 축하 속에서 진행되었다. 이집트 신화 속 이시스는 이집트의 비옥한 평원을 대표하고 Set에 의하여 오시리스[27]인 나일(강)의 연중 물 공급으로 풍작을 거두게 한다. 그녀는 또한 마술사로서 찬양되고 그녀의 의식인 Madaura는 2세기에 쓰인 이플레이우스의 소설 'The Golden Ass'에 있는 기술을 통하여 우리에게 알려지고 있다. 사브라타의 이시스 신전은 Gennaro Pesce의 전공 논문 'Il Tempio d' Iside in Sabratha(1953)'에서 이태리어로 발표되었다. 지난 10여 년 동안 주요 재건축이 이루어졌고 아프리카에서 그런류의 신전 중 가장 완벽하게 복원된 것 중 하나가 되었다. 본래 아우구스투스(BC 30~AD 14) 통치기간에 지어졌으나 Vespasian(69~79)치세 동안에 현재의 웅장한 모습으로 확장되었다.

3개의 분리된 헌납에 대한 증거들이 제단 위에서 발견되었다고 한다.

〈원형 경기장: Amphitheater〉

이시스 신전에서 잠시 쉰 다음 동쪽을 보면 약간 경사진 모래벌판뿐

---

25) Isis: 이집트 신화의 이시스, 풍요의 여신, 오시리스의 아내
26) Set: 이집트 신화의 세트, 오시리스의 동생으로 짐승머리에 코가 뾰족한 암흑과 밤과 악의 신
27) Osiris: 이집트 신화의 오시리스, 저승을 지배하고 죽은 사람을 심판하는 자

이다.

이시스 신전에서 동쪽으로 700여 미터까지 직선을 그리고 그 지점에서 바닷가로부터 300여 미터 남쪽으로 내려와 마주치는 지점쯤에 보면 푸른 나무숲이 보인다. 그 옆으로는 용도불명의 벽돌담이 길게 놓여 있다. 그 나무숲 앞에 까마득히 돌무더기들이 보이는데 거기가 원형경기장이 있는 곳이다. 물어보아도 아는 사람이 많지 않고 현지 가이드들도 그곳엔 잘 안 간다고 한다. 책을 보아둔 덕에 동쪽 부근으로만 혼자 무작정 걸으며 주변을 돌다가 포기하고 되돌아오려던 순간, 현장을 발견한 기쁨은 말로 할 수 없을 정도였다. 지상의 건물이 사라졌기 때문에 원형경기장은 땅속깊이 마치 분화구처럼 생긴 곳에 만들어져 있었다. 깊이가 20여 m는 넘을 듯싶다. 웅장하나 많은 부분이 무너져 내리고 바닥에는 무너진 돌들이 쌓여 있어 섬뜩한 기분도 약간 들었다. 그러나 본래의 웅장했던 모습과 경기장의 열기를 금방 느낄 수 있었고, 그저 세월의 무상함이 느껴질 뿐이었다. 웅장했을 동서 양쪽 일직선상에 있는 출입구를 통해 경기장 바닥을 가로질러 가면서 여기저기를 살펴보았다. 출입구 좌우로 야생동물을 위한 우리 같은 동굴이 여럿 있어서 금방이라도 눈을 부라리며 튀어나올 것 같았다. 5만 명의 관중을 수용한 로마의 콜로세움(Coliseum)의 2/3만큼 거대한 규모라고 한다. 고대 카르타고가 10만 명 정도의 인구를 가졌고, 렙티스 마그나가 8만 명의 인구를 자랑했다면 크리스천시대 사브라타의 인구를 3만~4만 5천 명으로 계상했다는 것이 결코 부당한 것은 아니다.

사브라타에서 원형경기장의 존재를 기록한 최초의 현대적 작가는 하인리히 바르쓰(Heinrich Barth)였다. Me' hier de Mathuisieulx는 1903년에 그것에 대한 불확실한 서술을 썼으나 1924년에 발굴이 시작되었을 때 남쪽 부분이 빛을 보게 되었다. 모래더미 속에서 이런 구조물이 드러났을 때 발굴자들의 놀라움이 어떠했을까?

　대체로 2세기 후반의 것으로 극장과 동시대로 추정된다. 그것은 둘 모두가 렙티스에 있는 당당한 건물들과 직접 경쟁심에서 건설되었을 것이기 때문이다. 경기장 바닥의 동-서가 65m, 남-북이 49m로 측정되었고 계단들은 바위를 파낸 것이 아니고 축조했다. 1층의 계단들이 무너져 내렸는데 쌓아 올려서 만들었음을 알 수 있다. 중앙 바닥에 모래를 깔아 만든 투기장의 원둘레를 돌아 이어지는 통로는 야생동물들이 자신의 싸움 차례 때까지 갇혀 있던 다양한 동굴들과 연결된다. 이 경기장에서 벌어졌던 놀랍기 만한 내용들은 '로마시대의 도시생활' 란에 자세히 기록해놓았으므로 참고하면 좋겠다.

● 건축재료

　고대 사브라타는 해발 약 10m의 낮은 벼랑 위에 세워졌다. 이 벼랑은 4분의1이 바다 어패류들로 된 석회질 사암으로 고체화 된 해변사구(砂丘)의 두꺼운 지층으로 이루어 졌다. 원형경기장의 남쪽에서 지금도 볼 수 있는 채석장은 이 사암 위에서 조용히 숨 쉬고 있는 이 도시 거의 모든 건물의 기초에 사용되었다. 그러나 그 사암은 부서지기 쉬워서 옛 건축가들은 건축에 필요한 강도와 상대적으로 긴 내구력을 가진 재료들을 더 멀리서 찾아야 했다. 사브라타에서는 붉은 반점이 있는 촘촘하고 화석을 함유하고 있는 백색 화강암, 화석을 함유하지 않는 황색모래로 된 이회토(離灰土)의 석회암, 그리고 포장에 사용된 엽편(葉片)모양의 변성암인 화강암이 발견된다. 이 재료들의 대부분은 Gebel Nafusa의 상부 급경사면에서 나오는 것으로 백악기의 것들이다. 그 블록들은 아직 정확히 확증되지 않은 도로를 따라 사브라타로 옮겨졌다. 렙티스 마그나를 위해 Ras-al-Hamman과 Ras-al-Margab에서 채석된 다공질(多孔質)의 탄산석회 같은 석회암이 사브라타에서 역시 발견된다. 그것은 장식, 조각, 포장, 비문용으로 사용되었다.

가장 훌륭한 대리석들 가운데 더 웅장한 사용에는 다색(多色)의 대리석들과 누미디아(카르타고의 배후지역)에서 온 각력암(角礫岩)인데 렙티스에서보다 사브라타에서 먼저 만들어졌다. 돌 하나로 된 원기둥의 회색 화강암은 이집트에서 가져왔고, 그리스와 이탈리아에서 가져온 대리석은 원기둥과 처마돌림띠, 그리고 벽과 계단을 덮고 있는 데서 식별된다. 그러나 현지 사암위에 마감 처리용으로 널리 사용되지는 않았다.

로마 건축가들은 대부분의 건물외부를 회반죽과 페인트로 칠했다. 이와 관련해서 석회 칠을 한 기둥머리와 안토닌 사원의 몰딩을 보는 것은 흥미롭다. 벽토는 실제로 돌을 숨겨 놓은 것보다 내구력이 더욱 크다.

● 비문(Inscriptions)

사브라타의 비문에 대한 실체는 Joyce Reynolds 와 J.B.Ward Perkins에 의해 1952년에 발간된 'The Inscriptions of Roman Tripolitania' 에 잘 편집되어 있다. 거기에서 발견된 비문들은 AD 2세기의 것들이다. 더 이른 시기의 다른 모든 비문들은 아주 부서지기 쉬운 현지의 사암위에 새겨졌다. 렙티스 가까이에 있는 채석장에서 온 갈색석회암과 산에서 나온 회색 석회암은 2, 3세기에 수입되었고 더 이른 시기의 대리석들은 가끔 재사용되었다. 그러나 AD 1세기 것은 후기 건물에 재사용된 비문들이 약간 풍화된 벽돌들에서 나타난다. 그리고 네오-퓨닉(Neo-Punic)은 두 구절과 몇몇 긁은 그림문자로만 발견되고 렙티스에서는 100년경에 공식사용에서 사라진 것이긴 하지만 이 책에서 두 가지 삽화로 설명된 예가 포럼 안에 있는 대리석 벽돌에서 발견되었다. 169~170년으로 기록된 대문자에서, 그리고, 아프레이우스의 법정너머 기독교 바실리카의 6세기 포장에서 발견된 회색화강암의 다듬어진 제단위에 378년으로 기록되는 4세기 초의 대문자에서 강력한 2세기의 힘으로부터 급속히 쇠퇴되었음을 보여준다.

크리스천 비문의 계열은 묘지지역에 있는 지하묘지에서 나온 비문들과 함께 4세기에 시작된다. 그리고 극장의 북쪽 묘지에서 나온 흩어진 묘석들, 낮고 넓은 묘역에서는 가장 낮은 간조에도 바닷물에 잠기는 5세기 포럼의 비문이 적힌 묘석들은 점점 더 악화되고 있다. 이 책에서 복제한 포럼묘지의 크리스천 묘석, 특히 희귀한 석회암을 보존하기 위해 지나친 단어의 철자생략은 6세기의 전환기에 유행한 서투른 조각술을 예증하고 있다. 즉, B(ONE) M(EMORLAE) BONUS BI/IT IN PAKE/P(LUS) M(INUS) AN(N)OS/LXXX ET REQ/UIEBIT IN P/ACE.

크리스천 합일문자의 시작과 끝인 이 비문은 그 어려운 시대에 한 남자가 대략 80세까지 살 수 있었음을 증명한다.

4. 키레네(Cyrene, 옛 이름: Shahhat)

자발 아크다르주에 있는 고고유적 키레네는 현 벵가지 지역 해발 621m위의 고대도시 'Kurena' 유적에 있다. 그리스 '타라'의 식민지로서 헬레니즘세계 주요도시 가운데 하나였다. BC 600년경에 인구 20만을 넘어섰고 그리스에 곡물을 공급하는 곡창지대였다. BC 96년 로마제국의 키레나이카 속주가 된 뒤에도 로마의 중심도시였다. 두 개의 언덕 사이에 동서로 펼쳐있으며 남서쪽은 옛 성벽으로 둘러싸여 있었다. 가장 오래된 건축물은 아크로폴리스 신전 구역과 아폴론 신전으로 BC 7~4세기에 건설한 것으로 추정된다. 트라야누스 공공목욕탕은 트라야누스황제(98~117)때 건설했으며(클레오파트라가 목욕했다는 설이 있다) 공공광장과 원형경기장은 2세기에 로마식으로 재건한 것으로 고고학적 기념물들이 아주 많다. 이는 이 도시가 한때 역사적 중요성에 있어서 아테네(Athens) 다음이었기 때문이다. 렙티스 마그나에 이어 두 번째로 중요한 유적이며 델피(Delphi)에 있는 것을 모델로 하여 지은 건물들이 많은 키레나이카 지방의 그리스 도시들 중 가장 잘 보존된 도시로 간주된다. 고대 그리스의 시인 Pindar는 그의 한 송시[28]에서 '금관위에 세워진 도시' 라고 묘사했다. 1982년 유네스코 세계문화유산으로 지정하였다.

키레네에 대한 모든 역사적 자료와 헤로도투스(Herodotus)를 포함한 전설은 그리스가 키레네를 건설한 것이지 점령한 것이 아니라고 말하고 있다. 그러나 분명한 것은 그리스가 그들의 종교적 접근에 의한 정복을 정당화하기위하여 이 이야기를 만들어낸 것이다. 헤로도투스는 '나는 티라(Thira)사람들의 이야기를 바탕으로 말한다' 라고 쓰고 있다. 그리스 티라의 주인 이자니우스(Izanius)의 아들 Gernus는 자국민들의 이익을 위하여 일백의 기중을 제물로 바치려 델피(Delphi: 그리스의 아폴로신전이 있는 곳)의 오라클(Oracle: 神託을 전하는 사람)에게 조언을 구했다. 그와 함께 간 사람들 중에는 펠렘네스투스(Pelemnestus)의 아들 바투스(Bathus)가 있었다. 오라클의 도움을 구

---

28) 송시(頌詩): 특정한 인물이나 사물을 읊는 형식의 고상한 서정시

하는 중에 게르누스(Gernus)는 그의 질문과 무관한 대답을 들었다. 리비아에 새 도시를 세우라는 것이었다. 이 답을 들으면서 게르누스는 "아폴로여! 나는 늙고 약한 사람이니 나대신 이 젊은이들 중 하나를 부르심이 어떨까요?"라며 바투스를 가리켰다. 이에 오라클은 "바투스여! 아폴로신은 그대를 새 도시를 건설하라고 리비아로 보낸다"라고 대답했다(Battus란 말이 리비아말의 왕이라는 의미를 가지고 있다는 것이 흥미롭다). 헤로도투스의 전설과 신화에도 불구하고 키레네와 키레나이카 평원에 대한 정복에서 연출된 주된 부분은 아폴로 신 자신에게 돌아가는 그리스 신화에 의하여 주어진다. 이 신이 올림포스 열두신들 중 여섯 번째 서열로 모험과 세속적인 즐거움을 즐기는 것으로 알려져 있다.

신화는 또 말하기를, 아폴로가 그의 켄타우로스(그리스 신화의 상반신은 사람이고 하반신은 말의 모습을 한 괴물)를 타고 나갔을 때 우연히 맨손으로 사자와 싸우고 있는 예쁜 소녀를 만났다. 그는 이 광경에 놀라 그곳에 멈춰서 그녀를 보는데 매혹되어 고정되어버렸다. 그때 켄타우로스가 말했다. "운명이 이 소녀를 만나러 주인님을 이 계곡에 내려오도록 원한 것이니 바다건너 더없이 훌륭한 제우스의 경작지로 그녀를 데려가 주인님이 섬에서 국민들을 데려와 비옥한 고원지대에서 함께 살고 번성할 도시들의 여왕을 삼으소서."

아폴로는 즉시 티라섬에서 온 사람들을 옛날돛단배에 싣고 지중해를 건넜고 리비아 해안의 Al Akhdar산의 땅을 그들에게 주었다. 그때 그는 그녀의 사자를 길들이는 소녀 옆에서 쉬기로 했다. 나중에 그는 그녀의 이름이 키레네(Cyrene)라는 걸 알았고 리비아에 있는 그리스의 첫 밤을 보냈다. 이 이유로 전설은 그리스인들이 리비아에 왔고 그들의 도시를 키레네라 불렀으며, 새 식민지를 건설하기로 결정한 우물 주변지역을 나중에 그들의 주신(主神)인 아폴로(Apolo)라 불렀다. 수원지는 항상 어느 식민지 개척자라도 영원히 살아남을 첫 번째 목표가 되어왔고 영구적인 물 공급을 확실히 하기위한 증거이기도 했다.

● 시민들의 충돌(The Conflict of Civilizations)

키레네는 서기 631년에 점령당했고 전설과 델피의 오라클로부터 멀어졌다. 대이동이 바투스에 의해 인도된 듯이 보이나 실은 기아와 과밀인구에 시달리던 지중해인들에 의하여 많은 난관들 중 하나가 그들을 인도했던 것이다.

리비아에 대한 침공이 감행된 7세기에 지중해 주변 시민들의 외형이 특이하고 경쟁적인 두 권역이 생겨났다.

- 동부권은 자신의 특별한 문화와 전통을 가진 페르시아와 카르타고에 의해 주도된 블록

- 서부권은 아테네에서 전 세계를 그리스인의 도시로 만들려는 꿈을 실현하기로 계획한 그리스에 의해 주도된 블록

바투스에 의한 리비아 정복은 이 주변 상황에 직면하게 되었다. 키레네는 서방을 향하는 다음단계를 위한 교두보로 점령되었다. 그 사이에 카르타고는 Sardinia(지중해의 섬)에 힘을 뻗음으로서 그리스의 팽창기도에 대한 대책을 스스로 준비하고 있었다.

■ 헤로도투스가 말한 것처럼 바투스가 사람들을 이끌고 나왔던 티라가 7년간의 가뭄을 겪었다는 것을 고려해 보자. 그는 '섬의 모든 나무들이 말라죽었다. 델피의 오라클에게 조언을 구하러 사람을 보냈고, 리비아에 도시를 건설하라는 답을 얻었다' 라고 기록했다.

■이것도 고려해보자: '키레네는 노매도 유목민들이 살았던 가장 높은 곳에 위치하고 이례적인 특질을 가지고 있다. 1년에 3가지 곡식이 풍성하다. 첫 번째 곡식은 곡식이 빨리 성숙하는 해안 가까운 들에서 나오고, 농부들은 곡식을 거두자마자 언덕에서 두 번째 곡식을 심을 시기가 된다. 두 번째 곡식을 거두고 나면 산위에서 자라고 성숙하는 세 번째 곡식을 심을 시기 가된다'

■다시 이것도 생각해 보자: '기원전 329~325년 사이에 지중해 사람들이 무시무시한 기근에 의해 황폐화되었다. 그때 키레네는 아테네를 비롯해 40개 그리스 도시의 식량조달을 떠맡았다'

위의 모든 것을 고려한다면 키레네 침공에 대한 델피의 오라클의 집요함을 쉽게 이해 할 수 있다.

Al Akhdar산이 그리스 침공자들 앞에 메마른 땅으로 노출되어 있었던 것 이상으로 아무것도 아니었다는 말이 맞는 것인가?

'Hawa Al-Fatayeh' 동굴에서 발굴된 것들에 따르면 선사시대 초기인 7만 년 전에 리비아인이 거주했었다. 이 기간에 리비아인들은 이집트와 시리아 같은 시민들의 중심부와 변함없이 접촉을 유지하고 있었다. 게다가 그들이 그 직후에 그들의 땅을 떠났다거나 이 비옥한 땅에 도시와 마을을 세우지 않았다는 증거는 없다. 헤로도토스 스스로 입증한 것은 그리스가 그들을 공격했을 때 Al Akhdar에 살고 있던 사람들은 모두 이 땅의 원주민이었다는 것이다. 그는 실질적으로 이집트 경계에서 넓은 Syrte만까지 퍼져있는 지리적 지역에서 잘 알려진 다섯 중요 리비안 부족들에 대해 언급하고 있다. 또한 키레네를 묘사하면서 "키레네에 처음 건너온 바투스의 40년 통치 후 그의 뒤를 이은 그의 아들 Arcesilaus가 16년을 통치하면서 키레네에 살고 있었던 많은

사람들이 리비안 원주민과 같이 되었다", "행운의 바투스로 알려진 3
번째 키레네왕의 치하에서 델피의 오라클은 그리스의 많은 지역에서
더 많은 이주자들을 새 식민지로 떠나 정착하도록 격려했다. 키레네
의 주민들은 새 이주자들에게 그들의 땅의 일부를 제공해야 했다. 특
히 델피의 오라클이 땅의 분배가 끝난 후에 살기 좋은 리비아에 가기
를 결정한 사람은 누구나 크게 후회 할 거라고 말 한 후에는 더 많은
이주가 시행됐다"

● 키레네의 봉기(The Revolt of Cyrene)

로마는 기원전 743년부터 서기 642년 이슬람의 정복 때까지 700년
넘게 키레네를 식민지화했다. 이 700년 동안 토착 리비안들은 그들의
봉기와 침공자들의 존재에 대한 저항을 멈추지 않았다. 이들 봉기 중
가장 심했던 것이 서기 115년에 발생했는데 키레나이카의 모든 도시
를 파괴하게 되었다. 특히 키레네에서는 총체적인 파괴가 있었다. 농
장과 곡식들이 황폐화되었고 요새들은 파괴되었으며 우물들은 1차 봉
기에서 죽은 25만 명의 사람들로 메워졌다. 놀라운 사실은 로마의 기
록들은 그들이 고려한 근거의 원천을 리비안 원주민과는 무엇이든 관
련이 없이 유대인 사회에 의해 저질러진 일순간의 시민폭동으로서 이
학살을 다루었다는 것이다. 그러나 이것은 일련의 소름끼치는 사실들
을 숨기기 위한 우스꽝스러운 속임수이다.

그것은 첫째, 아우구스투스 황제가 키레네를 크레테(crete)에 합병
했을 때 치명적 실수를 저질렀다. 모든 것이 원주민들을 갈라놓은 상
태에서 그들과 외래인들을 결합시키려 한 것이 어리석고 불행한 것이
었다. 둘째, 또 다른 실수는 아우구스투스에 의해 키레네를 작은 시르

테(Syrte)만으로부터 분리하려 했을 때 저질러졌다. 그것은 키레네를 아프리카 속주에 복속시키려는 아우구스투스의 시도였다. 작은 시르테만은 현대 튀니지아의 Gabes만이고, 큰 시르테만은 오늘날 리비아 해안의 만이다.

강력한 리비안 종족들인 Gaetuls족, Garamantes족, 그리고 Marmaridae족의 트리폴리타니아와 키레네에 대한 기습침략은 두 시르테스를 방어하지 못했다. 로마황제의 파멸적인 실수가 자기들의 땅에서 자유를 주장하는 사람들의 투쟁과 비교해 볼 때 장애로써 역사에 남아 있는 것이다.

리비아인들의 저항에 대해 기술한 역사가 Florus는 다음과 같이 기록했다. 'Garamantes족을 등에 업은 Marmaridae족은 중요한 공격을 조직했고 그 즉시 확전으로 전개됐다' 이 역사가는 거짓말을 하고 있지는 않지만 로마군대의 도전 할 수 있는 힘과 확전으로 출병해야 하는 것 때문에 황제를 기쁘게 하기 위하여 '강력한 종족'으로 기술할 수 없었음이 분명하다. 그것은 분명 전체 민중의 힘이 되었다. 리비안 부족들이 그들을 파멸시키기 위하여 수많은 군사행동을 동원하려는 제국에 대항하여 공격과, 싸움, 저항, 그리고 습격을 감행하는 동안에 키레네의 주민들과 유대인간의 상황은 다음과 같이 기술될 수 있었다.

■ 역사가 Josphus Flavius는 그의 연대기에서 회상하기를: Yehova 지역의 지도자이며 로마의 신뢰받는 친구 Marcus Agrippa는 국민위원회, 평민위원회의 키레네 사람들에게 아우구스투스 황제의 축복이 깃든 메시지를 전달했다. 이 편지에서 그들은 황제의 희망에 따라 유대인에게 아무런 문제가 없는 예루살렘으로 유대인을 이동시키는 것을 촉진하도록 요구받았다.

■아우구스투스 황제는 그리스에게 로마정부에 의해 유대인에게 주어지는 권리와 특혜를 존중하도록 그들에게 가르치도록 명령했다.

키레네에서 Marmaidae 부족과의 전쟁이 끝났을 때 전 도시에 확산된 기쁨에 대한 분명한 기술이 된 명문이 발견되었다.

이 모든 설명들을 종합해 보면, 리비아 부족들은 키레네에서 로마의 통치에 대항하여 그들의 혁명을 멈추지 않았다. 키레네의 유대인과 통치자들 간의 친화 관계는 매우 가까웠다. Yehova 지역의 지도자(사실상 Agrippa)는 유대인에게 주어진 모든 권리와 특혜를 존중하도록 그의 국민들에게 엄히 명령한 황제 자신을 대신하여 국민과 평민의회에 압력을 가했을 것이다. 그러나 로마연대기는 사건에 대한 다른 의견을 갖고 있다. 그것은 사실의 반대일 뿐만 아니라 그 대부분이 만들어낸 것이라는 것이다. 사실은 트라얀 황제의 통치 중 서기 115년 무시무시한 봉기가 일어났고 이집트, 키프로스, 키레네, 안티오치(ANtioch), 그리고 레반트(Levant: 동부지중해 연안의 여러 나라들)의 다른 지역까지 확산되었다. 로마의 자료는 그것을 유대인의 봉기로 부르려하고 있다. 그러한 이론은 전적으로 모순된 것이다. 왜냐하면 유대인들이 예루살렘의 고향과 가족을 방어할 수 없었을 때에 이라크, 시리아, 이집트, 그리고 리비아가 포함되는 확장된 전선에서 로마를 상대로 전쟁을 한다는 것이 불가능하였기 때문이다.

그러나 로마의 자료는 다음 사실을 설명하고 있다.

· 폼페이는 팔레스타인이 로마의 속주가 되었을 때 기원전 63년 마카피안(Macapians)을 정복함으로서 팔레스타인이 있는 유대인의 마지막 존재를 끝냈다.

· 예루살렘을 포위한 마지막 단계에서 유대인들은 그들이 평화와

안전을 발견한 리비아로 Josphus를 따라 도망쳤다. 그들은 Ptolemais, Tauchira(또는 Arsinoe), Apollonia, 키레네, 그리고 Bereniee에서 공동체를 세웠다.

● The Silphium

키레네는 약효가 있는 야생식물 실피움(Silphium)의 생산과 수출로 유명했는데 이는 오늘날에도 미스터리로 남아 있다. 그것은 경주 말의 먹이나 특별고기 요리에 드는 향신료 등 다양한 방법과 목적으로 사용되어왔다. 실피움은 은화에 해당하는 가치의 무게로 팔린 아주 가치 있는 식물이었다. 이것이 로마 원로원으로 하여금 대리인을 키레네에 보내어 실피움의 거래를 감독하고 그의 독점권을 행사하도록 한 이유였다. 그때 실피움은 도시의 상징이 되었다. 그의 문장(紋章)이 구리동전의 한 면에 주조되었다. 키레네의 이름과 관련된 것도 발견되었는데 은화의 한 면에는 서기 117년에 Ammon의 초상이 새겨져 있다.

플리니우스(Plinius)에 따르면 그 식물은 키레네 설립 7년 전에 알려졌다고 한다. 뿌리, 줄기 와 잎이 무성한 야생식물로 오늘날 일반적 파슬리(parsley)를 닮았다. 실피움 풀에 주어진 중요한 것은 약리적 사용과 여러 가지 가벼운 병과 질병치료에 사용된 가치이다. 사하라의 경계선 상에서 자라는 것으로 키레네의 거주민들은 리비안 부족들로부터 그것을 구입했다.

스트라보(Strabo)는 실피움의 추출액이 로마로 수출된 것에 대해 말하고 있으며, 플리니우스 역시 그리 주장하고 있다.

로마는 내전 중에 많은 양의 이 추출액을 취득하였으며, 시저는 철수 후 금과 은에 덧 붙여 1,550파운드의 실피움 추출액을 위해 국가 보물창고를 만들었다고 전해진다.

갑자기 이식물이 Al Akhdar산맥에서 오늘날까지 사라졌는데 그 멸종의 이유에 대해 역사가들 사이에서 여전히 논쟁거리가 되고 있다. 스트라보에 의하면 로마의 세금 징수원들에 대한 리비안 부족들의 봉기가 실피움의 어린식물을 파괴하도록 한 것이다. 사람들은 통치자들이었던 바투스 가족의 왕들과, 프톨레마이스 왕조, 그리고 그때의 로마황제들 손아귀에서 그것의 독점적인 수출이 유지되는 동안에 그들의 이익을 위해 이 식물을 이용했다는 것을 알고 있었다.

● 키레네의 유적들(The Ruins of Cyrene)

옛 키레네의 현재 이름은 '사하트(Shahat)'라 불린다. Derna시 서쪽에 위치하며 다섯 개 그리스 도시들-Pentapolis-중 가장 축복받은 도시이다. 키레네는 계곡으로 갈려진 두 개의 측위에 건설되었다. 하나는 북서쪽에, 다른 하나는 남동쪽에 있다. 첫 번째 축 위에는 아폴로(Apollo)의 성소와 제단이 있고 기원전 4세기 중에 재건되었다. 두 번째 축 위에는 공공건물들, 가옥 과 가계들이 있다. 중요 고고학적 기념물은 아크로폴리스[29]와 '바투스'의 무덤이다. 가장 인상적이고 매력적인 옛 키레네의 유적들 가운데는 오늘날도 여전히 살아 있는 것이 있다.

· 아폴로신전: 아름다운 샘(또는 Nymphaeum)이 있고 후에 아폴로의 정령의 상징이 된 대리석 사자, 그리고 아주 값비싼 대리석으로 만들어진 제단이 있다.

· 바쿠스(Bacchus) 또는 Liber Pater신전: 프로쿨루스(Proculus) 광

---

29) 아크로폴리스(Acropolis): 아테네에 있는 도시로 파르테논 신전 등, 기타 유적으로 유명

장의 포럼가운데에 서 있으며 왼쪽엔 시민 바실리카(또는 법정)가 있고 바투스 왕 거리, 로마의 원형극장, 헬레니즘의 극장, 주악 당, 그리고 헤르메스(Hermes) 와 헤라클래스(Hercules)의 오솔길이 있다.

- 4개의 극장
- 헤르메스 신전
- 주피터 신전
- 제우스 신전: 키레네에서 가장 큰 신전이고 아프리카에서 이런 종류는 유일한 것이다.
- Jason Magnus 신전
- Agora(집회장)
- Council of the Prytaneum
- 체육관
- 로마 목욕탕
- 상부 저수지
- Naval Monument
- 헬레니즘의 샘물
- 비잔틴 목욕탕
- 트랙 경기장(경마, 전차경주 장)
- Necropolis(큰 묘지)

키레네에는 4그룹의 묘지가 있는데 모두 헬레니즘의 건축에 따라 축조되었다. 북부와 서부묘지에서는 바위를 잘라내고 만든 것 들이고, 동부 묘지에서는 돌로 만든 무덤들이다. 4번째 그룹은 둥근 무덤으로 헬레니즘시대에 만들어 졌다.

● 키레네의 항구 아폴로니아(Apollonia)

고대 아폴로니아는 그리스에 의해 아폴로의 이름을 딴 이름으로 키레네의 항구였다. 아폴로니아(오늘날의 Sussa)는 오랫동안 필수품과 그 당시의 전략상품인 실피움의 수출을 위해 사용되었다. 이 식물의 무게를 달고, 팔고, 수출하는 것은 황제 아레실라우스(Aresilaus)의 개인적 감독과 엄격함속에서 수행되곤 했다. 키레네의 경제는 실피움과 더불어 금과 타조깃털의 수출에 의존했지만 그중에서도 두 가지 작은 유리병제품인 소금과 유황이었다. 소금은 사막에서 가져왔는데 최고로 중요한 것으로 간주되었다. 그것은 증발량의 비율이 한해의 여름에만 지하 4, 5~6m의 호수에서 의 증발이 1년 걸려서 도달했기 때문이었다. 그때 말라버린 호수는 'Sebkha'로 알려진 소금으로 덮인 거대한 지역이 되었다. 사막의 주요 거주민들은 북부해안 항구에 소금을 공급하고 상인들은 소금을 다른 물품-무기, 옷감, 그리고 금속 용기들과 교환하려고 조바심하며 기다리곤 했을 것이다.

아폴로니아 항구로부터의 소금수출에 대한 명성은 극에 달했고, 소금은 분명히 사막에서 나왔다. 왜냐하면 헤로도투스가 리비안에 대해 아주 훌륭한 자질을 가지고 있어서 목마름은 물론, 치명적인 전갈과 뱀을 제압하고, 사하라의 불모를 이겨내고, 그리고 거기서 소금과 유황을 추출해 낼 능력이 있는 사람들이었다고 기술했기 때문이다.

사막에서 추출되어 오는 소금에 덧붙여 유황은 시르테(Sirte) 만에서 왔다.

키레네는 이러한 경쟁 속에서 야생동물들을 수출했다. 주로 로마의 콜로세움으로 보냈는데 Synessius가 우리에게 말했듯이 하루에 5,000마리가 죽음을 당하기도 했다. 그러나 아폴로니아의 역사에는 키레네에 밀접한 관련이 남아있다. 자치제였음에도 불구하고 로마황제의 통제 하에 있었다. 발전을 거듭하여 기원전 6세기에는 키레네와 프로레마이스 모두가 AL Akhdar산맥 지방의 중요도시가 되었다. 헬레니즘 시대에 공격을 받고 식민지화되었고 서기 1, 2세기에 재건과 혁신이 이루어졌다. 중요기념물 가운데서 그리스시대에 헬레니즘 풍으로 지어진 극장은 로마통치 때 새것으로 만들었다. 그 지역의 3분의 1이 물에 잠겼음에도 남동부 고원지대에는 아직도 아크로폴리스의 유적들이 보존되어있다. 도시성벽 외부에 아름다운 교회가 있고, 그밖에 주목할 만한 그리스 극장, 나중에 발견된 목욕탕들, 그리고 서기 6세기 중에 통치자의 사용목적으로 확보해둔 고대 비잔틴성의 유적이 언덕 꼭대기에 있다.

리비아에서 가장 잘 보존되어 있고 가장 흥미 있는 역사적 현장 중에서 볼만한 곳 중 하나가 벵가지 북동쪽 104km에 위치하는 고대 그리스와 로마의 항구 Tolmeita[30](또는 Ptolemais)라 불리는 곳이다. 기원전 3세기 중에 통치한 이집트의 통치자 Ptolemy 3세 Philadelphus의 이름을 따서 지었다. Ptolemais는 본래 내륙의 그리스풍의 도시 Barce(현재 Almarj로 알려진)의 상인들을 위한 항구였다. 서기 96년 로마에 의해 키레나이카가 접수됨에 따라 로마의 점령 동안에 그 중요성이 증대되었다. 사실 아폴로니아와 함께 키레나이카에서 가장 중요한 도시 중의 하나가 되었으며 광대한 공공사업 프로그램으로 특히 로마시대에 번영을 만끽했다. Berber족의 침략과 Vandal족의 침공은 쇠퇴를 불러왔고 Arab의 공격 때에는 도시가 붕괴되고 말았다. 1935년 이탈리아의 고고학 팀이 발굴을 시작했을 때까지 수세기 동안을 미 발

---

30) Tolmeita(Ptolemais): 흥미로운 유적들로 가득한 옛 그리스와 로마의 항구

견으로 남아있었다. 현장은 아직도 완전히 발굴된 것이 아니지만 광대한 유적들이 발굴되었고 이중에는 몇몇 감동적인 기념물들이 포함되어 있다 발굴된 것들은 Ptolemais의 민중들이 부와 상류생활을 누린 것을 말해주고 있다. 서기 3세기 중에 키레네가 그 지역의 수도가 되었다. 서기 365년에는 지진의 고통을 겪었고 재건계획이 뒤따랐다. 정밀하게 장식된 그리스풍의 궁전은 이곳의 중요건물 중 하나이다. 한때 도시의 한 귀족의 소유였을 것이고 바닥모자이크와 대리석 판벽을 붙인 큰방들을 갖춘 2층집이다. 로만포럼은 기원전 1세기에 그리스 아고라(Agora: 집회장)와 동등하게 재건되었다. 로마인들에 의해 추가된 커다란 아치형 지붕이 있다. 바로 밑에는 수로에 의해 물이 공급된 14개의 큰 저수조가 있다. 계곡에 건설한 로마인의 다리에 의해 만들어진 이 수로의 일부가 지금도 볼 수 있다. 서기6세기에 포틀레마이스는 아폴로니아가 상부리비아의 수도가 되었을 때 반전의 고통을 겪었다. 거의 빈곤의 시기에 들어섰고 파괴된 수로에 의해 더욱 악화되었으며 주민이 떠나버리는 원인이 되었다.

한때 비교적 부유했던 도시로 되돌아오게 한 황제 유스티니아의 도움에도 불구하고 서기 7세기에 키레나이카에 대한 아랍의 정복에 의하여 죽음의 전조가 들려왔다. 현장의 북쪽 측면을 따라 남서에서 북동으로 이어지는 기념물거리(street of monuments)는 도시의 주요도로 중 하나였고, 샘들과 지붕이 있는 주량 현관들, 명문들과 조각상들이 줄지어 서 있다. 서쪽의 바실리카는 완전히 발굴되었는데, 한때 로마 주둔군의 병영이 있던 요새가 있다. 바실리카의 북쪽에 있는 원형 경기장은 기원전 1세기 것으로 한때 검투사의 격투장소였다. 그러나 그 보존 상태는 좋지 못하다. 작은 박물관과 원주가 있는 궁전, 극장,

지하 천수조들이 또한 볼만하다.

5. 벵가지(Benghazi, 옛 이름: Berenice)

　지중해의 항구도시로 트리폴리와 함께 리비아 전체의 수도이기도 하다. 고대 그리스시대에는 식민지 키레나이카의 중심도시로 내륙 오지로 통하는 대상로(隊商路)의 기점으로서 번영했으며, 북동쪽에 있는 옛 도시 베레니스의 자리에는 프톨레마이오스 왕조, 로마 속주시대의 적묘가 남아 있다. 왕제시대에는 리비아의 수도로서 정치의 중심을 이루었으나 이슬람 적 전통이 짙은 도시로 아프리카의 주요 도시 중에서도 발달은 뒤졌다.

　벵가지는 다른 시대에, 다른 통치자들에 의하여 통치되어온 키레나이카 지방의 전 도시들 중 가장 최근의 도시이다. 키레나이카 지방의 첫 번째 수도는 비옥하고 물 사정이 좋은 Jabal el-Akhdar(푸른 산)에 위치한 키레네 자체였다. 그러나 AD 297년 로마황제 디오클레티안(Diocletian)은 수도를 프톨레마이스(Ptolemais: Tolemeita)로 옮겼다. 그러나 AD 6세기에 프톨레마이스는 폐허로 되어버렸고 아폴로니아(Susa)가 '상부리비아' 또는 펜타폴리스(Penrapolis)의 수도가 되었다. 그리고 동부의 이집트 국경까지 확장된 '하부리비아'의 수도는 데르마(Derma)가 되었다.

　벵가지는 그의 긴 역사과정에서 몇 가지 이름으로 알려졌는데 그리스 시대에는 '서부의 행복한 도시'라는 뜻의 Hesperides로, 그 다음에는 Ptolemean, 로마시대에는 Berenice로, 그리고 무슬림시대에는 벵가지로 불렸다. 이 도시는 키레네 왕의 형제들 중 하나가 BC 446년에 세웠고 나중에 리비아에 있는 그리스 도시들의 동맹에 합류했다. 그때 키레네, 아폴로니아, 바르카, 타우치라(Toucra), 그리고 헤스페리데스를 포함해서 Pentapolis로 알려졌고, BC 347년에 Ptolemy 3세의 부인 이름인 Berenice로 개명되었다. 로마와 비잔틴 통치자들의 치하에서 크게 영화를 누렸으나 쇠퇴해지기 시작했다. AD 642~643년 아랍무슬림 군대가 진주 했을 때는 보잘것없는 소도시에 불과했다. 그러나 아랍무슬림 시대에 군사적, 경제적으로 중요성이 커지게 되었다. 벵가지는 자기 일생을 종교일에 바친 무슬림 신앙심이 깊었던 'Sidi Ghazi' 로부터 나온 이름인데 그는 AD 1450년쯤에 이 도시에서 죽었다. 1517년 터키의 카이로 점령에 이어 1551년 트리폴리 점령은 키레나이카를 오쓰만(Ottaman) 지배 속으로 들어가게 했다. 1711년에 카라만리 왕조는 키레나이카를 그들 영토의 필수적 부분으로서 생각한 터키의 선례를 따랐다. 100년 이상의 카라만리 왕조의 지배 뒤 오쓰만은 이 나라를 다시 점령하여 1835년부터 이탈리아가 식민지로 만들려고 결정한 1911년까지 통치했다. 이탈리안 지배에 대한 리비아인의 항쟁은 애국자 오마르 알 묵타르(Omar Al-Mucktar)가 체포되어 벵가지 서쪽에 있는 마을 Souluk에서 교수형에 처해진 1931년 9월 16일까지 계속 되었다. 1911년 이후 점령국 이탈리아에 의해서 건설된 근대적인 시가와 항만을 가지고 있으며, 1930년대부터 상업, 군사적 요지로서 번영했다. 제 2차 세계대전 중에는 다섯 차례나 점령군이 교차되었고, 1,000회 이상의 공습을 받아 크게 파괴되었으나, 1950년대 말 석유가 개발되기 시작한 이래 급속히 발전하였다.

6. 가다메스(Ghadames)

가다메스는 트리폴리에서 680Km, 내가 거주하는 짜위아(Zawia) 캠프에서 600Km 떨어진 유명한 오아시스 도시이다. 하룻밤 유하며 망망한 사막 한가운데서 별들이 보석처럼 빛난다는 밤하늘을 보고 싶었다. 그러나 쉽게 결행할 수가 없었을 뿐만 아니라 5월~9월까진 사막의 열풍과 모래바람으로 여행적기가 아니었다. 그래서 10월~4월 사이에 기회를 잡으려했다. 지중해 연안의 1월은 우기라 비가오거나 구름만 끼지 않으면 최저온도가 영상 6도 정도로 더없이 좋은 시기이다.

2007년 1월 12일 이른 아침에 떠나기로 했다. 겨울이라 아침 7시는 아직 어두웠지만 새벽하늘엔 구름 한 점 없이 별이 빛나 멋진 날씨가 될 거라는 예감이 들었다. 우리 현장에서 일하는 리비아인 36살 총각 무스타파(Mstapa)의 자동차로 가기로 했는데 그는 가다메스에서 수년간 근무한경험이 있어서 길이나 유적 안내에 적격이었다. 지난번에도 동행했었는데 심성이 좋고 운전도 안전하고 능숙하였다. 그는 빛나는 눈으로 거리계를 맞추고 시동을 걸었다. 한 시간 반쯤 지나니 여명이 트기 시작했는데 길목 과일가게 주인이 눈을 비비고 가게를 열고 있었다. 오렌지 한 박스를 샀다. 여름의 풍부한 햇살을 받고 12월 초까지 나무에 매달려 있던 맛있고 영양 많은 리비아 계절과일이다. 속이 검붉은 것으로 이맘때 이 나라에서 맛볼 수 있는 가장 값싸고 맛있는 과일이라 할 수 있다.

두 시간쯤 달렸을 때 지평선을 가로막는 산맥이 신비스럽게 나타나더니 꼬불꼬불 오르막길을 내주었다. 지중해 연안평원과 사막을 경계 지어주는 활처럼 펼쳐진 산맥으로 4~5백m 되는 고개를 넘자 탄다미라(Tendemmira)라는 고원도시가 나타났다. 그리고 한 시간을 더 달려 카바우(Cabao)에 도착하여 깔끔한 레스토랑에 들러 따끈한 커피한잔과 길쭉한 빵을 갈라 부드러운 양고기를 다져넣은 '마프름' 하나로 요기를 하고 다시 떠났다. 끝없는 황무지를 달리다 보면 도중에 만나는 오아시스 도시들이 있는데 그중에 나루트(Nalut), 시나우엔(Sinauen), 데르그(Derg)를 거친다. 마치 비행장 활주로를 달리듯이 직선도로가 수십 Km나 이어졌다. 간혹 양떼와 야생낙타 떼를 볼 수 있다. 그들을 만나는 것은 행운이다. 도시 이곳저곳의 정육점에 매달려 있는 낙타머리와 고기를 보면서 그 귀하고 얼마 되지 않을 낙타를 저리 쉽게 도살하는지 의심스러웠는데 많은 수의 야생낙타를 보고는 이 나라에선 우리의 소처럼 잡아서 먹을 수 있구나, 하는 이해가 되었다.

중간 중간 조금씩 쉬는 것 외에는 평균시속 140km로 달려 출발 6시간만인 오후 1시에 목적지 가다메스에 도착했다. 주행을 방해하는 자동차도 없었다. 다만 취사도구와 침구들을 싣고 분주히 달리는 사막여행을 가는 자동차가 간간이 보였을 뿐이었다. 구름 한 점 없는 파란 하늘, 모래바다, 바람도 자고 덥지도 않은 리비아에 온지 열 달 만에 처음 맞는 멋진 날씨였다. 보는 방면마다 한 폭의 그림으로 정말 운 좋은 날이었다.

우선 시내를 자동차로 한 바퀴 돈 다음 길옆의 깨끗한 레스토랑에 들렀다. 가다메스의 특징적 사진들과 사막관광안내 스티커들로 장식되어 있었는데 튀니지아인이 경영하고 있었다. 1인분에 20디나르(우리 돈 15,000원 정도)받는 '꾸시꾸시' 라고 하는 튀니지 스타일 음식으로 양고기, 비둘기고기, 닭고기, 이름 모를 소시지, 율무 같은 잡곡과 우리의 기장쌀 같은 것으로 접시요리가 나오고, 스프와 야채, 마지막엔 우리의 소주잔 같은 유리잔에 홍차를 주었다. 알제리, 튀니지, 리비아 국경이 만나는 곳이라 튀니지아인과 그들의 음식이 많다고 한다. 가끔씩 지나가는 사막투어 차량과 벙거지가 달린 헐렁한 전통의상을 입은 원주민들이 보였다. 식사 후 바로 옆에 있는 이번 여행의 주목적지 옛 도시 관광을 시작했다. 이름은 'Rehabilitation of the old city of Ghadames(가다메스의 고대도시주거지)' 란 표지판을 걸어놓았고 유네스코의 지원을 받는다고 했다.

드디어 보고 싶은 곳을 방문하게 되었고 그 신비스런 옛 도시에 대한 기술은 다음에 이어지는 기사로 대신하고자 한다.

● 가다메스에 대한 개요

리비아 체제기간이 제약되고 전통적인 사막하나를 보고 싶다면 바로 여기라 할 수 있다. 가다메스는 트리폴리 사람들의 피난지로 유명했던 1950년대에는 사막의 진주라는 별명을 얻었다. 그 후로 새로운 도시가 옛 도시주변에 생겨났고 어둡고 천장이 덮인 보도(길)들과 회반죽 진흙벽돌로 된 성이 이전처럼 붐비지는 않는다. 라다메스(Rhadames)라고도 하고 옛날에는 시다무스(Cydamus)로 알려졌고, 지중해 연안의 트리폴리나 가베스(튀니지 도시)로부터 나이저 강 유역에 이르는 대상로(隊商路)의 요충지로서 번영했다.

사막기후로 여름과 겨울이 서로 닮아서 낮에는 뜨겁고 밤에는 춥다. 끝없이 펼쳐지는 황무지와 사막을 가로지르는 긴 여행 끝에 만나게 되는 사막 건축물로 유명한 도시이다. 톱니바퀴 문형을 한 흉벽(胸壁)으로 구석들을 장식한 건물사이 통로들이 오아시스 둘레에 퍼져 있다.

사하라사막을 통과하는 대 무역루트의 중요한 갈림길이고 만남의 장소로서의 가다메스는 수세기를 거치며 전해 내려온 Berbero-Arab 문화의 요람이었다. 끊임없는 침략자들이 이 도시를 타 지역 문화에 노출시켰고 이를 통하여 가다메스는 독립적이고 발달된 아주 특별한

공동묘지

특성을 가지게 되었다. 성벽으로 둘러싸인 내부에는 지금은 폐허가
된 작은 집들이 서로 다닥다닥 붙어 있다. '아인 엘 페르싸(Ain El
Ferssa)' 란 이름의 샘물이 오아시스의 정원들에 물을 대준다. 성벽 밖
에는 공동묘지가 있는데 무덤들은 단순한 돌들을 땅에 꽂아 놓았다.
마치 자연의 신화적 창조물처럼….

현대적도시가 이들 과거 혼적들의 그늘에서 퍼져나갔다. 그러나 현
대적 모습들이 이 고대장소로부터 발산하는 수천 년의 향기에는 미치
지 못한다. 가다메스는 과거에 푹 빠져 있는 듯이 보인다. 그 가운데
하나는 사람들이 아직도 베르베르(Berber)언어나 타르귀(Targui)방언
을 쓰고 있다. 그들의 얼굴에서 오랜 역사에 대한 자부심을 읽을 수 있
고 이 도시와 주변, 모래둔덕과 작은 소금호수, 그리고 다른 자연의 놀
라움들의 전설에 대해 말하는 걸 좋아한다. 특히 도시 설립의 주요 이

유였던 그들의 샘 '아인 엘 페르싸(일명 Mare' s Spring)'에 대해 말하길 좋아한다.

● 수천 년의 역사도시 가다메스

가다메스에 상당 기간 살았던 이집트인 작가 '아흐메드 엔사리'에 의해 언급된 전설은 샘 '아인 엘 페르싸'의 발견을 넴로드(Nemrod) 부족의 기병들 덕분으로 돌리고 있다. 사막을 건너던 넴로드 족이 그곳에서 말을 쉬게 하는 동안에 그들 암말들 중 하나가 발굽으로 땅을 쳤는데 물이 솟아올랐다. 그로부터 그 샘이 '아인 엘 페르싸' 또는 Mare(암말이란 뜻)의 우물이란 이름을 갖게 되었다. 이 우물의 발견과 도시의 역사는 5천년이 넘을 것이라고 한다. 샘물로 공급되는 관개체계 덕분에 이 도시 사람들은 대추야자를 주축으로 오아시스 농장을 개발했다.

유목민들과 자존심강한 사막의 거주자 토아레그(Touareg)족이 이 새로운 수원지 주변에 숙영을 하고 쉬면서 보급품을 얻었을 것이다. 다채로운 시장들이 이 새로운 삶의 원천 주변에서 필연적으로 성장했고, 고대에 상품들은 지중해에서 나이저강(River Niger: 나이지리아를 흘러서 대서양에 이르는 강)까지의 최단루트에 위치한 가다메스를 통하여 중앙아프리카까지 수송되었다. 먼 옛날 이 지역의 부족 적 거주자들이었던 가라만테(Garamante)족은 지중해 사람들로부터 간단한 공예품들을 획득하여 아프리카 내륙 깊숙이 전해주고 보석과 금속, 사막의 산물인 대추야자와 타조깃털 장식들을 바꾸어 돌려주었다. 따라서 유리한 장소에 위치한 가다메스에는 유목민들만큼이나 방랑 중 쉬는 사람들로 서서히 채워졌고, 그 도시를 통치했던 베르베르 추장의 지휘 하에 영구정착을 하게 되었다. 각기의 집단들은 자신들의 전통, 관습 과 문화를 그들의 목축 떼와 재산과 함께 살던 곳에서 가지고 왔다. 가다메스는 외부공격에 대비하여 마을을 성채로 둘러싼 최초의 도시들 중 하나가 되었다. 첫 거주자들은 리비아 사막의 북동쪽에서 왔다. 몇몇 부족들이 있었는데 그들 가운데는 Beni Mazigh, Beni Quasit와 Beni Qulid로, 첫 번째 대 베르베르 지도자들 중 한사람의 아들들의 이름을 땄다. AD 19년에 '루시우스 코멜리우스 바루스'가 이 도시를 요새화했고, 트리폴리타니아 남부의 로마 군사거점으로 귀속되었으며 잉여올리브 기름은 이탈리아로 보내는 로마제국의 꽤 부유한 지방으로 되었다.

셉티무스 세베루스(193~122)시대에 로마인들은 시다무스(Cydamus: 당시 가다메스를 그렇게 부름)에 제3보병 군단의 파견대를 설치했다. 베르베르 타운의 로마지배는 200년 이상 지속되었고 거주민들의 관습과 습관에 많은 변화를 가져왔다. 특히 장례의식의 변화가 두드러졌다. 그것은 사람들의 우상에 대한 옛 의식의 상실이었다.

6세기에는 비잔틴 제국이 권력의 정점에 있었다. 새 황제 유스티니아는 이탈리안 선배들의 화려함과 영광을 동로마제국에 부흥시키기로 결심하고 이전 로마제국의 땅을 재 정복하기위해 군대를 파견했다.

벨리사리우스와 나르세스의 지휘 하에 유스티니아 군대는 북아프리카, 이탈리아와 남부 스페인을 재정복했다. 가다메스는 새로운 제국의 관할권 아래에 들어갔다. 제국의 군대가 들어오면서 가다메스는 사하라 깊숙한 곳에서 크리스천 도시가 되었다. 그러나 주목할 것은 새로운 비잔틴 권력의 범위가 빈번히 바뀌었고 새로운 종교로 전환되었다는 것이다. 축제를 조직하는 것이 그들의 일이었고 비잔틴 점령기간엔 크리스천 달력의 축제일과 종교상의 축제일을 거행했다. 이 상황은 아랍이 북아프리카를 점령할 때까지 계속되었다. 무슬림 기병대가 이집트를 침공하고 해안을 따라 현재의 리비아를 침공했다. 그들의 임무는 새로운 땅들을 정복하고 이슬람을 전파하는 것이었다. 차례로 북아프리카의 마을과 도시들이 아랍 군에게 떨어졌고 가다메스도 예외가 아니었다. 아랍장군들 중 하나인 '오크바 이반 하미르'가 이도시를 접수했고, 베르베르 정착지를 이슬람으로 바꾸고 모스크 (회교 사원)를 지었다. 옛 도시 안에는 더 이상 사람이 살지 않지만 기도하는 사람들은 지금도 이를 사용하고 있다. 튜니지와 수단에서 진두지휘한 오크바 이반 하미르는 여생을 보내기 위해 가다메스로 돌아왔다. 그는 죽은 후 이곳에 묻혔으며, 그를 기리기 위해 그 자리에 영묘를 세웠다. 아랍의 북아프리카 점령 후 많은 아랍부족들이 이곳에 정착했다. 당시 다양한 왕조들 사이에서 권력다툼이 계속되었는데 1228년에 하프시드(Hafsid)왕조가 튜니지에서 자체적으로 설립되었고, 그의 영향력이 가다메스 같은 먼 남쪽의 오아시스에도 미쳤다. 그 결과로 주민들은 튜니지 권력에 충성하자 이 도시를 이용한 대상무역 (Caravan)으로부터 상당한 이득이 주어졌다. 그럼에도 가다메스는 세금만 내고 자신의 일들을 계속 처리해 나갔다. 주민들에 의해 받아들여진 이들 부과금들은 튜니지 통치자가 보낸 수금원에게 지불했는데 왕립군대가 이를 취하기 위해 간섭했다. 이 군사 원정대의 하나는 특별히 가다메스를 겨냥했다. 18세기 초에 튜니지 군대의 고위 지도자 Caid Romdhane는 가다메스와 싸우기 위해 일만 명을 이끌고 왔다. 그러나 가다메스의 남자들은 복종 대신 도시 밖에서 싸우기로 했다. 성안에서는 부녀자와 어린아이들이 그들의 승리를 기원했다. 양측의 충돌은 끔찍하였고 7일간 계속되었다. 그날의 이집트인 기록자 Mustafa Khodia Ben Kacem El Masri는 '싸움판이 검은 먼지처럼 치솟아 하늘이 보이지 않았다' 라고 기록했다. 가다메스 군대가 그날을 리드했다. 그러나 원정대는 이상하게도 걷으러 온 세금 만 갖고 떠나 버렸다. 수년 후 가다메스는 독립을 회복하게 되었다. 그러나 1826년에 오쓰만 제국이 이도시의 지배를 넘겨받았고 무역은 그들의 이득으로 돌아갔다. 1864년까지는 단순한 관리인(촌장)이 약간의 군사들 도움을 받아 도시를 관리했다. 수년 후 다른 지역 간의 갈등은 질서유지를 위해 터키정부의 원조를 청하게 되는 문제를 야기했다. 감독이 파견되었고 1874년 강력한 터키수비대에 의해 점령되었다. 이 상황은 이탈리아가 리비아를 식민지화 할 때까지 계속 되었다. 다시 이탈리아안의 지배하에 들어가게 된 것이다. 2차 대전이 끝나고 짧은 기간의 프랑스 지배가 뒤따랐는데 프랑스가 차지하고 있던 페잔(Fezzan)에 들어가 있었고, 프랑스는 이를 남부오아시스의 이웃에 있는 알제리 군사영토에 합치려 했었다. 그러나 가다메스는 독립 리비아의 부분으로 남게 되었다.

사하라의 핵심무역타운 가다메스

가다메스의 부의 원천은 천부적 재능과 지혜를 가진 주민들에 의해 실행된 상업이었다. 사하라 아래 아프리카의 도시들로부터 노예들과 상아, 금, 은, 그리고 타조 깃털들이 들어왔다. 특히 보루누(Bornu)는 노예들의 공급원이었고, 마그레브(Maghreb)로 부터는 피류, 식료품, 특히 향신료 들이 들어왔다. 가다메스 자체에서는 단 하나의 특수상품으로서 수놓은 슬리퍼(실내덧신)였는데 지금도 도시 내 특정 장인들에 의해 계속 만들어지고 있다. 지난 시절에 단봉낙타들의 긴 행렬이 사막의 다른 항구도시들을 향해 떠나곤 했는데 거대한 황무지를 건너는 상인들과 여행객들이 그들의 루트 상에 있는 오아시스나 작은 연못에서 쉬며 보급품을 얻곤 했다. 이 끊임없이 오고가는 사람들과 물품들은 잘 갖추어진 보급자리를 찾아갔다. 어떤 도시들은 특별히 중요한 역할을 했었는데 주요 루트상의 역참이었거나 상품의 특별품목의 보급 원이었기 때문이었다. 가다메스 같은 몇몇 도시들은 그들 자신의 대상(隊商)을 조직했다. 도시에 근거를 둔 상인들은 아프리카를 건너는 무역을 위한 호위부대를 조직하기도 했다. 일단 상품을 취득했으면 가다메스로 돌아와 각기 소유주들에 의해 재편성했다. 가다메스용으로 정해진 상품들은 하역하고 무거운 상자들은 풀어서 짐을 꺼내고 그 내용물들은 아프리카의 모든 색다른 것들과 향신료들이 전시되었던 가다메스의 시장에 내다 팔았다. Timbukto에서 온 희귀한 진수들과 Maghreb에서 온 향신료 들, 그리고 귀중한 금속들이 눈이 휘둥그레진 관중들에게 전시되었다. 도시 거주자들은 위대한 상인들에 의해 전시된 상품들에 놀라운 눈으로 모여들었다. 남자들은 식료품과 부인들에게 줄 귀금속을 샀고, 상인들은 먼 나라에서 가지고 온 물품들을 교환했다. 호위대의 도착은 언제나 도시의 경사였다. 대상에 참여했던 사람들은 그들의 안식처에 도착해서 더 위험한 여행을 떠나기 전에 며칠 동안 가족들과 함께 있는 것이 행복했을 것이다. 저녁에는 모닥불 주위에 둘러앉아 사막을 건너는 모험담을 나누었다. 이들 용감한 남자들은 수많은 위험에 직면했다. 불타는 태양아래 거대한 모래언덕을 건너고, 무시무시한 모래폭풍과 맞서며, 약탈만으로 살아가는 유랑자들의 공격을 받았을 수도 있었다. 먹이를 채는 새들처럼 약탈자들은 상인들 속으로, 위로 뛰어 들었다가 약탈품을 빼앗아 신속히 달아났다. 때로는 사람들을 죽이기도 했다. 어떤 상인들은 감옥에 갇혔다가 사하라 아래 아프리카에서 노예로 팔리기도 했다. 이런 이유 때문에 상인들은 떠나기 전에 사람과 동물들을 함께 모아 당당하게 보여줌으로서 잠재적 공격자들을 저지하는 효과를 기했다. 상인들은 종종 그들의 물품을 지키기 위해 용병들을 고용하기도 했다. 가다메스 용이 아닌 다른 상품들은 다시 한 번 먼 목적지까지 보내졌다. 19세기의 고대 베르베르타운에서 북쪽으로 떠나는 대상의 보통 목적지는 튜니스와 트리폴리였다. 일단 상품이 그의 목적지에 도착하면 시장에서 팔렸고, 귀한 피류이나 향신료 같은 특정품목들은 배로 유럽의 시장과 리벤트[31]로 운반되었다. 가다메스와 그와 같은 오아시스 도시들은 사하라 남쪽으로 나가는 물품들(베니스의 특산품: 유리 목걸이, 팔찌, galanterics, 진주, 파리에서 온 diamantsdu temple)의 도중 정차지역이었다. 가다메스를 통하여 남쪽으로 전달되는 것으로는 Marseille에서 온 린네르 제품과 Scio 실크들, 백합제 가로장, 시트, 종교서적을 위한 Venetian 종이와 트리폴리타니아 지역 말들이었다. 노예로 인한 이문이 가장 컸는데 Bornou에서 트리폴리에 오면 5~7배의 값을 받았다고 한다. 사하라의 무역은 하나의 영원한 발레였다. 대상(케러번)들이 도시에서 도시로 방랑하고, 무겁게 짐을 실은 동물들의 검은 긴 행렬이 사하라를 건너 다녔다. 바람, 모래, 그리고 바위의 바다를 건너서 오직 별을 보고 전진했다. 이런 형태의 무역은 모든 사하라의 도시들에서 조직 된 듯하다. 그러나 가다메스는 대규모 상업을 달성했고 그 규모면에서 뛰어났다. 중요한 것은 사막에서 오는 1년에 3편의 대상

---

31) 리벤트(Lesant): 동부 지중해 연안의 여러 나라들. 특히 시리아, 레바논, 이스라엘

들이었는데 가다메스 대상에 합류하였다. 각 사하라의 무역 거점이나 보급지점에는 상인들의 가족 일원이 상주하면서 가다메스의 실제 소유주를 대신하여 짐을 점검하고 수송하는 업무를 수행했다. 다만 가끔씩 탐색을 위해 떠나곤 했다. 물품은 흔히 수단과 Timbktou에서 조달했다. 무역이 절정에 있었을 때의 가다메스 상인들은 Bornou, Quadai, Chad, Zinder, Kanem, Damerghou, Kano, 그리고 Kokoto와 연결을 유지했다. 상업적 연결망의 중앙에서 가다메스는 북부 중앙아프리카에서 가장 중요한 무역타운중의 하나였으며, 특정타운들과의 관계가 아주 가까워서 가다메스사람들은 아직도 그곳에서 일하고 있는 것을 볼 수 있다. 튜니스에서 그들은 여전히 훌륭한 사업가들로 존경받고 있는 게 사실이다. 어떤 가다메스인 들은 옛날의 케러반 대신 대형 화물차들로 장거리 무역을 계속하고 있다.

이 결과로 사하라 무역은 지난날의 매력을 잃었지만, 모든 오아시스 도시들은 살아남기를 원한다면 현대 세계의 요구에 적응해야만 한다.

가다메스의 행정 관리(The Administration of Ghadmes)

12세기 초까지 가다메스는 8개 지역으로 나뉘어 있었다. 각기 다른 부족들이 살았고, 각기 자신의 의회를 가지고 있었다. 그러나 전체 주민들을 위한 중앙권력기구는 없었다. 그래서 다툼과 불화가 잦았다. 의회는 연장자, 지식인, 저명한 사람들로 구성되었다. 이 중산계급들에는 상인들의 지도자, 대가족의 멤버들로 구성되었다. 나중에는 남쪽과 북쪽의 다른 도시들과 무역을 통하여 생산하지 않고도 물품을 공급하고 도시를 부유하게 하는 도시생활의 핵심이었다. 각 8개 지역들안으로 침투된 이 조직은 이탈리아인들의 점령 때까지 계속되었다.

그 의회들은 법을 만들고 관리하고 판결하는 권력을 가졌다. 토의할 일이 있을 때만 모였고 최고연장자나 가장 존경받는 사람이 의장이 되었다. 각자는 원할 때 발언권을 가질 수 있었다. 결정은 3종류로 이루어졌다. 생활방식에 더 이상 맞지 않는 습관의 철폐, 새로운 조건들의 적용, 그 결정이 여자들의 삶에 관련된 것이면 그들에게 즉시 알려줬다. 노예에서 해방된 두 여자가 이 일을 수행하였다. 만약 의회가 가치가 있다고 판단되면 회의기록을 글로 남겼다. 모든 회원들이 서명했고 구성원 중 한 사람이 법령보관실에 보존할 책임이 있었다. 의회는 법정의 역할로도 소집되었다. 도둑에 대한 판결을 통과시키고 이웃들 간에, 그리고 가족들 사이에서 논의했다. 가장 큰 벌은 사회로부터의 추방이었다. 이 경우 휴일과 축제일로부터 배제되었고, 타운에서 무역도 더 이상 못했으며, 시장에도 갈수 없었다. 가끔 몇몇 지역의회는 관개(물 배분)와 연결된 일로 인해 함께 회합했다. 관련된 의회들은 한두 명의 대표자들을 보낼 수 있었고 회합은 단일 지역 내에서 행해졌던 것처럼 진행되었다.

가다메스의 역사적 건물들

다양한 유적과 건물들이 이 도시를 통해 내려온 다른 문명들로 이루어졌있다. 세월과 인간의 파괴적 행위로 사라진 건물들이 훨씬 더 많다. 특히 로마의 점령에 대한 흔적은 없다. 다만 옛 도시 내 모스크의 세정용 연못에 몇 개의 원주들만 있다. 도시의 북동쪽으로 미스터리의 타워 기초를 아직도 볼 수 있다. 로마인의 요새화한 도시로서 가다메스의 역할에 대한 가설에 고고학자를 인도해준 유적이다. 비슷한 또 다른 타워의 유적은 도시근처에서 발견되었다. 이 두 개의 타워를 연결해주는 성벽의 존재를 말해 주고 있다. 아마도 무역과 사막을 오가는 부족들을 통제하기 위한 로마인들의 요새가 있었을 것이다. 그러나 이 타워들이 초기의 대 Berber추장들의 묘일수도 있다. 어쨌건 가다메스의 중요한 기념물들의 주종을 이루는 것들이며 이 유적들의 근원은 알려지지 않고 있다. 또 하나의 유적세트는 하늘로 치솟는 모양의 구조물로 가다메스의 우상과 관계가 있다. 왜냐하면 우상숭배를 하는 사람들에 의해 세워졌기 때문이다. 어떤 분명치 않은 신의 자비를 탄원하는 듯이 보이는데 10개 정도는 된다. 몇몇 남아 있는 흔적들은 이 기념물들이 전부이다. 그럼에도 리비아 사막의 초기 거주자들의 장례관습과 죽음의 의식은 정성을 들였던 것으로 알려져 있다. 우상들의 파괴는 세월과 인간으로 인해서다. 세기 초 가다메스에 대한 군사원정대를 이끌었던 Mustapha Pacha의 아들은 화약으로 몇 개를 날려버렸다. 그것들에 깃든 정신을 쫓아 버린다는 이유에서였다. 어쨌든 역사는 다르게 흐르고 있다. 그 우상들은 도시를 통치한 Garamante족의 처음 통치자에게 돌리고 있다. 그러나 확실한 표시들이 이 건축물의 아랫방에 있는 물건에서 발견되었는데 본래 그리스를 가리켰던 것으로 보이고, 가다메스에 크리스천 전도사들이 살았던 비잔틴 시대로부터 기록된듯하다. 가다메스 주변엔 다른 유적들도 있지만 과거의 가장 훌륭한 모습은 분명히 옛 Berber타운 자체이다. 생물학적 기후에 대응하여 천천히 만들어졌고 그 지역과 그의 주민들 습성의 원천인 그들의 주거지와 모스크가 수세기의 역사를 자랑하고 있다. 옛 가다메스는 아직도 잘 보존되어 있고 이 고대 오아시스 타운의 바쁜 생활(전쟁과 침략자들에 의해 간섭받던)은 이제 오로지 모스크나 옛 가족 집을 방문하는 가다메스사람에 의해 발길이 이어지고 있을 뿐이다. 물론 가끔 방문객 그룹도 찾아오긴 하지만….

사하라의 Berber타운(옛 도시) 가다메스

가다메스 사람들은 지난 이야기 하는 것을 좋아한다. 긴 밤에 오직 먼 별빛 아래서 이야기 나누길 좋아한다. 찻잔이 채워지고 대화를 가로채는 웃음보가 터진다. 이들은 이 도시를 세운 바로 그 부족들의 후예가 아니다. 수천 년 동안의 사하라 문명의 후손들이다. 도시의 이미지 안에서 그 각각은 가다메스를 흐르는 변화된 모든 문화에 대한 하나의 저장용기들이다. 이 도시는 군집된 집들과 좁은 거리들의 촘촘한 연결망으로 된 미로의 도시이다.

도시의 중앙부에 있는 거리들은 복도보다 더 작게 보이며 방문객들이 탐험해 보도록 유혹하고 있다.

작은 아케이드(arcade: 아치모양 건조물의 줄이나 열)가 시원한 그늘과 아름다움을 간직하고 있다. 넓은 거리는 각 지역들과 오아시스의 정원들을 둘러싸고 있다. 눈부신 빛이 아니면 완전히 어두움으로 이 사막 도시 안에 명암이 존재하고 있다. 거리들의 시원함은 상부로부터의 빛과 열을 차단하는 테라스들 때문이다. 주변지역의 숨 막히는 열과 대조적으로 가다메스의 중심은 시원하고 정적이 감도는 오아시스이다. 이 도시를 방문하는 것은 모든 감각기관의 즐거움이고 보는 이의 눈에 경이로움을 제공한다. 요새화된 도시였으므로 밤에는 모든 문들을 닫았다. 옛 도시로 들어가려면 지금도 옛 성문 중 하나를 통과한다. 이 성문들은 도시 내 모든 문들과 같이 야자나무를 반으로 갈라 적절한 널빤지를 만들어 엮어서 만들었다. 성벽에 있는 문들은 쇠 자물쇠와 대문을 봉쇄하기 위해 수평으로 놓인 단단한 널빤지로 완

옛 도시의 좁은 통행로

옛 주거안의 카페

전히 잠갔다. 성벽안의 햇볕에 말려 만든 벽돌로 지어진 집들은 하나의 연결망이었다. 지금도 도시 북쪽의 두 번째 공동묘지 가까이의 버려진 오아시스 부분에서 이 벽돌들의 제품을 볼 수 있다. 거기서 조상전래의 오래된 벽돌기술이 수백만 번의 반복실행으로 대대로 전해져오고 있다. 어두운 거리와 골목길들은 요리조리 가서 결국 도시 심장부로 들어가게 된다. 주의 깊은 여행자들은 석조벤치들 둘레로 작은 개방 공간세트를 발견하게 될 것이다. 어떤 사람들은 아직도 거기서 한낮의 더운 시간대에 와서 쉬기를 좋아한다. 거기에는 3층높이의 고대가옥들이 있고 물을 마실 수 있는 모스크로 들어가는 출입문이 있다. 모든 집들은 양각의 무늬로 장식되어 있는데 일반적으로 종교적인 특성들로 석회로 제작되었다. 무슬림 전통의 이 극히 소박하고 아름다운 명문들은 악령을 피하고 기쁨과 행복을 가져오는 것들이다. 여기 가옥의 설계와 건축은 대단한 독창성을 가지고 있다. 천정은 야자나무로 되어있고 아치와 둥근천장은 야자수 상인방(上引枋: 창, 입구 따위의 위쪽가로대)으로 지지되어있다. 지붕 테라스의 코너부분은 50센티에서 1미터정도 높이의 뾰족한 형태로 솟아오른다. 도시의 각 지역들은 여기저기 문구멍(물론 밤에는 닫히는)이 뚫린 많은 가옥들과 단단히 묶여져 알지 못할 정도로 합쳐진 벽들로 구분되어있다. 낮은 벽으로 나누어진 지붕테라스들은 여자들이 여기서 자유롭게 활동할 수 있는 여성들의 세상(영역)이었다. 여자에게 금지된 도시의 전통은 노예들과 해방된 노예들로부터 떨어져야하고 거리로 내려가서도 안 되고 가족구성원이 아닌 남자를 보아서는 안 된다는 것이었다. 여자들의 세계가 집안과 지붕 위로 제한되어 있었으므로 시장은 1주일에 한 번씩 거기서 열렸다. 조금 떨어진 곳에 오아시스의 녹색정원들

농장을 가르는 통로와 담장

이 있다.

지금도 경작이 되는 부분은 사실상 옛 도시 안에 있다. 작물로부터 거리를 분리시키기 위하여 지그재그 형태의 벽돌 벽을 쌓았다. 관개 (수로시설)가 된 정원들은 커다란 대추야자수 그늘에서 과일나무들이 자라고 채소가 경작된다. 노예제도의 폐지이래 값싼 노동자의 부족은 농사 지주들로 하여금 그들의 좋은 땅의 넓은 부분을 내버려 두게 만들었다.

가다메스의 주변

가다메스의 주변은 사막과 시원한 오아시스의 매력을 함께 가지고 있다. 한쪽으로는 다양하고 변화하는 사막이 멀리 펼쳐져 있다. 지평 선위에 모래 언덕들이 만들어질 수 있고 거대한 자갈밭이 펼쳐지며 끝

없는 미세한 먼지의 대평원이 펼쳐진다. 다른 한쪽으로는 약간의 소금기가 있는 70미터 깊이까지 이르는 작은 호수들이 있고 수 헥타르의 경작지가 있는 오아시스도 있다. 수많은 별들이 흩뿌려진 사막 밤하늘의 짙은 남색 카펫이 가다메스의 또 다른 하나의 자연의 경이이다. 버려진 도시 그 자체는 새로운 현대 도시와 첨예하게 대비되는 신기한 느낌을 가지고 있다. 거리엔 무릎까지 내려오는 긴 웃옷을 입은 Berber족과 나란히 헐렁한 판탈롱을 입은 사람들은 Touareg족인데 역시 전통의복을 차려입은 것이다. 옛 언어가 지금도 사용되고 있고 유목부족들은 도시밖에 캠프를 치러온다. 단봉(등에 혹이 하나인 아프리카산 낙타)낙타를 타고 있는 'blue man' 을 아주 흔히 볼 수 있다. 어쨌거나 옛 도시는 여름날의 혹독한 열기로부터 가다메스사람들의 시원한 회합장소로 남아있고 기도하는사람들은 여전히 그 안의 모스크에서 기도한다. 20세기까지 많은 변화를 가져왔음에도 가다메스의 옛 주거유적은 여전히 귀한 매력을 가지고 있다.

7. 사막문화의 보고 페잔(Fezzan)지역

그리스의 역사가 헤로도투스(Herodotus)는 페잔의 가라만테족은 말들이 끄는 전차를 타고 에티오피아의 Trogle-dytes(Rock Tibbu로 알려진 Tibesti의 거주민)를 사냥하곤 했다고 기술했다. 그러한 마차들은 페잔지역의 선사시대 암벽화에서 자주 나타난다. 지리학적으로 트리폴리타니아 지역의 연안평원은 이집트와 북서아프리카를 연결하는 자연적 통로를 형성했다. 그리고 역사의 흐름 속에 그곳 주민들은 보다 비옥한 땅을 찾아 여기저기서 들어오는 침략자들을 지켜보았다. 트리폴리타니아 사람들 자신의 정치, 문화적 결합은 연안지역 주거의 커다란 중심이었던 벵가지의 동쪽 보다는 트리폴리의 서쪽과 손을 잡았다. 그것은 시드라(Sidra)만의 황량한 해안에 의하여 키레나이카로부터 단절되었기 때문이다. 이와는 다른 쪽에 있는 페잔은 이집트와 키레나이카 양쪽 모두와 더 가까운 접촉을 보였다. 그것은 편리하게 위치한 오아시스 연결로 이루어졌다. 현재 페잔지역의 인구는 35만 명 정도이다.

새브하와 아우바리 호수지역

새브하(Sebha)는 리비아의 주도시들 중 하나인데 넓은 거리들과 대개 1~2층으로 된 흰 건물들에 의해 다른 곳과 구별된다. 이 도시의 색다른 사회적 형태는 유일한 개인차를 가지고 있다. 이곳은 오늘날 사막 한가운데 있는 숲과 푸른 정원으로 둘러싸인 현대적 오아시스로서 거주민과 관광객 모두에게 활기를 불어넣어준다.

옛 도시의 쓰레기 더미위에 세워진 이 도시는 1969년 9월 1일 혁명으로 옛 정권을 무너뜨린 후 짧은 기간에 취득한 발전의 무대를 대표하고 있다. 그러나 옛 유적들은 보존되어 방문자들과 방문객들이 보고 현재와 과거를 비교해 볼 수 있다. 새브하가 혁명의 첫 불꽃이라 말할 수 없지만 1977년 3월 2일 대중의 시대로 천명된 'Jamahiriya'의 비상(飛翔)의 한 중심지이기도 하다. 새브하에서 남서쪽의 아우바리(Awbari)쪽으로 가다가 옛 가라만테족의 수도였던 Germa 못 미쳐 Tekerkiba라는 곳에서 왼쪽 사막 길로 접어들어 호수지역으로 나아갈 수 있다. 거대한 모래 언덕들을 사륜구동차로 오르내리고 요리조리 피하면서 달리는 느낌은 상상으론 불가하다. 물은 말라버렸지만 경관이 수려한 Mandara호수, 그리고 이 지역에서 가장 아름답다는 Unm al-maa 호수, 또 이 지역에서 가장 크다는 Gerbaoun호수가 있다. 이 지역 호수의 물은 사해처럼 염도가 매우 높다.

가트(Ghat)

가트는 트리폴리에서 약 1,400여 Km 떨어져 새브하 남서쪽 알제리 국경에서 가까운 곳에 있는 오아시스 도시이다. 이 도시는 잔치소동으로 주목받는 유쾌한 도시로 매년 12월 29일부터 31일까지 사막축제가 열려 연말연시 휴가를 보내는 유럽의 많은 관광객이 찾아온다. 그리고 유명한 사막문화의 보고라 할 아카쿠스 예술유적지를 방문하기 위한 기점이기도 하다.

타드라르트 아카쿠스 예술유적

트리폴리에서 남서쪽으로 1600여 Km 떨어진 바위그림의 유적지이다. 사하라사막에 뻗어 있는 타트라르트 아카쿠스(Jabal Akakus)산맥에 있으며 사하라사막에 검은 바위의 돌기둥들이 장관을 이루고 있는 지역으로 1985년 유네스코(UNESCO)에서 세계문화 유산으로 지정하였다.

사암 벽에 남아 있는 수많은 선 각화(線 刻畵)와 채색화들이 그려진 시기는 몇 시대로 나눠진다. 코끼리와 코뿔소 그림은 BC 12,000~BC 8,000년에 그려졌고 수렵모습을 생생하게 표현한 그림은 BC 7,000~BC 4,000년에 그려진 것인데 채색화도 등장한다. 그 뒤에 목축 시대를 뜻하는 수소를 그렸고, BC 몇백 년 경에는 전차를 끄는 말들이 등장한다. 기원전, 후의 그림에는 낙타가 나타나는데 그것은 당시 이 지역이 사막화하였음을 말해준다. 전문가들은 이 지역의 원주민이었

사막 여행 중 텐트 안에서의 저녁담소

사막의 요새

염소와 양 암각화

동물 암각화

권영국 에세이

던 투아레그(Tuareg)족의 선조들이 그린 것으로 추정하고 있다. 이 지역은 19세기 중기의 독일탐험가에 의해 처음 알려졌는데, 벽화와 암각화들은 1955년 로마대학 탐사대에 의해 본격적으로 이루어졌다. 손가락이라는 뜻의 Adad에는 사막바닥에 다양한 모양의 돌산들이 서 있고, 손가락 모양의 높고 장대한 돌기둥들이 바닥에 우뚝 서 있다. Awiss 지역엔 조그마한 모래언덕들 사이에 돌기둥들이 삐죽삐죽 나와 있고 모래바람에 생겨난 다양한 아치가 온 사방에 펼쳐져 있다. 이 Awiss 부근에는 암각화가 다양하다. 염소와 코끼리를 주제로 한 암각화는 과거 이 지역 주민들의 생활상을 보여준다. 적색벽화로도 유명한데 당시 창과 활을 이용한 사냥놀이 벽화와 동물이 끄는 수레를 타고 달리는 사냥꾼의 모습이 흥미롭다. Awiss에서 30여 Km 떨어진 Til lalem으로 가는 길의 Til lalen 못 미쳐서 한 돌산아래 푹 들어간 곳에는 온통 적색벽화와 암각화가 있는 바위를 볼 수 있는데, 수많은 동물과 사람모습으로 채워져 당시 원주민들의 생활상을 현실감 있게 보여준다. Til lalen에서 30여 km 떨어진 Tashwinat 지역에는 Akakus 지역에서 가장 유명한 암각화와 벽화가 있는 곳인데 염소와 양들의 생동감 넘치는 적색벽화와 백색기린의 모습도 볼 수 있다. 코믹한 코끼리의 모습, 정장 입은 여성을 주제로 한 벽화, 그리고 사람과 동물이 함께 앉아있는 매우 정교한 그림은 이 지역에서 가장 훌륭하다.

또한 Tenghaliga 지역에는 100여 m 정도 높이의 돌기둥들이 붙어 있는 신기한 돌산도 있다. 이것들은 리비아가 자랑할 만한 사막문화의 보물이라 할 수 있다.

5. 기타 가볼 만한 곳

Libya

01 대수로 공사

대수로 공사 이전의 리비아의 경작가능 면적은 지중해 연안 해안지역으로 한정되어 전국토의 1.4%이며 관개농지는 농업용수의 절대부족으로 0.1%정도에 불과해 안정된 경작 가능지의 확보는 리비아인의 생존과 직결된 문제이다.

● 대수로 공사의 개요, 목적 및 공사배경

대수로 공사는 석유생산이 국가의 주 수입원인 리비아의 지도자 카다피가 석유고갈 및 대체 에너지 개발에 대비하여 리비아의 남동쪽에 있는 사하라 사막의 5개의 오아시스군(群)이 있는 '쿠프라' 지역의 지하 500m에서 나일 강 200년 유량에 해당하는 지하수원을 개발, 국토의 90%가 넘는 사막지역을 옥토로 바꾼다는 야심으로 70년대 초부터 시작한 녹색혁명(Green Revolution)의 일환으로 추진된 공사로 공식명칭은 'Great MAN-Made River(위대한 인공 강)' 이다.

1단계의 1996년 9월 1일로 성공시킨 통수 식에 이은 3, 4 단계 공사로 '세계 제8대 불가사의' 라는 역사적인 작업의 전 과정을 한국의 동아건설이 전담하여 공사금액, 공사기간, 동원인원 및 장비, 기술개발 등의 질적, 양적인 모든 면에서 세계최고의 공사를 시행하였다.

본 위대한 인공 강 공사는 그 규모가 세계 초유이므로 사용된 장비 또한 국내에서는 물론 세계적으로도 사용된 경험이 없는 대형장비가 주류를 이루고 있다. 따라서 현장에 적합한 각종장비를 개발하여 작업능률 극대화를 기하기 위해 되 메움 장비인 Hopper Spreader, Conveyor Loader 및 최대 작업 중량 80톤의 세계최대의 지게차, 시간당 작업량 730m³의 Bucket Wheel Excavator(바켓휠 굴착기)등을 자체개발하여 공기단축 및 시공성능을 향상시켰다. 본 공사 착공식에서 '카다피' 는 "위대한 인공 강 공사는 이집트의 피라미드, 중국의 만리장성 등과 비견될 불가사의 한 작품이 될 것" 이라고 비유한 바와 같이 방대한 지역에 걸친 단일공사로는 세계최대의 공사이다. 현재 리비아 정부는 집권 후 녹색혁명의 기치아래 산업 및 사회복지 향상을 위한 종합계획을 수립하고 각 분야에 걸쳐 정책적으로 강력히 추진하고 있으며 리비아 국기도 녹색혁명의 상징인 녹색이다. 본 대수로 공사는 이와 같은 배경에 따라 리비아정부의 홍보와 국민의 녹색혁명에 대한 기대로 전 리비아인의 관심과 주시 속에 진행되고 있는 사업이다.

'쿠프라' 는 리비아 남동쪽에 있는 5개의 오아시스지대(길이 48Km, 너비 19Km)를 말한다. 이슬람교도가 정착하여 대추야자 및 그 밖의 곡물을 생산하고 있고 지중해안, 페잔지역, 나일 강 유역 사이의 대상로(隊商路)의 요지이고, 세누시족의 정치적 중심지의 하나였다. 1879년 독일인 게르하르트 롤프가 이곳을 방문한 최초의 유럽인이었으며,

1911년 이탈리아가 점령할 때까지 거의 유럽에 알려지지 않았던 곳이다. 키레나이카를 식민지화 한 이탈리아도 1931년까지는 이 오아시스를 지배하지 못했다. 오아시스 촌락의 하나인 '타지'는 세누시 파 이슬람교의 성지로 알려져 있다. 올리브, 포도, 밀 등을 재배하고 지하수의 물로 관개가 이루어진다.

● 공사 금액

콘크리트관에 흐르는 물의 압력 6~26bar에 견디도록 설계된 관의 내경은 4m, 길이는 7.5m, 무게는 1개당 75톤의 거대한 관이다. 이러한 관의 고강도(420Kg/cm²이상) 콘크리트 코아는 관의 주요 구조요소로서 작용하며, 높은 유체유동을 위한 부드러운 내면을 제공하여야 한다. 콘크리트관의 총연장길이 제1단계 1.874Km, 제2단계 1,652Km에 달하는 장거리 송수콘크리트관의 누수율은 제로 %이어야 하기 때문에 관 제작, 운반, 관 연결 및 매설 등에 특수공법이 적용되지 않고서는 성공할 수 없는 '세계 8대 불가사의의 하나' 또는 '금세기 최대의 토목공사' 로서, 공사금액은 제 1, 2단계를 합쳐 무려 106억5천3백만 달러나 되는 엄청난 공사로서 제3차분도 약 50억 달러가 예상된다.

02 리비아 사막

아프리카 북부 사하라 사막의 동부를 이루는 광대한 사막으로, 연면적 약 130만 Km²이다. 동쪽은 이집트의 나일 강에서 서쪽으로 리비아, 남쪽으로 수단 북서부에 걸쳐있는 부분으로 수단의 와다이 산지와

사막의 방갈로 마을

차드의 티베스티 산지를 잇는 선을 남서 단으로 하고 티베스티 산지와
북쪽의 지중해를 잇는 선을 서단으로 하는 지역을 총칭한다. 이집트
에 있는 부분은 서부사막이라고도 한다. 최고봉 '자발 알 우와이나트
(1,934m)'를 제외하면 대부분이 해발 고도 200m 이하의 평탄한 지세
이나 건조한 모래가 내륙으로부터의 강한 풍압을 받아 남북 800Km이
상의 방대한 사구(砂丘)를 형성함과 동시에 이집트의 카타라 저지(최
저점: 해저 133m)처럼 해수면보다 훨씬 낮은 저지도 있다.

　일반적으로 남부보다 북부가 낮으며 카타라 저지를 제외한 저지에
는 오아시스가 산재해 있다. 나일 강에 가까운 이집트의 저지 팡융 등
이 그 전형적인 것으로 풍부한 농경지를 제공해 주고 있다. 또 시와,
파라 피라, 다힐라, 쿠프타 등은 옛날부터 유명한 오아시스이다. 남부
는 사하라사막 중에서도 사람이 살기에 가장 부적당한 지역으로 유동

적인 모래 때문에 유목민은 물론 대상(隊商)들도 접근하지 않는다. 리비아 사막은 1, 2차 세계 대전 중 격전지였으며, 근래에는 양질의 석유가 개발되어 지중해까지 송유관을 통해 수출되고 있다. 20세기에 들어서서 처음으로 유럽인들에게 알려졌다.

03 가리안 고원(Garian Plateau of Gebel)

제벨(Gebel)은 산(mountain)이란 뜻이다.

리비아의 제벨은 단순한 언덕들의 집단이 아니라 튜니지아의 바닷가 가베스(Gabes)에서 출발해 홈즈(Khoms) 서쪽 18Km 지점 Fonduk en-Naggaza까지 성벽처럼 이어진 산맥이다. 사하라 사막과 해안지역 평지에서 불쑥 솟아올라(최고봉 837m) 해안평원을 둘러싸는 거대한 활모양이다. 동부 제벨은 지중해 겨울의 비를 가진 북서풍이 영향을 줘 해안지역에 비를 내리게 해 주지만 서부지방은 강우 그늘에 놓이게 된다. 중앙 제벨에는 카바오(CABAO), 나루트(NALUT)같은 고원마을들이 있다. 반면 제벨 뒤의 사하라는 강우량이 급속히 감소하는 사막을 형성한다. 이 제벨은 마치 거대한 공룡처럼 버티고 서서 사막의 열풍을 막아주는 듯하다.

가리안 고원은 트리폴리에서 70여Km, 나의 공사현장 켐프가 있는 짜위아(Zawia)에서도 70여 Km 떨어진 곳이다. 트리폴리에서는 버스정류장에서 가리안행 버스를 이용할 수 있지만 야프란을 돌아보고 제한된 시간 내에 사막을 달려오려면 자가용이나 택시를 이용해야만 한다. 현장에서 근무하는 현지인 무스타파의 자동차로 제벨의 가리안

(Garian)과 야프란(Yafran) 고원지대를 다녀오기로 했다. 10월 중순의 쾌청한 아침이었다. 가리안을 가기위해 거치는 도시 알 이지아(El-Azizia)가 있다. 이 도시는 트리폴리 남쪽 약 40Km 지점에 있는 교통의 중심지이다. 유사이전부터 동서남북을 잇는 모든 길의 중심지였다. 아프리카 주거에 가장 중요한 것 중 하나인 우물이 잘 발달되어있어서 아프리카 내륙에서 와서 지중해로 나갔다가 다시 돌아가는 대상(캐러밴)들이 재정비를 하는 중요거점이 되어 왔다. 오늘날 인구는 원주민 약 2만6천 명에 500여 명의 이탈리아인이 살고 있다.

아지지아를 벗어나 가리안을 향해 완만한 경사지를 오르면 멀리 눈앞에 희미한 산줄기가 마치 공중에 떠 있듯이 보인다. 한참 후 산꼭대기에 건축물들이 고성처럼 보이기 시작하고 마침내 제벨의 본 모습이 드러났다. 오르막길은 산꼭대기로 끌려들어가서는 보이지 않았다. 마치 그리스의 신화에 나오는 외눈박이 거인 퀴클로프스의 요새처럼 모든 길을 일시에, 마지막 요새 안으로 끌어들인 듯하다. 툭 불거진 산마루는 엄청난 용암 줄기가 한순간에 바위로 굳어버린 것 같다. 꾸불꾸불하고 가파른 산마루를 오르면 오름길이 끝나고 완만한 구릉을 따라 여기저기 마을이 형성되어 있다. 여기가 가리안 고원으로 생각보다 도시는 방대하게 퍼져 있고 경사가 너무 완만하여 해발 700여m에 와 있다는 실감이 나지 않았다. 사방이 기묘한 고원지대의 모습들을 보며 자연의 신비와 인간의 생존에 대해 감탄하게 된다. 그러나 여기 고원의 모든 것은 아름답고 목가적이다. 제벨의 두 번째 높은 지대에는 로마시대 국경초소들의 유적이 있다. 동쪽에서 벗어나면 울퉁불퉁한 타르후나 산맥이 보인다. 남쪽에는 카프 테그리나의 치솟은 뾰족한 봉우리들이 있고 서쪽에는 여기저기 깊게 푹 빠진 제벨 내퓨사

(Nefusa)의 낭떠러지 들이 있다. 야프란이 있는 서쪽으로 달리면 수백 년 된 올리브 나무와 어린 올리브 나무들이 뒤섞여 나타난다. 낮은 지역의 와디(바닥이 마른강)주위엔 생명수인 물탱크가 설비되어 있고 긴 파이프를 통해 주거지에 공급하고 여분의 물과 자체 개발한 지하수는 스프링클러를 사용해 채소를 가꾸기도 한다. 한 방울의 물도 헛되이 쓸 수 없다.

처음 아랍침공자들은 이곳에 큰 영향을 미치지 못했지만 로마인이 들어와서는 가리안을 그들의 남진을 위한 중요거점으로 만들었고, 그 다음엔 반달족이 그러했고, 그 다음은 비잔틴이 그러했다.

Gebel의 베르베르(Berbers) 사람들은 집단적으로 살아서 아랍족이나 유대인들과 섞임을 거부하면서 현재까지 살아남아 있다. 고원지대는 그들을 안전하게 보호해주었다. 그들은 대체로 공정하고 눈과 키가 크고 날씬하며 아프리카의 '게르만'이라는 특정한 감정을 갖고 있었다. 그들은 그전에 종교가 없었던 이들로 페니키아인의 여신 Tanit에 대한 숭배의식을 카르타고인들과 나눠 가졌을 것이다. 훗날 아랍인들이 들어 와서 길고 쓰라린 투쟁과 대학살 후에 그들을 회교도로 만들 때까지는 기독교도로 바뀌어 있었다. 이슬람교로 전환된 후에조차 그들은 숭배의식에 특별한 특징을 갖고 있었다. 오랜 세월의 아랍 침공자들에 대한 정복과 반란의 부침 속에 종족구별과 방어의 요소로 작용된 종교개혁을 했다. 이 베르베르인들의 주요 요새가 멀리 남쪽 야프란, 나루트, 지아도 그리고 가다메스에서 발견되었다고 한다. 가리안에서 사는 사람들의 활동은 보다 연속적이고 강렬했으며 다른 부족들보다 더 준엄하고 무시무시하며 법을 준수했다. 이바디테(Ibadite) 족은 코란을 신의 영감을 받은 한 남자에 의하여 얻어진 지혜의 책 중의 책으로 받아들였지만, 이슬람의 수장에 임명되는 특전이 무함마드에 속하는 종족만의 특권이란 것을 부인한다. 그들에 따르면 모든 이슬람교도는 최상의 영예를 위한 자리에 지원자가 될 수 있다는 것이고 칼리프(Khalif)는 종신제로 선출되지만 필요성이 발견되면 면직되거나 다른 사람으로 교체 될 수도 있다고 믿는다.

야프란을 향해 가리안을 벗어날 즈음에 우측언덕에 가리안 시장이 선다.

1970년대 이전의 우리나라의 지방 5일장 모습그대로인데 농산물, 생필품, 가축(소, 낙타, 양, 염소, 당나귀, 말), 갖가지 조류 등과 노상좌판 시장구경도 흥미로울 수가 있다. 우리나라에선 사라진 선한 눈망울과 큰 귀를 가진 당나귀가 정겹다. 사막의 배(ship)라는 낙타, 귀가 자기 얼굴보다 길고 큰 뿔을 으스대는 진한 갈색 눈의 염소도 있다. 지금 대추야자와 석류가 한창이다. 대추야자는 봄에 꽃이 피고 가을에 수확하는데 한그루에 수백 개가 달린 다발들이 대여섯 개씩 달리고 모양이 대추 같고 완전히 익으면 아주 달다. 석류는 어른 주먹 크기에서 우리나라 큰 배 만큼 커다란 것들이 있는데 달고 수분이 풍부하여 원액을 전 세계에 수출한다고 한다. 특히 여성에게 좋다는 말이 있다. 가리안에서 멀지않은 곳에 Asabaa라는 무화과의 땅이라 불리는 곳이 있다. 무화과는 이 나라 주요 특산물 중의 하나인데 잼으로 많은 사랑을 받고 있고, 건조시켜 우리의 곶감처럼 만든 뒤 눌러서 2m정도 길이의 끈에 꿰어 판다. 야프란을 향해 달리는 내내 좌우로 보이는 것은 올리브나무가 주종이고 간간이 포도나무와 무화과나무뿐이다. 그래도 고원지대 중 조금 낮은 부분의 땅들은 올리브나무로 풍요롭고 나무 아래서는 양떼가 풀을 뜯고 있어서 목가적이다.

베르베르인들은 그들의 토양에 눌러앉아 사는 농경자들이다. 전형적인 농장은 가시투성이의 울타리에 둘러싸인 마른 땅의 경작지인데, 대부분 나무에, 특히 올리브나무에 매달린다. 올리브는 정말로 숭배가치가 있는 놀라운 나무이다. 척박함과 모진 가뭄에 강하고 크게 신경 쓸 일도 없고 그저 가끔 가서 보긴 하지만 나무를 위해 별로 할 일이 없다. 그럼에도 풍부한 열매를 제공하므로 대대로 이어지는 것이다. 토착의 베르베르 양은 여우처럼 털이 많은 꼬리를 가지고 있으며 올리브나무 그늘에서 먹이를 먹는다. 양들도 똑같이 배고픔, 갈증, 그리고 혹심한 기후를 이겨내야 한다. 그리고는 원주민들에게 우유, 치즈, 고기 등의 형태로 음식을 제공하고 털이나 가죽으로는 무역을 하도록 해준다. 참으로 하늘이 내린 고마운 동물이 아닐 수 없다.

이 지역에 대한 최근의 연구에 의하면 베르베르족 농부와 양치기는 늘 자기들 마을의 참화를 아랍족에게 돌린다. 그리고 전체 트리폴리 지역이 아랍족에 의하여 침공되었을 때인 10세기의 사건에 대해 암시하고 있다. 이 아랍 족들은 오쓰만 제국을 위해 아라비아 만에서 지브롤터의 Straits까지 전 북 아프리카를 점령했고 후에 그 마을과 도시를 강탈하고 불태웠다.

한참을 달려 야프란에 닿았다. 야프란은 계곡 저 아래로 급경사로 떨어지는 붉은 쇳녹 빛의 울퉁불퉁한 바위산의 가장자리 위에 산 용마루의 능선사이 해발 570여 m에 위치한다. 따라서 제벨 고원의 길고 좁은 땅으로 인해 베르베르인들의 공동체는 다양한 부분으로 인구가 분산되어 있다. 분리된 땅에는 약 500명의 Tagarbost의 'Cabila' 종족에 의해 점거되어 있는데 이 부족이 순수 베르베르 종족이다. 그들의 집은 다른 집 꼭대기 위에 거의 하나씩 쌓아올려 만들었다. 그래서 그

많은 사람들이 돌멩이나 진흙으로 된 피라미드 속에서 살 수 있었다는 것이 믿을 수 없을 것 같다. 그들의 식량인 보리와 밀은 집과 집사이의 바위 속 깊이 잘라낸 동굴 속에 보존했다. 지금도 그 흔적이 남아 있고 사용되는 곳도 있다. 제벨 내퓨사의 고원주위에 흩어져 있는 많은 공동체 중 야프란은 전체 약 8,000여 명의 인구를 가진 가장 중요한 중심지이다. 풍부한 것이라곤 아무것도 없는 이 고원산협에 적잖은 인구가 어떻게 살 수 있는지, 왜 이런 곳에서 사는 건지 의심스럽다. 메마른 이지역산허리에 밀과 보리가 자랄 수 있는 것은 와디(Wadi: 바닥이 마른 강) 루미아(Rumia) 지역의 마르지 않는 샘물 덕분이다. 이 샘들은 곡식의 성장기는 물론 여름에도 완전히 마르지 않는다고 한다. 이들 아랍공동체와 베르베르족 공동체간에는 뿌리 깊은 차이점이 있다. 그러나 어디서든 두 종족은 밀접한 관계를 가지고 살도록 강요되어 왔고, 분명한 차이점은 가끔 아주 어려운 국면이 되기도 했다. 또한 야프란에는 영웅적 위업에 대한 얘기들이 있는데 '구마 벤 찰리파(Guma Ben Chalifa)' 는 그것들 중 뛰어난 특징을 갖고 있다. 1845년 이 불굴의 베르베르족 지도자는 이 나라를 자기네 종속 하에 두려했던 터키에 대한 야프란 부족들의 봉기를 조직했다. 그것은 끊임없는 게릴라전으로 여러 해 동안 터키의 노력을 분쇄하는데 성공했다. 그러나 마침내 배반을 당한 '벤 찰리파' 는 체포되어 감옥에 갇혔다가 터키로 압송되었다. 그러나 그는 탈출에 성공하여 소아시아(아시아 서부의 흑해와 지중해 사이에 긴 지역, 터키의 대부분을 포함), 이집트, 키레나이카, 그리고 트리폴리 지역을 통하여 오로지 걸어서 고향으로 되돌아 왔다고 한다. 그 다음 1875년에 그는 다른 반란을 시작했다. 많은 노력에도 불구하고 터키인들은 걷거나 말을 타는 신출귀몰한 벤 찰리파의 특출한 행동에 소수의 군대로는 대처할 수 없었다. 그는 어디서든 사람들의 도움을 받았고, 항상 터키인을 놀라게 하고 그들에게 큰 타격을 가했다. 하지만 재차 배반당해 결국 가다메스로 가는 길에서 체포되어 사형을 선고받고 그의 영웅적 노력은 종말을 가져왔다.

다른 쪽 주거지 변두리의 큰 네모진 광장 끝에 호텔 루미아(Rumia)가 있다. 이것은 전 리비아의 가장 아름답고 인상적인전망 가운데 하나인데, 이를 가로막고 있던 거대한 옛 터키성의 장소에 세워졌다. 여명부터 땅거미가 지기까지 땅과 하늘은 끊임없이 변하는 색깔들의 불가사의한 찬연함이 발산되고 모든 윤곽선들이 뚜렷하다고 한다. 산과, 나무들, 집과 돌들과 풀까지도 마치 렌즈의 초점아래 믿을 수 없을 정도로 선명하게 훌륭하다고 한다.

야프란의 특징적 산업은 옷을 짜는 것이다. 방문이 가능하다면 남녀 원주민이 가정의 베틀로 손수 짠 'Barracani' 라고 하는 아라비아인이 입는 옷 하나를 사는 것도 좋다.

야프란 초입에서 건물사이 오른쪽 언덕길을 조금 오르자 곧바로 발아래 깊은 계곡과 건너 높은 산들이 이리저리 어울려 장관을 이루는 지역이 눈앞에 펼쳐졌다. 이름이 '칼라(el-Ghelaa)' 라고 하였다. 꼬부라진 급경사를 내려가자 깊은 협곡이 나오고 그 가장자리로 뚫린 아스팔트 도로를 달려 건너편 산 오름길을 오르자 꼭대기에는 하얀 학교건물이 있고 오른쪽 계곡너머엔 산줄기가 성벽처럼 둘러쳐있다. 계곡의 와디엔 물이 없었지만 지하수가 흐르는 듯 계곡엔 야자수가 늘어서 있고 닭울음소리가 들리는 가옥도 있었다. 계곡건너 산언덕엔 폐허된 옛 주거지가 성냥갑을 쌓아놓은 것처럼 빼곡하다. 저리도 험준한 계곡을 내려와 가파른 곳에 집단을 이루며 살았을까? 무엇보다 물이 흘렀거나 와디를 따라 지하수가 있었기 때문일 것이다. 본래는 제법 폭 넓은 강이었겠으나 오랜 세월 강바닥은 좁고 깊게 되었으므로 가옥들은 더욱 높은 벼랑으로 되었을 것이다. 옛 거주지 주변에는 새로운 거주지가 생겨났다. 현실과 과거, 폐허와 생존이 공존하는 전혀 어울릴 것 같지 않은 환경 속에서 사람들은 조화롭고 평화롭게 살아가고 있었다.

계곡을 올라와 야프란 중심부로 들어서자 큰 삼거리엔 말이 끄는 맷돌방앗간이 서 있었다. 옛 사람들의 생활 지혜는 어디든 비슷하였음을 알 수 있다. 다시 내리막길을 조금 내려가면 왼쪽에 회교사원이 있는데 '라마단(회교력 제 9월, 일출과 일몰사이엔 금식)' 기간의 기도 시간이라 알라를 외치는 소리가 울려 퍼졌다.

조그만 오름길을 올랐다가 내려가면 벼랑 끝에 호박이 덩굴에 매달린 듯이 흰색의 야프란 관광호텔(야프란 폰도 지하이크)이 있다. 제벨 아래의 황야가 아득히 펼쳐진다. 몸을 추스르고 귀가를 위해 까마득히 내려다보이는 내리막길을 내려가기 시작했다. 산 끝자락에 내려와 멈춰 야프란을 다시 올려보았다. 그림 속 고성처럼 형태만 보였다. 황무지를 가로지르는 쭉 뻗은 도로를 달려오면서 오른쪽에는 한동안 거대한 무덤처럼 봉긋봉긋한 모래 산들이 부드러운 선의 여인네 가슴처럼 느껴졌다. 해안 쪽으로 가까워오자 농경지와 마을들이 나타나기 시작했다. 이미 땅거미가 지고 어둡기 시작했다. 운전을 하는 무스타파 씨에게 왜 그리 과속을 하느냐고 물어보았다. 그는 속도계를 보지 않는다고 했다. 그저 장애물만 피해가면 안전하다고 했다. 주변을 스치는 차들도 모두가 같았다. 때로는 소름이 끼치도록 아찔할 때가 있다. 이런 문화는 그들의 조상 때부터 쫓고 쫓기던 역사의 소산일까?

야프란에서 트리폴리까지는 약 200Km이다. 아침 일찍 트리폴리를 떠나 내가 돌아온 코스를 돌아온다면 하루 풀코스 일정으로 딱 맞을 것 같다. 물론 시간이 있다면 앞서 말한 '루미아' 호텔에서 하룻밤을 지새우며 사막 고원지대의 밤하늘과 여명 등 색다른 운치와 조망을 느껴보는 것은 더할 나위 없이 좋을 것이다.

6. 리비아의 역사

Libya

01 초기의 역사

1. 리비아인의 본질과 전통

BC 2,000년의 이집트어 원문에 처음 나타난 Libyan(Lebu)란 이름은 본래 키레나이카에 거주하는 부족 또는 그 부족의 집단이었다. 그러나 그리스는 니그로(아프리카계 흑인)와 수단의 니그로계 '에테오피아인(Aethiopians)'으로 부터 언어, 육체적 특징과 매너로 그들을 구별하고 북아프리카의 모든 함족[32](Hamite) 사람들에게 그것을 확대시켰다.

이집트와 누비아(Nubia: 이집트와 수단에 걸친 나일 강부터 홍해에 이르는 지역) 전 왕조의 함족처럼 최초의 리비아인은 구석기 말 지중해의 계선지(繫船地)를 통하여 저절로 설립된 긴 머리, 갈색피부, 검은머리의 인종과 밀접한 관련이 있었다. 후에 이들 본래의 지중해 인종 리비아인은 근본이 유럽인인 것 같은 붉거나 금발머리를 가진 살결이 희고 눈이 푸른 이주자들에 의해 접합되었다. 리비아인의 두 타입

---

32) 함족(Hamite): (성서)함(Ham)의 자손, 아프리카 북부와 동부에 사는 흑인

은 고대를 통하여 증명되고 현대의 베르베르(Berber)인구 가운데서도 여전히 나타나고 있다.

트리폴리탄 리비아인에 대한 최초의 기사는 헤로도토스(Herodotus: 그리스의 역사가)의 것이다. 그가 BC 5세기에 쓴 북아프리카에 대한 그의 자료는 6세기 그리스 탐험가 Hecataeus로부터 많은 것을 얻었고, 그로부터 주 트리폴리탄 종족의 이름과 위치를 배웠다.

큰 시드라(Greater Syrtes)만의 동쪽과 남쪽해안은 가장 강력한 리비아인들 중 하나인 나사모네스(Nasamones)에 의해 차지되었다. 헤로도토스는 서부의 이웃인 나사모네족은 그들의 영토를 와디 Caam 지역까지 확장했던 Macae족이라고 말하고 있다. Macae족의 서쪽 제벨은 Gindane족에 의해서, 해안평원은 Lotophagi 또는 Lotus-eater[33]족에 의해서 사람이 살게 되었고 뒤에 영역을 Tritonis(현 Shott el-Gerid)호수까지 펼친 Mochlyes가 뒤따랐다.

내륙에서는 페잔과 동일시되는 Lotophogi의 30일 거리의 남쪽 오아시스에 거주하는 강력한 가라만테(Garsmante)족이었다. 몇몇 고대자료는 가라만테족을 '이디오피안'으로 기술하고 있으나 수많은 그들의 무덤들이 발견된 와디 알 아지알에서의 이탈리아인의 발굴 작업은 그들의 육체적 형태가 사실은 유력한 '지중해인(Mediterranean)'임을 증명했다. 그래서 헤로도토스는 그들을 바로 리비안 종족사이에 포함시켰다. 헤로도토스 역시 나사모네족의 내륙에 살고 있는 다른 가라만테족에 대해 언급하고 있다. 어쩌면 평화로운 가라만테족은 훗날 작가에 의해 이 지역에서 기록된 종족인 Gamphasante족일 수 있다. 많은 새로운 종족의 이름들이 후기 지리학자들 사이에서 생겨나는 것

---

33) Lotus-eater: 연꽃의 열매를 먹고 황홀경에 들어가 세상일을 잊은 사람, 쾌락주의자

은 사실이며 꽤 의심의 여지가 없는 이들은 주된 종족분류의 지방 일부분의 명칭이다. 큰 종족들의 이름인 Infuraces, Austuians, Leuathae 같은 새 이름들을 보게 되는 것은 AD 3세기부터 후기 로만시기에서 뿐이다. 하지만 이들이 이 나라에 새로 도래한 종족인지, 구 거주자들의 새로운 집단인지 말하기는 어렵다. 그들과 대조적으로 Atlas지역의 일정지역에 정착하는 농사꾼들과 관련하여 헤로도토스는 밀크를 마시며 육식성인 유목민 트리폴리타니아 와 키레나이카의 리비안 종족에 대해 기술하고 있다.

Macae족은 매년 여름 물을 찾아 그들의 소를 제벨안으로 이동시킨다. 그러나 헤로도토스 자신은 와디 Caam지역에서 자라난 풍작에 대해 언급하고 있는데, 수확이 속담처럼 된 바빌론(Babylon)조차 능가하게 되었다. 대추야자는 Augila 오아시스에서 재배되었고 그곳으로 나사모네 족은 그들의 가축을 해안에 남겨둔 채 수확을 위해 매년 옮겨 살았다. 아마도 트리폴리타니아 지역 종족 중 가장 큰 가라만테스는 전적으로 일정지역에 정착하였고 '소금위에 놓인 땅'이라는 그들의 와디 Beds를 경작했다. 그럼에도 트리폴리타니아 같이 가뭄에 가까운 가장자리에서 유목생활과 사냥 같은 여전히 원시적인형태의 식료품 취득은 일반적 경제에서는 늘 중요한 부분을 담당해왔다. 소는 물론 양과 염소를 포함한 가축들이 리비아 사람에 의해 키워졌다. 그러나 가축 떼들로 구성된 종족의 풍요로움 때문에 가축들은 오직 식품으로 절약하여 도살하였다. 그들의 주요목적은 우유를 준비하는 것이었으며 육류는 가능한 한 먼 곳에서 사냥으로 조달하였고, 주된 사냥짐승은 영양과 가젤이었다. 메뚜기는 혼히 일상의 식품이었고, 나사모네족은 말려 가루로 만든 곤충들을 우유에 타서 사용하였다.

유목생활의 리비아사람들은 고대 인류 중 가장 건강하다는 평판을 갖고 있다. 진실이 무엇이든 이 평판은 혹독한 생활방식에 의하여 얻어진 가장 적절한 자연적 선택의 결과로서 의심이 없다. 헤로도토스에 따르면, 리비안 스스로는 그들의 특이한 건강은 그들의 어린아이들에게 머리로부터 흘러내리는 체액이 그들이 살아 있는 한 아프지 않게 하기 위하여 머리 정수리에나 관자놀이에 씻지 않은 양털로 뜸 들이는 훈련을 한 덕분이라고 말한다. 지난세월에 주목됐던 뜸뜨기가 전과 마찬가지로 베르베르족 사이에 가장 선호하는 치료법이다.

가라만테족이 사용한 전차(마차)의 주목할 만한 예외와 관련하여 리비아의 물질로 된 장비는 원시적 단순함이 계속된 것으로 나타난다. 도구와 무기들은 금속이 다른 곳에서는 일반적인 사용에 들어간 한참 후에도 계속 석재로 만들어 썼다. 와디 el-Agial에 있는 Zinchecra에서 발견되었고, 석기시대 연장들은 로마시대의 건물에서 발견되었다. 물론 금속제품들이 이른 시기에 보다 문명화된 이웃들로부터 그 종족들에게 전해지기 시작했지만 그것들은 이국풍의 진귀함으로 남아 있고 토착의 금속작업은 큰 규모로 발전하지 않았다. 주목할 만하게도 전형적인 무기들은 고대를 통틀어 곤봉, 창, 활 그리고 금속 칼의 발명을 앞장선 석기시대 무기들이었다.

도자기도 발달이 늦게 나타나는데 도공의 녹로(轆轤)는 로마시대 이전에는 알려지지 않았다. 표면에 무늬를 새기고 칠로 장식한 수제 도자기는 AD 3세기의 가라만테족까지 여전히 생산되었다. 요리용으로 사용된 그릇외의 가정 용기는 목재, 가축이나 타조 알이었다. 리비아인의 가옥들은 원시적이었는데, 막대기로 뼈대를 만들고 그 위에 윗가지로 만든 풀이나 백합으로 만든 부서지기 쉬운 오두막인 마팔리움

(Mapalium)이었다. 다른 형태의 거처들도 기록되는데 가라만테족은 현대의 트리폴리타니아의 유목민(Bedouin)처럼 동물의 가죽으로 만든 텐트 속에서 살았고 어떤 Sirtic 사람들은 오늘날까지 계속 제벨에서 살아오고 있는 가옥형태인 지하나 혈거 같은 거처에서 살았다. 의복은 보통 동물의 가죽이었다. 헤로도토스에 따르면 리비안 여자들은 가죽으로 된 옷과 붉게 염색한 염소가죽의 소매 없는 외투, 그리고 가죽 끈으로 술(매듭)을 장식한 것을 입었다. 일반 남자들의 복장은 입는 것이 얼마 되지 않았다. 그러나 지도자들은 무늬를 넣은 옷감의 긴 코트를 입었고 그들의 머리카락에는 신분의 상징으로서 타조의 깃털을 꽂아 장식했다. 나사모네 족은 여행 시 날개를 그들의 머리 위에 수직으로 꽂았다. 각 부족은 그 자신의 머리를 장식하는 방법을 가졌던 것으로 보인다. Macae족은 머리 정수리위의 작은 술을 높게 자라게 하고 나머지는 깎았다. 반면에 Machlye족은 머리 앞부분을 깎고 뒷부분은 자라게 했다.

리비아인의 사회, 정치적 조직에 대한 자료는 불충분하지만 헤로도토스로부터 나사모네 족은 일부다처제를 시행했으며 관습은 일반적이었음을 알 수 있다. 어떤 부족들은 그들의 여자들에게 오늘날 Berber Quled Nailah가 그러하듯이 신부지참금을 취득하기 위하여 결혼 전 상당한 자유를 허용했다. 그러나 많은 그리스와 로마의 작가들이 리비아 사람들에게 반대하여 제기한 난잡함에 대한 비난은 분명히 과장되었다. 아마도 사회적 제도로서의 일부다처제에 대한 무지의 소산일 것이다. 결혼한 여인들은 사회에서 영예로운 위치를 차지했으며 현대의 투아레그(Touareg)족 사이에서처럼 혈통은 어머니 측을 따랐다. 일부다처제로부터 생겨난 대가족 집단들은 독립적 단위가 되는 경향이 분명히 있었다. 그러나 Pomponius Mela(AD 1세기)의 리비아 사람들은 무질서 속에 살았다는 주장은 각 가족이 다른 가족들에 개의치 않고 자신의 법에 따르는 나사모네족과 가라만테족처럼 그러한 안정된 부족 적 존재에 의해서 잘못되었음이 증명된다. 이 두 큰 종족들은 선출된 왕에 의해 통치된 것으로 알려져 있고 원로들의 모임에 의해 퇴위 될 수 있었다.

리비아인의 종교적 믿음과 실천에 대한 지식은 너무 단편적이다. 의학과 주술간의 믿음의 영역은 이미 언급한 관습에 의해 나타난다. 어린이에게 뜸뜨기와 뱀을 부리는 것은 Psylli족이 광범위 하게 실행했다. 이들은 스스로 뱀에 물려 면역을 기르는 명성을 가지고 있었다. 심지어 그들의 아이들을 뱀에게 노출시킴으로서 아이들의 적합성을 시험했다. 또한 뱀에 물린 다른 사람을 치료하는 능력으로도 유명했는데 침을 바르던가, 고집이 센 사람은 몸소 접촉함으로서 그 치료의 효과를 얻었다. 그러한 그들의 명성으로 죽은 클레오파트라(뱀에 물려 자살한 것으로 알려짐)를 소생시키기 위해 아우구스투스에게 불려 들어가 헛된 시도를 하기도 했다.

보다 순수하게 주술적인 의미의 행위 가운데 신의를 서약하는 나사모네족의 관습이 있는데 각 편은 다른 편의 물을 각자의 손으로 마시도록 주었다. 물이 없을 때는 흙을 핥도록 주었다. 장례의식과 죽음에 대한 정성들인 의식은 고대 이집트에서 발견되는 사후세계와 똑같은 몰입상태를 보게 된다. 매장이 보편적이었으며 이탈리아인이 와디 el-Agial에서 발견한 것처럼 가라만테족은 충분히 증명되었고 그들의 주검을 옆으로 좁은 공간에 뉘어 묻었다. 구석기 시대에 많은 지중해 해안사람들에게 통용된 수축된 매장은 산 사람의 삶을 방해하러 귀신이 되돌아오는 것을 막기 위해 인간의 죽은 시체를 묶는 관습에 기원을 둔 것으로 믿어진다. 그러나 이 생각이 얼마나 진실과 먼 것인가 하는 의문은 지금도 가라만테족 사이에 지배적이다. 또 하나의 관념은 나사모네족의 관습에 의해 함축되는데 헤로도토스에 의하여 시신을 앉은 자세로 매장시키는 것에 대해 보고되었다. 여기서 죽은 이는 악이라기보다 선에 대한 힘으로서 생각된다.

트리폴리타니아 종족인 아랍 여행가 알 타야니는 14세기 늦게까지 이런 장례형태가 실행되고 있었음을 발견했다. 죽은 자의 아들이 그의 아버지가 직립으로 남아있는 한 가족의 번성과 존경을 즐겼을 것이라 추측했다. 믿음에 대한 같은 체계는 죽은 자가 그들의 어린이의 어린이, 그리고 손자녀들을 방문할거고 그들을 그들 스스로가 그러했던 것 같은 남자로 만들 거라는 희망을 표현하는 Ghirza의 능묘에서 두 비문이 나왔다.

사악함이든 자애로움이든 죽은 자는 영원한 휴식처가 필요했고 거기서 계속해서 배려를 보장받을 수 있었다. 수많은 돌로 만들어진 무덤들 가운데 많은 것들이 기념비적 특성을 가지고 천막생활을 한 가라만테족들이 그들의 죽은 자를 넣어둔 것이 와디 el-Agial에서 살아남아 있다. 이탈리아인에 의해 조사된 몇 개의 무덤에서 죽은 자에게 준 제물고기들의 뼈들과 다른 유물들이 발견되었다. 많은 무덤들이 석재 제사상을 외부에 준비해두고 그 위에 무덤을 덮은 후 규칙적으로 헌납음식과 음료수를 계속차려 놓을 수가 있었다. 제사상들은 작은 오벨리스크(방첨탑)형식과 가공하지 않은 돌로 된 뿔이나 손, 상징물들로서 장례의식과 관련되어 있다. 나중의 수도사들의 무덤처럼 유명한 남자들의 무덤들은 신성한 장소였다. 나사모네족들은 맹세를 선서할 때 정의와 훌륭함으로 이름을 떨쳤던 어떤 사람의 무덤위에 한손을 올려놓고 그의 이름으로 맹세했다. 미래에 대해 의심을 가진 같은 종족의 한 구성원은 조상의 묘를 참배하고, 기도하고, 예언적인 무슨 꿈이든 그에게 실현될 것으로 받아들이고 그 묘위에 누워 잠을 잤다.

제물을 바친 유목민 리비아 사람들에게 유일한신은 태양과 달이었음을 헤로도토스로부터 알게 되었다. 그는 또 이들 신에게 왜, 언제, 어떻게 동물을 제물로 바치는지 기술하고 있다. 먼저 귀 하나를 잘라 집 너머로 던지고 나서 목을 비튼다. 이 태양의식은 Mizda 남쪽 30Km 떨어진 Maia Dib에서 바위그림에 노출되어 있다. 그것은 이집트의 태양의 황소에 대한 풍습에서 황소가 뿔 사이 추간(椎間)에 태양을 이고 옮기는 모습을 보여준다. 토착의 태양의식이 이미 존재한 사실은 이집트의 태양 수컷 양 신(神) Amon-Ra가 리비안들 간의 대중들에게 공헌했고 그 의식은 Thebes에서 Siwa오아시스로 BC 6세기 이전에 소개되었다. Amon-Ra의 성소(聖所)는 그의 신탁(神託: Oracle)으로 유명했고 그것은 Thebe족 신에 대한 의식이 Siwa족의 예언적인 종족의 조상들의 그것에 접목되었다는 것이 진실처럼 추측되어 왔다. 바꾸어 Amon-Ra 자신은 그리스 제우스와 동일시(Zeus = Amon)되었고, 카르타고인의 Baal Hamman과는 혼동되었다. 트리폴리타니아에서 광범위하게 퍼진 Ammon 문화는 ad-Ammonen(사브라타 서쪽 25Km지점의 현 Mellita)과 Ammones Polis(지리학자 Ptolemy에 의해 내륙 어딘가에 위치하는)라는 이름을 가진 장소에서 입증되고 el-Khadran에 가까운 Ras el-Hadagia에서 AD 15~17년에 리비사람에 의해 봉헌된 Ammon의 한 작은 사원에 의해 입증되었다.

2. 트리폴리타니아의 페니키안

역사상 최초의 대 해운과 상업국가들 가운데 아랍과 유대인의 혈족인 셈족, 즉 페니키아아인이 있었다. BC 1,000년까지 그들은 무역에서 서부 지중해를 개방했고 고대세계의 금속의 주된 원천지인 스페인으로 정기적인 항해를 하고 있었다. 이 항해 중에 그들의 배들은 종종 트리폴리타니아 해안을 따라 통과해야만 했다. 왜냐하면 옛날 선원들은 육지의 안표에 의해 항해하기를 좋아했기 때문이다. 그리고 그곳에서 폭풍을 만나거나 별이 없는 밤에 그들의 배들을 해변으로 끌어올릴 수 있었고 그곳에서 물과 식량을 구할 수 있다는 필요성을 배워두었을 것이다. 트리폴리타니아는 고대세계에서 크게 소요되는 물품들(금, 보석, 상아와 흑단-黑檀-재목, 흑인노예)을 공급할 수 있었던 '수단'의 자원과 접촉할 좋은 장소였다. 반면 트리폴리타니아 자체는 타조가 풍부하였는데 그 알과 깃털은 고가 품목이었다. 이러한 무역을 촉진하는 기회가 페니키아인들을 잡아둔 것 같다. 사브라타에서 최근의 발굴은 가끔씩 점유한 페니키아인 무역거점이 BC 6세기까지 거기에 설립되었음을 보여준다. 페니키아아인이 그들의 서부지중해 무역 거점을 영구점령 식민지로 바꾸려 할 때 지중해 역사상 새로운 국면이 도래했다. 고대전통은 BC 천 년 전에 튀니지아의 Gabes와 Utica 두 곳을 토대로 한다. 그러나 페니키아 식민지가 카르타고보다 더 일찍이 존재하지 않았음은 고고학적 증거로 발견되었다. 다음세기동안 카르타고는 시실리와 서부 지중해에서 팽창하는 그리스에 대항해 서부페니키아 식민지의 맹주로 자신을 확립하였다.

렙티스(Leptis)는 국내의 혼란으로부터 도망쳐 온 사이돈 사람들에 의해 설립되었다는 살루스트(Sallust)의 주장은 라틴작가들이 Tyrian

과 사이돈 사람은 페니키아인과 구별되지 않는다는 말을 사용하고 있
다. 6세기말 이전에는 트리폴리타니아를 식민지화하려는 그리스의 공
격에 대해 이야기한 헤로도토스(그리스 역사가)로부터 렙티스가 영구
히 점령된 것은 아니었다고 보인다. 렙티스의 극장 무대아래 페니키
아인 무덤에서 발견된 가장 초기의 물건은 대략 B.C 500년으로 기록
되는 코린트식 자기 조각이 있었다. 사브라타와 트리폴리는 좀 더 늦
은 시기에 식민지화되었다.

Dorieus를 추방한 카르타고는 트리폴리타니아를 보호령으로 주장
했고 그것은 즉각 강력한 그리스 도시 키레네와 부딪치게 되었다. 그
리스와 페니키아간의 국경은 Gebel Altah의 발치에 아주 가까운 Graret
et-Trab에 있는 경계 유물(최근에 발견됨)에 의하여 확실히 그때의
Arae Philaenorum에 있었다는 것이 된다. 그들의 협정이 카르타고 사
람들을 그것에 묶어두었지만 그리스는 알렉산더 대제의 영향 속에 새
로운 모험으로 들어가게 되었고 시와(Swia)오아시스에 대한 알렉산더
의 방문과 제우스 암몬의 아들로서 그곳에서의 그의 선언은 카르타고
에 어떤 경고의 원인이 되었다. 알렉산더는 동부 트리폴리타니아를
일시적으로 점령한 것으로 보이는 사람 중 하나인 Ptolemies에 의해
이집트의 왕위에 계승되었다.

사브라타에서의 최근의 발굴은 BC 3세기 이전에 눈에 띄는 도시 확
장이 없었음을 보여줬다. 그 침체의 이유는 카르타고가 로마와 BC
507년에 체결하고 348년에 개정한 조약에서 자신의 배를 제외한 모든
페니키안 북아프리카의 항구에서 오는 외국선박을 금지시켰다. 이 금
지는 방어의 목적이 있었으나 카르타고가 자신의 의존물목들에 대한
비용에서 북아프리카의 수출입 독점을 기하기 위함이었다. 동시에 엠

포리아는 카르타고에 의해 약 2500명의 노동자들이 하루 벌어들이는 값인 중과세를 내도록 되어 있었다. 이것은 무거운 부담이었으며 설사 이것이 한 케이스에 불과 하더라도 렙티스(트리폴리와 사브라타를 포함해서)는 국고 수입지역의 행정 중심지였다. 전쟁 시 엠포리아는 카르타고에게 보병과 물품을 공급해야 했다. 엠포리아 자신은 해군과 육군을 유지하는 것이 금지되었다.

한편 엠포리아 내부적으로는 식민지들이 모양새는 자유를 즐겼다. 살루스트에 의하면 페니키안 렙티스는 자신의 법과 치안판사를 가지고 있었다(그렇다면 트리폴리와 사브라타도 같았을 것이다). 렙티스 치안판사의 수장은 페니키안 이었을 것이다. 유일한 증거는 로마시대의 비문에서 나왔다. 카르타고에서 두 판사는 매년 민중회의에서 선출되었다. 그러나 경쟁자들의 선택은 일정한 부와 상류 특권가족들로 제한되었다. 그 결과 정부는 소수 독재 정치였다. 카르타고는 오랫동안 식민지들을 소수 독재 정부로 다스렸으므로 자신의 내부문제를 지키기 위해 안전하게 그들을 떠나보낼 수 있었다. 로만 렙티스의 비문은 판사들의 존재를 기록했고 그들은 주로 벌금과 사회 규정을 세우고 관리하는데 관심을 기울였다. 엠포리아의 경제는 사하라 사막의 대상무역과 농업에 기초를 두었다. 페니키아사람들은 고대의 가장 숙달된 농경인들 가운데 하나였으며 Syria의 좁은 해안평원에는 집중적으로 채소와 과수 경작을 가리켰다. 그리고 나중에 카르타고의 재산가들은 아프리카에서 일모작의 헬레니즘체계 또는 가장 잘 어울리는 특정작물의 독점경작에 의한 대농장의 과학적 개발을 성공적으로 적용시켰다. 트리폴리타니아에서는 올리브였고 이는 지금도 그렇다. 다른 나무나 식물은 오랜 가뭄과 몹시 더운 바람에 잘 견딜 수 없다. 동시에 식민지들은 무화과. 석류, 복숭아, 아몬드, 그리고 포도 같은 유실수들을 수입했다. 농업경작의 다른 부문에서 페니키아 사람은 더 좋은 방법과 금속 도구들을 소개했을 것이고 나중에 로마인에 의해 개발된 물의 조절과 저장에 대한 광범위한 계획들 중 최소한의 어떤 것들을 시행했을 것이다.

페니키안 트리폴리타니아의 예술이나 산업에 대해서는 알려진 것이 없다. 렙티스 극장 무대 아래서 발견된 페니키아 사람의 무덤들은 하나의 단순한 현지 자기와 수입된 그리스의 검정 유약을 바른 항아리들과 램프들, 작은 청동 종들, 그리고 진흙 구슬과 조개로 된 목걸이들로 구성되어 있었다. 그러나 그런 것들이 일상생활의 기준을 나타내는 것은 아니다. 페니키아 사람들은 무덤 도둑을 두려워하여 죽은 자와 함께 보통 작은 가치의 물건들만을 묻었기 때문이다. 페니키아인의 상징이 찍힌 술과 기름을 담기 위해 만든 몇 개의 키가 크고 원통형의 진흙단지들이 트리폴리 가까운 Bu Setta에서 3세기 카르타고인의 동전들과 함께 발견되었다. 로마인시기 직전의 페니키아사람의 조각은 하나의 큰 구레나룻의 머리와 화강암으로 된 두 개의 전사 토르소(torso: 머리나 팔다리가 없고 몸통뿐인 조각)에 의해 대표된다. 이들은 모두 렙티스에서 발견되었다.

트리폴리타니아인의 판테온(Pantheon: 그리스, 로마의 만 신전-萬神殿)은 아마도 옛 페니키아의 중요 신들이 포함되었을 것이다. Melgart, the Tyrian Hercules, 치료의 신 Eshmun the Sidonian, 풍요로움과 저승의 신 Satrapis, 페니키안 어머니 신 A Storte, 그녀의 배우자 Adonis와 함께였을 것이다. 한 쌍의 신인 Baal Hammon과 Tanit에 대한 카르타고인의 숭배 역시 대중적이었을 것이다. Baal Hammon은 본래 태양이나 하늘의 신이었으나 머지않아 리비안 Ammon에게 일치시켰다. Taint는 Astrate를 아주 닮았다. 그러나 리비아 사람들의 하늘의 여신으로부터 어떤 그녀의 특질, 특히 비를 만드는 그녀의 힘을 빌렸을 것으로 보인다. 대부분의 풍요의 여신들처럼 하나의 달과 같은 외관을 가지고 있었다.

결국, Alexandria, Isis, Serapis, 그리고 Harpocrates의 그리스-이집트 신들은 아마도 로만시대 직전에 트리폴리타니아에 영향을 미치게 되었을 것이다.

3. 엠포리아와 누미디 왕국

BC 264년에 카르타고사람들이 메씨나(Messina)를 점령하자 로마와의 다툼이 촉진되었다. 1차 포에니전쟁(264~241)에서 카르타고는 시실리를 잃었으나 남은 힘을 손상되지 않은 다른 곳에 남겨두고 떠났다. 23년 후 카르타고는 한니발의 이태리 침공이 거의 결정된 2차 포에니전쟁을 착수하기에 충분히 회복되었다. 그러나 로마는 침공군을 맞아 싸웠고 204년에 Scipio Africanus가 아프리카에 상륙했다. 그는 리비안 지도자 마씨니사와 군대를 연합했고 결정적인 Zama의 승리를 했다. 로마는 카르타고의 두 번째 재기를 막기로 했다.

그들의 협정은 스페인의 양도와 무거운 배상금의 지불 그리고 카르타고의 함대를 열 척까지 감소하는 것이었다. 동시에 로마는 카르타고의 배상에서 마씨니사의 영토에 대한 열망을 북돋우어 아프리카에서 카르타고를 무력하게 만들 계획을 했다. 카르타고는 트리폴리타니안 엠포리아를 포함하여 자신의 페니키안 보호령의 자산을 유지하도록 허락되었다. 그러나 곧 독립 누미디어(Numidia: 대충 현재 알제리

아와 일치)의 왕으로써 로마가 공식적으로 인정한 마씨니사
(Massinissa)에게 넘겨주라는 명령을 받는다. 그 국면은 마씨니사와
카르타고 간을 혼란시키기 위하여 의도적인 애매모호한 상태가 되었
다. 그리고 카르타고의 두 손이 로마의 동의 없이는 전쟁을 일으키지
못하게 하는 금지조항에 의해 묶여지고 말았다. 격려가 필요했던 마
시니사는 다음 50여 년 동안 Morocco에서 키레나이카(cyrenaica)까지
뻗친 통일 리비아 왕국에 대한 그의 비전을 실현하기 위해 온 힘을 다
했다. 정치꾼이며 전사인 그는 유목민들을 농사꾼으로 만들고 국가
속으로 끌어들였다. 그의 성공은 부족들 간에 페니키안 경작법과 통
치방식을 널리 시행했기 때문이었다. 그러나 무력하긴 하지만 독립적
인 카르타고의 존재는 눈에 가시였다. 그래서 카르타고의 소유에서
평화조약이 무력해진 영토에 대해 확고한 잠식을 시작했다. 방어력이
없는 허술한 도시는 각기 새로운 잠식에 대항하여 로마에 간청했고 로
마는 마씨니사의 호의에 더더욱 협조했다. 2세기의 60년대에 그는 엠
포리아를 빼앗을 준비를 해놓고 키레나이카로 탈주한 반역자를 잡는
다는 핑계로 카르타고에게 트리폴리타니아를 떠날 것을 요구했으나
거절당하자 공개적으로 전쟁을 일으켰고 Gefara를 점령했다. 그러나
엠포리아는 카르타고에 의해 방어됐고 그는 그들을 취하는 데 실패했
다. 그사이 카르타고는 대표자들을 로마로 급파했다. 다시 로마는 그
의 동맹을 지지했으나 카르타고는 엠포리아를 마씨니사에게 항복하
도록 명령받았다. 그러나 북아프리카가 정책상 유리하다는데 대한 문
제가 로마에서도 심각한 문제로 제기되고 있었다. 그들은 카르타고에
3번째 전쟁을 선언했고 3년 후(BC 146년) 도시를 완전히 무너뜨렸다.
전쟁 후 튀니지아 내에 남아 있던 영토는 아프리카의 로마의 한 성

(省)이 되었다. 마씨니사는 전쟁 첫해에 죽었고, 그의 계승자 미십사 (Micipsa)는 그의 확장정책을 포기하고 경작과 정착생활을 북돋우었다. 새로운 왕 아래서 엠포리아는 괄목할 만한 자유를 누렸다. 카르타고에 바쳤던 것과 같은 공물을 지불했지만 그들의 페니키안 법과 관습에 따라 자신들을 통치하도록 허락받았다. Sallust는 엠포리아에 대한 누미디안 정부의 관대한 대우를 누미디안 의 수도인 Cirt(constantine)로부터의 거리 탓으로 돌렸다. 그러나 그것은 Micipsa의 지역이 이들 동부 페니키안 문명의 전초기지들을 방해하지 않도록 하기위한 고의적인 정책이었다. 이로 인해 엠포리아가 얻게 된 가장 큰 이득은 카르타고에 의해 발목이 잡혀왔던 고립으로부터 해방되었고 로마의 세력권으로 들어가게 된 것이었다. 그것이 사브라타에서 일어난 괄목할만한 팽창이었다. 그리고 그 번영이 이탈리아와 지중해 세계와의 사이에 솟아오른 무역의 파도 때문이었음이 증명된다. 로마 사업가들은 이미 트리폴리타니아에 정착하기 시작했고 로마인 은행가 헤랜니우스(Herennius)는 BC 2세기 말 이전에 Leptis에서 기록되고 있다. Micipsa는 BC 118년에 그의 아들 Adberbal과 Hiempsal 그리고 조카 Jugurtha에게 연대하여 그의 왕국을 넘겨주고 죽었다. 야망 있고 비양심적인 Jugurtha는 Hiempsal를 살해하고 Adherbal을 내쫓고 자신의 치정을 시작하였다. 살아남은 왕자가 구제책을 찾기 위해 로마로 도망쳤다. 그러나 Jugurtha는 로마귀족들 중 힘 있는 자들을 매수했고 로마 원로원은 사촌 간에 왕국을 나누어 Tripolitania의 동부 반은 Adherbal에게 서쪽 반은 Jugurtha에게 가도록 타협하여 해결했다. 그러나 얼마안가 Jugurtha는 Adherbal을 cirta에서 포위하고 공격했다. 이 새로운 불복종의 행동에 대해 원로원은 처음에 말로만 항의했다.

그러나 cirta가 함락됐을 때 Jugurtha가 Adherbal만 살해한 것이 아니라 그의 부하들에게 수많은 이탈리안 거주자들을 학살하도록 했다. 로마 민중의 분노가 원로원을 움직여 전쟁이 시작됐고 로마가 승리했다. 그동안 Leptis는 전쟁에서 어느 편에 서는 것이 유리한지 보고 있었다. 이윽고 Leptis는 사절들을 로마에 보내어 '우정과 동맹'의 조약을 로마에 요청했고 그것은 승낙되었다. Oea와 Sabratha도 아마 비슷한 대우를 동시에 받았을 것이다. 106년에 Leptis는 Jugurtha를 따르는 음모로부터 도시를 방어할 수비대를 요청했다. 로마 공화정의 수장 Marius는 C. Annius의 지휘 아래 4개 Ligurian 보병대를 파견했다. 처음엔 Tripolitania에 주둔했다가 전쟁말기에 철수했으나 로마와의 '우정과 동맹' 조약은 유효하게 남아 있었다. 이 동안 엠포리아는 로마의 보호아래 명목상의 독립기간을 즐길 수 있었다. 그리고 1세기 중반 바로 전에 Leptis는 로마에게 누미디아 왕 Juba 1세를 설득하여 부당하게 점유한 자신의 영토부분을 돌려주도록 간청했다. BC 49년 폼페이(pompey)와 시저(ceaser)간의 내전의 발생은 왕 Juba를 폼페이 내부에 굳건한 근거를 두게 만들었다. 시저파의 승리가 누미디아의 합병을 의미한다기보다 폼페이와 누미디아 왕실간의 전통적 결속을 가져왔다. Attius Varus가 폼페이 일족의 로마인 성을 접수했을 때 Juba는 즉시 그의 도움을 약속했다. 이윽고 시저가 Vaurs에게 대항하기 위해 보낸 Scribonius를 쳐부수고 살해하여 그의 가치를 입증했다. Juba와 Varus는 본격적으로 아프리카 방어조직에 착수했고 Juba의 열열한 지지자들은 Leptis의 힘을 강탈한 뒤 사람, 무기와 돈을 바치도록 했다. 48년 6월 폼페이는 pharsalus에서 패하고 뒤이어 알렉산드리아에서 암살되었다. 시저가 동부에서 바쁜 동안에 흩어진 폼페이의 군대는

Scipio와 cato의 지도력으로 아프리카에서 재정비되었다. 튜니지아로 가는 길에 cato는 Leptis에서 겨울 루트를 만들면서 15개의 보병대를 이끌고 키레네로부터 sirtie 해안으로 돌아 행진, ophellas의 역사적 위업과 경쟁했다. 47년 늦게서야 서저는 아프리카로 향할 수 있었다. 그해 10월에 작은군대로 상륙해서 다음 4월에 폼페이 군대와 격돌했다. 전쟁은 폼페이 군대의 파멸로 끝나고 scipio, cato, 그리고 Juba는 자살했고 3주동안 전 아프리카는 시저의 손에 있었다. 이탈리아로 돌아가기전에 누미디아 왕국을 폐지하고 그 영토의 더 큰 부분을 Africa Nova(New Africa)의 성으로 로마에 합병시켰다. 거기서 역사가인 Sallust가 첫 총독이 되었다. Juba 와 환영받은 cato가 동맹을 결성했던 Leptis로부터 시저는 매년 3백만파운드(약 10,000hectolitres)의 올리브유을 매년 공물로 바치도록 강요했고, 그로인해 Leptis는 '로마인들의 우정과 동맹' 상태에서 매년 공물(供物)을 바치고 복종하는 도시로 떨

3세기의 로만 트리폴리타니아 지도

어졌다. Oea와 Sabratha를 Leptis와 관계시키고 같은 시기에 연공(年
貢)을 바치는 상태로 전락했을거라고 생각할 수 있다. 그렇다면 3백만
파운드의 일부를 기부했을 것이다. 그것은 단일도시에 대해서 과중한
짐이었을 것이다. 그리하여 침울한 모습의 트리폴리타니안 엠포리아
는 로마제국에 복속되었다. BC 44년 시저의 죽음은 전쟁에 지친 평화
에대한 희망을 13년 동안이나 더 연기하게 되었다. 13년 동안에 안토
니와 옥타비아누스, 시저의 후계자들이 최고의 권력을 놓고 처음에는
시저의 살해자들과, 다음에는 자신들끼리 다투게 되었다. 이 혼돈의
시기에 아프리카의 성들은 한 번 이상 유혈참사없이 지배권력이 바뀌
었다. 그러나 트리폴리타니아는 그 다툼에 개입되지 않았고, 그 다툼
은 BC 31년에 Actium에서 옥타비아누스의 승리로 종말을 가져왔다.

4. 로마의 국경

BC 27년 아우구스투스(Augustus)-이제부터 옥타비아누스에게 주어
진 타이틀-는 원로원과 일반적 타협에 도달했다. 이로써 그는 군사적
방어가 필요치 않을 것 같은 성들의 통제를 원로원에 양도했고 새로
설립된 카르타고의 도시에서 본부를 둔 지방총독을 통해 통치되던 아
프리카 Vetus의 평화스런 성은 원로원으로 복귀되었다. 아프리카
Nova의 성은 이미 존재가 끝났고 그 후 아우구스투스는 누미디안 왕
국을 재편하고 Juba 2세를 내전중의 공로로 왕위에 앉혔다. 25년에 어
떤 이유로 Juba는 Mauretania로 이동되고 누미디아는 Africa Vetus에
합병되었다. 아프리카로 알려진 확장된 성은 원로회의의 통제 하에
남게 되었지만, 식민지 총독에게 누미디아를 덧붙여 준 것은 그가 국
경지역의 문제들에 대한 책임이 있음을 의미한다. 아우구스투스는 그

에게 지휘할 하나의 보병군단(Legio 3 Augusta: 고대 로마보병군단, 3천~6천명으로 구성)을 주었다. 이는 원로회의의 통치자들이 무장한 군대를 남에게 위임해서는 안 된다는 평소의 규칙을 벗어난 것이었다. 오래지 않아 보병군단은 능동적 임무를 수행했고 BC 21년에는 일련의 군사행동의 승리가 있었으며 다음해에 당시 식민지 총독 L. Cornelius Balbus는 Mauretanian 종족들 간의 전쟁에 직면하게 되었으며 남부 전 국경으로 확산되었다. 서부 종족들은 그의 부하 장교에게 맡기고 Balbus는 Fezzan에 있는 가라만테스족을 상대로 성공적인 원정을 이끌었다. 아마도 Oea나 사브라타에서 출발했을 것이다. Balbus의 로마 귀환 길에 거행된 승리의 축하에 대한 Pliny의 설명은 평정한 지역들의 목록을 전해주고 있는데 Garama(Garamantes족의 수도: 현재의 wadi el-Agial 의 Germa), Cydamae(현재의 Ghadames)가 포함된다. Tiberius(AD 14~37)의 통치기간에 로마전선에서 훈련시킨 보조군대로부터 도망친 Tacfarinas에 의해 누미디아에서 새로운 반란이 선동되었다. Tacfarina족의 교묘한 게릴라전은 세 사람의 연속적인 지방총독들이 그를 해안으로 끌어내려 했으나 실패했다. 그러나 게릴라전 8년 후 그는 덫에 걸려들었고 AD 24년에 죽었다. 로마인들에게 전쟁의 주된 교훈은 원로원에 의해 선택된 총독이 훌륭한 장군들을 만들지 못했다는 것이었다. 그리고 칼리굴라(caligula: AD 34~41) 통치 아래에서 보병군단의 명령은 황제에 의해 선택된 총독에게 영구적으로 이관되었다. 그의 군대에 의해 점거된 지역 안에서 총독에게 군사는 물론, 전 행정적 권력까지 부여되었다. 그 결과 현실적으로는 그 지방이 둘로 나뉘게 되었다. AD 68년 Nero의 죽음은 로마제국을 1년의 내전에 빠뜨렸고 그 동안에 세 명의 황제들(Galba, Otho & Vitellius)이 잇

따라 등극한 후에야 Vespsian이 자신을 확실한 제국의 수장으로 만들었다. 네 명의 황제가 있었던 그해에 아프리카 3 Augusta의 총독인 Clodius Macer는 Nero 사후 독립선언을 했다. 그러나 바로 얼마 후 Galba의 공작원에게 암살되었다. 그 후 후계자 Valerius Festus는 친척이었고, 겉으로는 Vitellius의 열렬한 지지자였다. 그러나 동부의 보병군단이 Vespasian을 경쟁적 황제로 세우자 Festus는 비밀리에 그의 충성을 바꿔버렸다. Vitellius의 편으로 의심했던 아프리카의 총독 Calpurnius Piso를 죽게 했다. 반면 로마의 권력자들은 왕조의 투쟁에 휘말리고 Leptis와 Oea는 자신들만의 분규를 해결하기 위하여 상황의 이점을 취했다. 곡식과 가축으로 인한 사소한 국경침범으로 시작된 싸움은 경제적 경쟁으로 부채질 하다가 곧 큰 규모의 전쟁으로 발전했다. Oea는 자신보다 힘 있는 이웃들과 겨루지 않고 서둘러 가라만테족에게 도움을 청했다. 이들 강력한 동맹들은 압도적인 주변 지방인 Leptis를 그들의 성벽 안에 가둬버렸다. 그러나 결국은 Valerius Festus가 끼어들었다. Leptis를 해방하기 위해 보내진 보조 보병대와 기병대 병력이 가라만테족을 사막으로 몰아내고 대부분의 빼앗긴 약탈품을 회복하였다. Leptis와 Oea 간의 다툼을 해결한 후 Festus는 Ballus가 90년 전에 했던 것처럼 Fezzan에서 군대의 시위를 위해 떠났다. 그의 루트는 이전에 발견된 것보다 4일이나 단축되었고 '바위의 눈두덩을 지나는 길(Road past the Brow of the Rock)'로 잘 알려졌다. 어떤 학자들은 Bu Ngem과 Hon을 통과하여 지나갔다고 하고 다른 사람들은 Mizda에서 Hamada el~Homra를 똑바로 가로질러 갔다고 말하고 있다. 그 어느 것도 분명하게 일치될 수 없고 일련의 군사행동 자체에 대해 알려진 것은 아무 것도 없지만 그 목적을 달성한 것은 사실로 보인다. 그것은 머지않아 로마인들이 아프리카로 진출하는 두 번의 오랜 원정을 위한 기지로써 Fezzan을 사용할 수 있었기 때문이다. 첫 번째 원정은 보병대 3 Augusta의 총독 Suellius Flaccus의 지휘아래 Domitian(AD 81~96)의 통치기에 실행됐다. Flaccus는 군대를 이끌고 3개월간 남쪽으로 진군했고 Aethiopian의 영토까지 도달했다고 알려져 있다. 그의 군대는 아마도 사전 정찰대였을 것이다. 두 번째 원정의 지도자 Leptis의 Julius Matermus는 군인이라기보다는 무역가 또는 탐험가였다. Matermus는 Garama에서 가라만테족의 왕과 연합했고 이디오피안에 대항하여 노예습격에 동행했다. 남쪽으로 4달 동안 진군한 후 Agysimba라 불리는 이디오피아 나라에 도착했고 그곳에서 코뿔소라는 동물들을 많이 모았다. Agysimba는 보통 Lake chad로 불리거나 Air(Asbinc: 산악나라이기 때문에 그럴싸하게)로 동일시 되는 곳이다. Matermus는 Sahara를 넘는 대상무역의 정보에 관심을 가진것이 틀림없다. 보다 엄격하게 군사목적이 있었던것은 동부 트리폴리타니아에 있는 Nasamones족에 대항한 Shellius Flaccus에 의한 원정이었다(AD 85~88). 로마인의 변경지대안에 살면서 Nasamone족은 로마인에게 세금을 내게 되어 있었으나 세금 수집자들의 엄청난 요구에 항의가 들끓었고 그들 가운데 몇 명은 죽임을 당했다. 첫 전투에서 Flaccas는 크게 패했고 캠프는 Nasamone족의 수중에 떨어졌다. 그러나 이 성공은 그들의 파멸이었다. 캠프에는 많은양의 술과 음식이 저장되어 있었고 로마인들을 쫓는 대신에 술에 취해 기분좋게 되었다. 그들이 잠에 떨어졌을 때 Flaccus는 갑자기 돌아서서 그들 대부분을 살해했고 그들 중 소수만이 사막으로 탈출했다. Domitian는 Nasamone족의 존재는 사라졌다고 로마 원로원에 자랑했다. 2세기는 일반적으로 트리폴리타니아에 평화의 시기였다. 그러나 말기에는 어두운 그림자가 모여들기 시작했다.
Leptis 출신 황제 Septimius Severus(AD 193~211) 치정 동안에 조용했
던 Garamante 족이나 Nasamone족들이 연안지역을 습격했다. 습격자
들을 처부순 후(아마도 203~204년 Septimius Severus가 자신의 고향
을 재방문시 몸소)황제는 국경방어에 대한 근본적인 재편성을 시작했
고 그의 아들과 그의 계승자 Caracalla(211~217)에 의해 완성되었다.
지금까지 보아왔듯이 로마인들은 이동군(軍)으로 내륙 깊숙이 처들어
가 근원에서 위험을 제거하는 그들의 힘 우위의 연안지역 방어에 대해
신뢰를 가지고 있었다. 제국의 처음 두세기 동안 분명한 국경선이나
고정방어의 흔적은 없다. Severan은 이 정책을 포기하고 철저하게 고
정방어의 체계(3개의 별개 구역들로 구성된~The Lines Tripolitanus)
를 설립했다. 최전방의 지역은 단단히 차단된 요새 Bu Negm,
el~Gheriael~Garbia, 그리고 Cydamae(Ghadames)에 의해 구성되었고
내륙과 해안간의 3개 주요 연락선상에 위치했다. 그 요새들은 AD 201
년에 건설되어 Bu Ngem의 보병군단 3 Augusta의 파견대에 의해 수비
되었다. 이들 외곽요새 배후에 알렉산더 세베루스는 Wadi Sofeggin
과 Zemaem의 분지로 인해 숨겨진 식민지 Limitanei의 구역을 창설했
다. Limitanei는 로마군대의 병역을 필한 퇴역군인으로서 이민족의 침
입으로부터 그들의 영토를 책임방어하는 댓가로 노예들과 가축, 그리
고 조그만 면세 땅을 허가받았다. 성채로 둘러싸인 농장에서는 군인
과 농부들이 살았고 그들이 목숨 걸고 축조한 기념물들은 이 나라에서
가장 두드러진 고고학적 유물가운데 하나이다. 방어체계의 가장 내륙
구역은 Gebel의 닭 벼슬모양의 산등성이를 따라 달리는 전략적 도로
에 의해 형성되었고 튜니지아의 Tacape(Gabes)를 Leptis와 연결했다.

그 도로는 가리안고원의 북쪽과 Tarhuna 고원의 비옥한 농경지를 지켰다. 도로의 거점들이 무방비 상태였다는 것은 방어할만한 국경선이 아니었고 철저한 방어체계의 배후에 정보연락의 주된 우회선이 있었음을 증명한다. 동시에 도로는 지방총독의 지방들과 지방총독과 점령군 사령관간에 아프리카의 de jure Caligula의 de facto 분할구역을 만들려고 Septimius Severus에 의해 창설된 Numidia의 새로운 제국의 지방간의 경계를 표시했다. 황제 Gordian 1, 2세를 거치면서 활동적이었던 보병군단 3 Augusta는 Gordian 3세에 의해 AD 238년에 해체되었다. Valerian(253~260)에 의해 재구성되었으나 트리폴리타니아에서 다시 활동한것은 보이지 않는다. Bu Ngem, el~Garbia와 Cydamae의 보병군단 수비대들은 아마도 현지에서 부상한 군대에 의해서거나 여전히 누미디안 총독의 지휘하에 있는 보조군대의 파견대에 의해 해체된 것 같다. 보병군단의 철수로 지방 분권의 두 가지 발전이 지목된다. 첫째는 보병군단의 백인대장과 맞먹는 지방수비대였던 것으로 보이는 새로운 형태의 장교 Centenarius의 도입이다. 트리폴리타니아에서 이들의 역할은 Limitanei에 의한 경작내 부적합한 전략적 지역에서나 강화할 필요가 있는 Limitanei구역 안에서 전략상의 요지를 (Centenaria) 지휘하는 것이었다. 두 번째 발전은 트리폴리타니아 국경을 여러 개의 자체방어를 갖는 지역, 각기 자신의 지방사령관이나 Praepositus limitis 아래에 있는 지역으로 분할하는 것이다. 상부 Sefeggin 계곡 안의 Saniet Duib에 있는 하나의 작은 수비건물의 비문은 Limes Tentheitanus에 대한 이민족의 습격을 막기위해 Philip the Arab(244~249)의 치세 때 지은 Centenarium인 것으로 기록하고 있다. 그것은 Limes Tripolitanus의 방위구역상에 있고 Limes 도로상의 군사적 거점 Tenthoes(ez~Aintan)의 지휘 하에 있었던 것임을 말해준다. 3세기 중엽경 트리폴리타니아의 방어는 로마시대의 종말까지 변하지 않고 남아 있었던 형태로 추정되어 왔었다.

5. 로마통치하의 시정 조직

트리리폴리타니아 세 도시들 중 가장 부유했던 Leptis는 분명히 그 지역의 행정중심이었을 것이다. 사법권을 제외하고 지방총독은 행정관리 판사였고 조세에 관여했다. 조세는 직·간접세가 있었으며, 트리폴리타니아의 직접세의 기본은 시저에 의해 Leptis에 부과된 삼백만 파운드의 올리브오일의 연공(年貢)이었을 것이다. 그러나 이 과세의 초과분이 발견되었다면 Augustus에 의해 실행된 그 지방 조세능력의 조사결과에 따라 약간의 경감을 받았을 것이다. 간접세는 4가지로 바다나 육지로부터 그 지방으로 수입하는 물건에 대한 관세, 유산상속세 5%(로마시민에게만 해당), 노예해방세 5%, 그리고 노예를 팔 때 4% 등이었다. 첫 세기 동안에 이들 세금들은 회사나 개인에게서 징수되었을 것이다. 그러나 Augustus는 공화제 시절에 큰 부정행위가 되었던 이 체계의 남용을 막으려고 많은 노력을 했다. 그리고 Vespasian(AD 69~79) 시절부터 아프리카인들은 지방의회 또는 Concilium을 가지고 있어서 총독위의 황제에게 불평불만을 제출할 수 있었다. Trajan(98~117) 치하에서 간접세의 수금은 제국관리에 의해 집행되었다. Leptis에서 제국의 국세청은 2개 과로 나뉘어졌는데, 하나는 vilicus maritimus 치하에서 수산물과 상속세에 관한 것이었고 다른 하나는 vilicus terrestris 차하에서 육지에서 나오는 물건과 노예를 팔고 해방시키는 데 대한 세금이었다. 정부의 일상 업무에 있어서 지방장관과 그의 참모들은 필연적으로 지방도시의 크게 신장된 현지당국에 의존하였다. 그것은 이미 존재하는 지방자치 조직이 그대로 남아 있었고 가능한 한 로마의 간섭 없이 기능을 다하도록 허락되었기 때문이었다. Leptis는 로마의 통치하에서 자신의 옛 조상 페니키아 인의 조직을 유지했고, 직접 증거는 부족하지만 Oea와 사브라타도 그러했을 것이다. BC 12~6년 사이 아우구스투스는 세 도시를 자유('freedom' 또는 'Libertas')로 인정했었지만 시저는 박탈했다. Libertas는 공화제 시절처럼 더 이상 면세가 주어지지 않았다. 그러나 지방장관이 지방자치 일들에 독단적으로 간섭하지는 않는다는 보증이 있었다. 이 세 도시들은 화폐주조에 황제의 초상화를 넣어 그들의 승격에 대해 축하를 했고 Tiberius 통치기간까지 계속 발행되었다. 초기 제국도시의 빠른 신장 중 극장, 시장, 그리고 목욕탕 같은 거대한 공공건물의 건설에서 Leptis 시민의 상승하는 자신감의 물결을 추적할 수 있다. 2세기의 과정 중 세 트리폴리타니안 도시들은 로마 식민지 대열에 올라섰다. 그로인해 투표권을 얻었다. leptis는 Trajan 치하의 109~110년에, Oea는 2세기 중엽에, 사브라타는 Antoninus pius(138~161)의 통치 중에 있었던 일이다. 식민지(colony) 라는 타이틀은 지방의 자존심을 아첨하기 위하여 특별히 계산된 것이었다. 식민지들은 본래 로마자체에서 이주해온 시민들이 세운 도시들이기 때문이다. 그리고 그것은 로마 도시의 일부로 간주되었다. 말하자면 그 지방들로 이주시킨 것이었다. 2세기 중 식민지신분에 대한 널리 퍼진 요구는 마치 특권이 수도와 관련 있는 지방의 성장하는 중요성을 반영하듯이 로마통치의 대중성에게 주는 하나의 진상품이었다. 로마 식민지로서의 세 도시들은 구조를 바꿨거나 적어도 그들 지방정부의 조직적 명명법을 로마의 관용 법에 일치시켰다. 연중 둘을 뽑는 관리들은 duoviri(로마 집정관에

대한 식민지적 동의어)로 알려져 있고, 그 관리가 특별한 책임을 지고
또 특별한 명예를 가져왔을 때는 매 5년마다 duoviri를 뽑았다. 원로원
이나 입법권이 있는 위원회에서 좌장을 맡아 보았다. 로마에서처럼
각 시의 거주자들은 선거그룹이나 시의 행정구역으로 나뉘어졌고 각
기 그 자신의 이름을 갖고 있었다. 그 이름들이 알려진 Leptis의 11개
행정구역의 8개는 그의 식민지 신분이 인정된데 대한 감사의 표시로
서 Trajan가족의 이름으로 불려졌다. 같은 이유로 사브라타 사람들도
Antoninus Pius의 관례에 따라 행정구역을 이름 지었다. 행정구역들
이 모여서 대중의 의회를 구성했고, 그 기능은 제안을 받기 전에 존경
을 나타내는 판결의 통과와 선별된 목록으로부터 치안판사들에 대한
선거처럼 간단한 승인을 거치는 형식적 절차에 제한되었다. 식민지적
신분, 그것이 자존심을 아첨한 것이었다. 그 자체에 있어서 경제적 이
득을 가져온 것은 아니다. 사실 그것의 중요한 경제적 영향은 전 시민
이 로마의 유산상속세를 납부할 의무가 있었고, 특별한 주변상황에서
식민지는 준 이탈리아인의 부가적 이득을 인정받을 수 있었는데, 이탈
리아의 도시들이 소유한 것처럼 식민지 땅에서도 자유보유 부동산을
보장받았다. 약202년 황제 Septimius Severis에 의해 그의 출생지인
Leptis에 그보다 더 큰 이득이 주어졌다. 시민들은 감사의 표시로 그들
도시에 Septimia라는 칭호를 덧붙이고, 그들 자신에게는 Septimiani라
는 칭호를 취하게 되었다. 그러나 그 새로운 특권이 어떤 영구적인 이
점이 되었는지는 의심스럽다. 얼마 지나지 않아 시민들이 그들의 올
리브농장에 대한 권리침해를 제거해준 Septimius의 공덕에 대한 감사
로 그들의 영구재산인 올리브기름의 무료 의연 품(義捐品)을 로마의
민중에게 무분별하게 공급해 주었다. 이것이 콘스탄틴에 의해 최종적

으로 경감되기 전까지 무거운 짐이 되었다. 그럼에도 불구하고 Severan 그 시대는 트리폴리타니아에 제국의 후의의 높은 물결을 기록했다. 그리고 Septimiani로서 Leptis에 계획대로 진행시킨 위대한 Severan 건물들을 보여준다. 즉 203년에 황제의 방문을 위해지은 개선문, 세베란 포럼과 바실리카, Colonnaded street, 그리고 새로운 항구들이 그것이다.

6. 로마시대의 도시생활

전 로마제국의 타지방 도시들처럼 트리폴리타니아 도시들은 그들의 구조조직뿐만 아니라 일상생활도 가능한 한 수도(로마)의 그것과 밀접하게 만들었다. 모든 로마인 도시에서 서민생활의 중심은 포럼이었다. 포장된 오픈광장, 걸어서만 들어갈 수 있고, 가장 중요한 사원들과 공공건물들, 사무실과 상점들로 둘러싸였다. 사회적 회합장소, 정보교환의 중심지, 대중의 집합장소의 기능 등을 복합적으로 가졌다. 시내에 뭐 새로운 것이 있나 와서 보고 듣고 사방 측면에 세워진 주랑현관의 그늘에서 친구들과 잡담하고 저녁엔 황제나 지방의 은인들을 기념하여 시정(市政)의 포고에 의해 세워진 조각상들 사이를 한가롭게 거니는 그런 장소이다. 시민들은 치안판사의 판결을 듣고, 또 투표하기 위해서 자신들의 행정구역에 모여들었다. 연설자들의 연단은 종종 특별히 로마와 관련된 사원 앞에 세워졌다. 예를 들면, Leptis에 있는 Rome 과 Augustus 사원, 사브라타의 Capitolium 사원이다. 사원들과 떨어져서 포럼에 위치한 가장 중요한 건물들은 쿠리아(curia)와 바실리카(basilica)이다. 쿠리아는 지방의 원로원으로 그들의 연 치안판사의 의장으로 진행된 회의실이었다. 바실리카는 햇볕과 비로부터 피하기 위해 윗부분이 덮인 포럼의 연장으로 볼 수 있다. 대중은 자유롭게 드나들었고 법정의 심리를 듣거나 상인들의 거래를 보면서 스스로를 즐길 수 있었다. 가끔씩 대중은 강의를 들을 수도 있었다. 포럼이 시민들의 유일한 휴식처는 아니었다. 오후에는 대단위의 군중들이 떼지어 목욕탕으로 모였고, 사회적, 위생적, 그리고 두 가지 모두의 목적으로 일시에 가득 찼다. 보통 목욕은 각기 온욕실, 미온욕실, 냉 욕장으로 알려진 별도로 된 방에서 이루어졌다. Laconicum에서 증기욕을 하는 동안에는 종종 다른 목욕을 예비로 하게 되어 있었다. 비누칠하는 장소에서 스스로 올리브기름을 바르고 나머지는 쇠로 된 떼미는 기구(Strigils)로 떼를 밀었다. 부유한 사람들은 그들의 노예들을 데려오거나 목욕 종사자를 고용하여 물기를 닦고, 기름을 바르고, 마사지를 받기도 했다. 목욕시설은 크기와 장비면에서 크게 다양했다. 반면에 Leptis에 있는 Hadrianic Baths는 로마대제국의 공중목욕탕(thevmae: 로마 그리스의 고대 공중목욕탕)의 호화로운 형태로 만들었고, 목욕 전 게임과 육상을 위한 큰 운동장, 커다란 옥외수영장(natatio), 실내체육관, 그리고 많은 조각상들로 장식된 훌륭한 중앙 홀 등이 포함된다. Leptis와 Sabratha에서 잘 알려진 다른 하나의 사회적 제도는 목욕 관습의 한 부분이었던 공공화장실 또는 forica이다. 아주 화려한 집들만이 자신의 변소를 소유했으므로 대중의 편리를 위해 공공화장실이 필요했고 일반 시민들이 싼 입장료를 내고 사용할 수 있었다. 로마에서 forica는 사생활의 엄청난 결핍이다. 로마세계에서 가장 좋아하는 오락은 극장, 원형극장, 경마장이었는데 모든 트리폴리타니아 사람들이 탐닉되었다. 그리스의 종교적, 문학적 드라마와 비교해 제국시대 로마극장은 음악회당의 표준 위를 오르지는 못했다. 여신 ceres는 Leptis

에 있는 강당의 뒤에서 그녀의 성물함으로부터 연극들을 보았다. 그러나 그녀가 본 것은 모든 인간들의 맛에 의해 구술된 것이었다. 비극의 유령은 음악을 인용하는 비극의 형태에서 떠나기 싫어 꾸물거렸는지도 모른다. 가면이나 반장화를 신은 비극 배우들이 사브라타의 무대 전면에 새겨져 있다. 그러나 비극은 대중성에서 무언극으로 알려진 발레 같은 놀이감과 경쟁 할 수가 없었다. 비극의 팬터마임 주제는 그리스 신화로부터 취했다. 그리고 하나의 극의 다른 성격배우들은 보통 한사람에 의해, 그리고 같은 배우가 단순히 각각을 위해 그의 가면을 바꾸어 연극을 했다. 그의 동작들은 오케스트라와 합창단이 동반되었고, 그의 감각적이고 무기력하게 하는 음악은 옛날의 도덕가들에 의해 빈번히 한탄하고 슬퍼하게 된다. 성공적인 무언극 배우 (pantomimi)는 영화의 스타만큼이나 축하받았다. 팬터마임 caracalla 의 자유민(노예 신분에서 해방된) Marcus Septimius Au' relius Agripa 를 보려고 Leptis를 방문하는 것이 무대 뒤 주량현관에 초상화로 만들어져 기념물이 되었다. '그날의 최고의 스타였다' 라는 기초 위의 비문은 '그의 예술은 로마에서 배웠고, verona, vicenza, 그리고 Milan에서 크게 성공했다' 라고 되어 있다. 비극이 팬터마임에 의해 무대에서 밀려나자 전통적 코미디는 익살극에 의해 쫓겨나게 되었다. 가면 없이 행해지는 마임은 최고의 가능한 현실주의를 지향했고 옛날 드라마의 일반적 관습과 대조적으로 여성 부분은 여성에 의해 연출되었다. 그 테마는 매일의 생활에서 뽑아내었고, 보통 폭력, 범죄, 그리고 불륜과 관계되는 것들이었다.

로마인의 원형 경기장의 매력들이 Zliten 가까이에 있는 Dar Buk Ammera에 있는 별장에서 발견된 모자이크 포장위에 생생하게 묘사되어 있고, 지금은 트리폴리 박물관에 있다. Venatio 또는 야생동물 사냥을 나타내는 모자이크의 두 측면에는 보통 오전에 숲속의 빈터를 인공적으로 숲속으로 바꾸어 놓은 투기장(중앙에 모래를 깔아서 만들었다)에서 실시되었다. 사냥하는 남자들과 그들의 사냥개들이 양들과 영양(북아프리카 산), 야생당나귀 그리고 타조들을 도살하는 것을 보여준다. 한 마리 곰과 한 마리의 황소가 어울리지 않게 함께 메여 있고 반면 바로 옆에는 하나의 난쟁이와 그의 길들여진 수퇘지가 우스꽝스럽게 양각되어 있다.

다른 장면들은 전쟁포로와 범죄자들을 Venatio(야생동물 사냥) 동안에 야생 짐승들에게 노출시킴으로서 야만적인 형벌을 가하고 있다. 두 명의 희생자들이 작은 밀고 가는 수레위에 올려져서 처형을 위해 묶여 있다. 한 사람은 수레에 단단히 묶여져 있고, 다른 하나는 투기장 요원에 의하여 두 번째 짐승을 향해 떠밀려지고 있다. 또 다른 장면은 한 투기장 요원이 한 희생자를 머리끄덩이를 잡고 사자를 향해 힘을 가하고 있다. 모자이크에서 나타내어진 희생자들은 Valerius Festus에 의하여 체포된 가라만테스족들임을 추측케 한다. 오후에는(Dar Buk Ammora 모자이크의 다른 면에 나타나는) 검투사들을 위해 투기장은 깨끗이 치워진다. 검투사들은 전통적인 형태에 따라 다양하게 무장하였다. 장 타원형의 방패, 낯 가리개가 있는 투구, 짧은 칼들로 무겁게 무장된 Mirmillones와 Sammites, 왼손에 드는 둥근 방패와 구부러지거나 휘어진 칼들로 무장한 Thracians, 대머리를 하고 그물과 삼지창으로 무장한 Retiarii 등. 그것은 오늘날의 규칙 없는 이종격투기였다. 싸움이 튜바, 호른 그리고 유체오르간으로 구성된 밴드에 의해 준비된 음악반주로 진행되었음을 그 모자이크는 묘사하고 있다. 어떤 격투기는 이미 끝났다. 패배한 검투사는 항복의 표시로 자신의 왼팔을 들어 올리고 있고 주심 또는 nanista는 그의 결정을 위해 좌장인 치안판사를 향해 보고 있다. 그 결정은 군중의 희망에 따라 주어질 것이다. 만일 최고위자가 그의 엄지를 추켜올리면 그 패배한 검투사의 목숨은 살아남을 것이지만 내려가면 그 승리자는 최후의 일격(cpa de grace: 죽음의 고통을 덜기 위한 최후의 일격)을 패배자에게 가할 것이다. 겉만 번지르르한 관대(棺臺: 시체나 관을 얹어 묘지로 운반하는 대)가 기분 나쁘게 뒤에서 기다린다. 검투경기는 며칠간 계속되었다. AD 200년의 비문은 사브라타에서 한번은 5일간 계속되었고 그렇게 긴 경기는 처음이었다고 언급하고 있다. Leptis는 영구적인 석조경마장 또는 circus를 소유한 트리폴리타니아 도시들 중 유일한 도시이다.

　Oea와 사브라타는 아마 목조 경마장을 가졌을 것이다. 경마는 보통 4마리 말이 끄는 전차가 이용되었고 한번에 12팀까지 겨루었으며, 시계 반대방향으로 7바퀴를 돌게 되어 있었다. 7개의 달걀 줄이나 7개의 물을 뿜어내는 돌핀이 경기코스 중앙위의 스탠드에 올려 져서 이미 완료된 바퀴의 수를 대중에게 알려주었다. 각 바퀴가 끝날 때에 계란 하나가 제거되거나 하나의 물을 뿜는 것이 꺼지게 된다. 전차들이 반환점을 돌 때 바퀴와 바퀴를 서로 스치거나 안쪽으로 가까워지기 위해 끼어들고, 충돌이나 파손되기 일쑤였다. 가끔은 고의적으로 저지르기도 했다. 그러한 광경이 Gargarese에 있는 Mithraic 무덤 안에 나타나 있다. 경주에 돈을 거는 것이 공식적으로 인정되었고 흥분이 증가되었다. 로마와 다른 큰 도시들에서 팀들은 4개의 경쟁파벌의 색깔(붉은색, 흰색, 푸른색, 그리고 초록색)아래 그리고 군중들도 좋아하는 색깔로 갈라진 가운데 경주가 시행되었음을 상상할 수 있다. 2세기 중엽의 트리폴리타니아 도시에서의 사회생활의 경향은 유명한 문학 작가 Apuleius of nadaura의 소위 Apologia에 생생하게 반영되었다.

Apuleius는 트리폴리타니아에 그의 존재가 기록되어 있는 유일한 문학적 인물이다. 일반적으로 로만아프리카를 특징짓고 Apuleius 자신처럼 지적인 열정에 대해 보람 없이 보고 있다. 생활의 외형적인 형태의 로마 화에도 불구하고 보수주의는 지적 영역을 지배했다. 페니키아는 AD 1세기 말까지 공식적인 비문에서 Latin어에 더하여 사용되었고 고대를 통틀어 일상생활의 언어로서 계속 사용되었다.

황제 Septimius Severus는 죽을 때까지 강한 페니키아어 악센트로 라틴어를 말했고, 세련된 등급들 가운데 그리스어가 아마도 라틴어보다 더 유행에 맞는 것이었다. Septimius Severus 자신은 그리스문학에 대한 탁월한 지식을 갖고 있었다. 현지 트리폴리타니안 학교들은 그리스어와 라틴어 문학의 요소들을 가르쳤다. 그러나 한 젊은이는 그의 교육을 마치기 위해 카르타고로, 로마로, 아테네로 가기도 했다. 종교는 또 하나의 다른 영역이었는데 페니키아인의 전통은 끈질기게 지탱되었다. Liber pater와 Hercules는 Leptis의 보호 신들이었고 Minerva 와 Apollo는 Oea의 보호 신이었다. Saturn과 북아프리카의 다른 지역에서 인기 있는 신이었던 Baal Hammon에 대한 숭배의 흔적이 트리폴리타니아에서 발견된 것은 아직 없지만 로마시대의 사원은 Juppiter Ammon에게 봉헌되었고 그와 Baal Hammon은 종종 혼동되었는데, 최근에 el-khadra 근처 Ras el-Haddgia에서 발견되었다. 페니키아인의 신들은 다른 신들을 질투하지 않았다. 그레코 이집트인의 3인조 Isis, Serapis, 그리고 Harpocrates의 숭배는 이미 로마시대에 앞서 트리폴리타니아에 정착되었다. Serapis와 Isis의 사원은 로만 사브라타의 가장 초기 건물 가운데에 있다. 로만 트리폴리타니아에서 만난 다른 동양 신들은 Leptis의 항구를 내려다보는 큰 사원을 가졌던 Syrian Juppiter Dolichenus, Phrygian Cybele, Great mother와 그녀의 신성한 애인 Attis, 그리고 Mithras, 페르시안 태양신 등이다. 마지막으로 주목할 것은 기독교의 시작이다. 크리스천 주교는 2세기 말 Leptis에서 기록되어 있다. 그리고 Oea와 Sabratha는 AD 256년까지 역시 주교자리였다. 로마인 자신들이 지방도시 속으로 소개하는 데 제1보를 택한 유일한 숭배는 Rome과 Augustus의 그것이었다. Leptis에서 Rome과 Augustus의 사원은 AD 14년과 19년 사이에 포럼에서 봉헌되었고, 사브라타에서 제국의식의 성물 함은 바실리카에 있었다. 제국의 숭배의식의 의의는 종교적이라기보다 정치적이었다. 그것은 황제의 권위가 이론적인 주제라기보다는 지방자치의 충성에 초점이 있었기 때문이다. Rome 과 Augustus의 고위성직자는 지방자치의 의회에 의해 매년 선출되었고 그 의회의 의장으로서 활동했다.

7. 농업경작과 무역

로마시대 트리폴리타니아 경제기초는 올리브기름의 수출이었다. 일반적으로 기름이 요리용으로는 너무 조악한 것으로 생각됐지만 목욕제품이나 불을 켜는 용도로 그 수요가 증가되고 있었다.

시저에 의해 가해진 년 3백만 파운드의 기름공물은 로마 이전시대에 경작되었던 올리브에 대한 부과기준의 한 근거가 되었다. 3백만 파운드는 수백만 그루의 나무에 대한 산출에서 나온 것이다. 로마의 자본주의의 고무아래 큰 신장이 일어났고 2세기까지 Tarhna에서 바다까지 동부 Gebel의 전체와 단층애에서 Wadi Targrat까지는 농장으로 촘촘히 점유되었다. 동부 Gefara에 광활한 대규모 농장이 있었고, 특히 Oea 와 Sabratha의 주변에서 그랬다. ez-zintan 지역, Misurata의 배후지역, 그리고 Sidra만의 해안에서 올리브농장이 잘 알려져 왔다. 더 큰 Gebel의 농장들은 Leptis의 부유한 시민들에 의해 10분의 1의 소작료를 내도록하였다. 노동자는 풍부하고 임금이 쌌다. 그것은 부족들의 목초지 위에 대규모 올리브농장이 들어섬으로써 선택권 없이 쫓겨난 부족민들이 먹고 살기위해 농장에서 일해야 했기 때문이었다.

어떤 황제들, 특히 Hadrian은 부족들에게 자신들의 몫으로 있으면서 버려지거나 지금까지 경작되지 않은 땅을 경작하도록 권유했다. 그러한 사람들은 토지보유에 대한 안전이 인정되었고 그들의 올리브나 포도가 완전히 성장할 때까지는 세금을 물지 않았다. 무화과나 다른 주요한 산물들은 영구히 비과세되었다. 보통 해안지방의 경작형태는 자기 충족이나 기껏 지방시장에 공급하는 등의 혼합형태의 농장이었다. Apuleius는 Oea 근처의 농장에 대해 '대량의 밀, 보리, 와인과 기름 그리고 다른 종류의 과일들, 그리고 가치 있는 가축들로 차 있었다' 라고 말했다. 바로 이런 혼합된 농장은 Dar Buk Ammera의 로만빌라에서 발견된 3개의 모자이크에 묘사되어 지금은 트리폴리에 있다. 하나의 판에는 올리브나무 아래에 앉아 있는 농장주부가 옥수수를 짓밟고 지나가는 황소와 말들을 보고 있다.

다른 하나는 염소 우유를 짜고 있는 모습이고, 세 번째 것은 나이든 여인들이 포도밭에서 호미질을 하고 있다. 해안지역의 많은 대형 부동산들은 소유주들이 지방의 거주인 들처럼 사용한 호화로운 별장들도 포함된다. 그런 일정한 감독 하에 있는 농장들은 노예들에 의해 경제적으로 일을 했다. Apuleius는 단일 트리폴리타니안 농장에 400명이나 되는 많은 고용자들이 있었음을 언급하고 있다. 로마시대 트리폴리타니안 농업경작의 두드러진 특징은 계곡 축제(築堤)로 만들어진 넓은 경작지이다. 이지역의 고대 농부들은 현대의 농부들처럼 극복해야 할 같은 기후 조건을 많이 가지고 있었다.

고대에는 더 많은 비가 내렸고, 지금처럼 연중 강우량의 전체가 며칠에 집중되어 계곡 (wadi)을 사나운 격류로 변화시켜버렸다. 축제(築堤)의 목적은 범람을 막아 토양의 침식을 막고, 침적토를 잡아두고 물을 땅속으로 충분히 침수시키며 가둔 물을 관개수로로 보내거나 천수조에 저장하기 위함이다.

또한 더 가파른 계곡의 축제는 침적토로 농토를 조성해 과수나 채소를 자랄 수 있게 해준다. 농업은 트리폴리타니아의 부의 주된 원천을 조성했고, 사하라를 통하는 대상무역은 정보통신의 연계성과 로마통치에 기인한 세계시장에 의해 크게 자극받았다. 로마제국의 다른 중요한 상업도시들처럼 사브라타는 로마의 항구 Ostia에 무역사무실을 두었다. 사무실 전시장에는 상아무역의 상징인 코끼리와 Leptis의 주도로 옆에 세워진 석상(돌 코끼리)같은 화려한 것들이 모자이크에 새겨져 지금은 트리폴리 박물관에 있다. 그러나 코끼리 역시 로마인의 잔인성에 의하여 끌어들인 새로운 상업 형태임을 일깨워 준다. 로마인의 원형경기장에 공급되는 야생동물의 대부분은 아프리카에서 왔다. 콜로세움에서 단 하루에 5천 마리나 되는 동물들이 죽임을 당했다.

우리는 이 무역의 상당한 비율이 틀림없이 트리폴리타니아인의 손을 거쳐 넘겨졌을 것이라는 단서를 얻게 된다. 반대로 수입하는 상품 중 어떤 것은 Fezzan에 있는 가라만테족의 수도 Germa의 이웃에서 이탈리아인의 발굴 작업으로 최근에 드러나게 되었다. 로마의 램프, 도자기, 유리그릇들이 있었는데 1세기 후기에서 4세기까지 시기의 것들이었다. 1세기 후반의 것으로 보이는 Germa의 유일한 로마인의 웅장한 묘는 거주하는 상업대리인이 이 시기에 무역을 열기 위해 해안으로부터 보내졌음을 잘 보여주고 있다. 트리폴리타니아의 산업은 거의 발달하지 못했다. 도자기 요는 트리폴리발전소, 트리폴리~홈즈간 도로의 102Km 지점 Tazzoli 마을 센터에서 발굴되었다. 그러나 파편으로 판단하건데 현지용으로써 조악한 도기로 생산되었다. 오직 현지생산으로 해외에 이름을 얻은 것은 garum이었는데 소금에 절인 생선으로 만들어진 조미료로 특히 Leptis가 유명했다.

8. 침체

235년 알렉산더 새베루스의 모살(謀殺)은 아프리칸 황제 왕조의 종말을 가져왔고, 로마세계를 멸망의 벼랑 끝으로 몰고 온 군부혼란 상태로 빠뜨려버렸다. 50년 동안 계속된 내전으로 폭동과 함께 20명 이상의 황제들이 나타나고 사라졌다. 제국내의 커지는 혼란으로 대담하게 된 외부의 적들이 힘으로 국경을 침범하기 시작했다.

이 시기의 주된 희생자들은 지방자치 도시들의 지주와 상업의 중산계급이었다. 군사적 비용으로 야기된 물가의 등귀는 돈의 가치를 박탈했고 무역을 사실상 정체상태로 몰아갔다. 과세는 황제들과 군인들의 수요에 맞추기 위해 높이 치솟았다. 돈은 가치가 없어지고 청구세금은 보통 종류별로 할당되었으며 빈번한 터무니없는 요구에 의하여 보충되었다. 세금의 모금은 개인적으로 그의 도시나 영토에 대해 책임을 지고 있던 지방 관리들에 의해 개발되었다. 그 관리의 사무실은 한때 시민활동을 위한 영예와 격려의 장소였지만 이젠 참을 수 없는 짐이 되었다. 트리폴리타니안 도시들도 일반적 곤란에서 면제되지 않았다. Leptis와 트리폴리타니아에 대해 procurator roi publicae의 238년경의 약속은 그 지방이 그때까지 이미 재정적 곤란상태에 있었음을 암시한다. 그것은 행정장관들이 세금 지불에 곤란이 발견되고 있었던 지방자치도시들의 시정(市政)을 감독하기위해 파견된 제국의 관리들이었기 때문이다. Leptis는 Sabratha보다 더욱 피해받기 쉬웠다. Severan 황제들 치하에서 호의에 고무된 나머지 적절한 경제적 기반이 없는데도 화려함속에서 쾌락에 탐닉했고, 235년 이후에는 현실에 직면했다.

Gallienus(253~268) 치하에서 제국의 호의로 한순간의 부흥이 있었다. 그때 Lepcitani(렙티스 사람들)들은 생활양식에 황비 Salonina를 덧붙였고, 스스로를 Septimiani와 마찬가지로 Saloniniani라 불렀다. 그러나 3세기 후기에 Leptis는 내리막길의 시기였다. 그동안 많은 공공건물들이 파멸로 가고 있었다. 사브라타는 자신의 능력을 벗어나 과 성장하는 것을 시도하지 않았기에 그런 폭풍을 좀 더 이겨낼 수 있었다. 로마세계의 붕괴는 Diocletian (284~305)과 Consttantine(306~337)의 개혁에 의해 일시적으로 정지되었다. Diocletian은 자신과 세 명의 동료 통치자들과 제휴해 제국을 소위 4두(頭)정치를 실현하여 이집트와 동부 지방은 자신이, Balkan과 Danube 지방은 Galerius에게, 서부지방은 Constantinus에게, 이탈리아와 아프리카는 Maximian에게 맡겼다. 지방자치 총독의 힘을 억제하기위해 지방들을 다시 세분했다. 그로 인해 숫자는 늘어났지만 개별 중요성은 줄어들었다. 이 시기에 트리폴리타니아는 성 또는 주(province)의 등급으로 상향된 것이 틀림없고, 국경은 동쪽에 Arae philaenorum, 서쪽에 salinarum(shottel-Gerid),남쪽에 Garamantes(the Fezzan)였다. 그래서 새로운 성은 해안

지역뿐만 아니라 지금까지 누미디아 총독의 책임으로 있었던 남쪽 국경까지 포함되었다. 그 성의 수도는 Leptis였고 트리폴리타니아의 Praeses라는 직함의 총독은 처음으로 아프리카의 시민과 군부 모두로부터 위임을 받게 되었다. 그러나 후에 방어책임은 아프리카의 수석 지휘관에게로 넘어갔다. 305년 Diocletian의 사임은 왕조의 불화에 대한 쇄신에 따른 것이며 그로부터 로마세계는 사실상 Constantius의 아들 constantine의 1인 통치하에 합병되었다. Constantine 제국에 대한 그의 행정은 Diocletian의 개혁을 적용하고 발전시켰다. 그러나 그는 기독교적 성격에서 제국의 권력을 위한 완전히 새로운 기틀을 찾으려 했다. 지금까지 기독교는 국가의 적으로 간주되어왔다.

그것은 그들의 종교가 황제에 대한 숭배의식을 취함으로써 그들의 충성심을 나타내는 것을 금지시켰기 때문이다. 제일 좋게는 로마의 권력자들이 장님이 되었다는 것이고, 가장 나쁘게는 그들이 박해에 의하여 그들의 정신을 깨뜨리려 했다는 것이다. 결국 최악의 박해가 Diocletian 치하에서 실행됐다. 그의 개인적 신념이 무엇이었든 간에, 그는 국가의 봉사에 있어서 전쟁으로 잃게 되는 것을 애쓰기보다는 기독교에 협력하는 정치적 지혜를 가지고 있었다. 밀라노의 Edict는 313년 기독교도들에게 완전한 종교적 자유와 공식적인 지지의 약속을 했다. 그러나 콘스탄틴의 희망은 기독교인 스스로가 불화에 의해 좌절되기를 미리 정해두고 있었다. 유럽에서 교회는 아리우스파(Arian)의 이단에 의하여 찢겨졌다. 아프리카에서 교회는 박해받는 동안 타락한 사람들에 대한 처리문제로 날카롭게 갈라졌고, 이교도들의 신들에게 희생되거나 신성한 책들이 불태워졌다. 콘스탄틴의 지지를 받는 온건파와 뉘우치는 사람들에게는 계속해서 기독교 사회의 구성원이 될 수 있도록 수용했다. 그러나 이 관대함은 Donatist(후에 Donatus라 불린 엄격주의 지도자 가운데 가장 유명한 지도자)의 엄격주의 파에 의해 완강히 거절되었다. Donatists는 타락한 사람은 오직 재세례 후에 교회에 재인정할 수 있다고 주장했고, 타락했던 성직자들의 명령은 무효였다. 이렇게 강하게 적대하는 교회들은 북아프리카에서 단계적으로 각기 자신들의 교회와 주교, 그리고 교회의 조직을 가지고 성장했다. 지금까지 알려진 Donatist 건물은 el-musfin(Hansoir Taglissi)에 있는 4세기의 방어를 강화한 한 농장이다. 거기에 Donist의 슬로건인 'Laudes··· Deo(신에게 은총을)'이 새겨져 있다.

그러나 해안 도시들과 내륙의 비잔틴 이전의 교회들이 모두 가톨릭이었다고 상상할 수는 없다. Augustine이 Donatism의 최종적 유죄선고를 확실하게 한 카르타고의 가톨릭 公會議에 사브라타만이 가톨릭 주교를 보냈고 Leptis와 Oea는 Donatists를 보냈다. 최초의 종교 운동이 의견을 달리했음에도 Donatism이 가톨릭 교회와 밀접하게 동질성을 가진 아프리카인의 로마정부에 대한 반대의 표시가 약간 확대된 것이 분명하다. 그 반대는 국가주의에서 오는 것인만큼 경제적 사회적 불안에서부터 생겨났다.

Diocletian과 Constantine의 개혁은 로마세계에 경제적 구원을 가져오지는 못했다. 과세가 3세기보다는 덜 제멋대로였지만 군대와 관리들의 엄청난 증가는 납세자에게 견딜수없는 새로운 짐을 안겨주었다. 더욱이 중산층과 하층계급들이 전체주의 체제하에서는 자신들이 죄수라는 것을 발견하게 되었다. 지방자치의 관료는 여전히 그들의 도시와 영토의 세금지불에 대한 책임을 쥐고 있었다. 그러나 Diocletian은 그들이나 그들의 아이들을 그들의 신분으로부터 벗어나는 것을 막기위해 그들을 강제로 상속에 의한 계급으로 바꿔버렸다. 또한 coloni 또는 자유 소작인들은 토지의 연작에 대한 마지막 수단에 의지해온 세금 지불 때문에 그들이 일했던 땅에 메여져 농노(農奴)의 조건이 가중되었다. 그들의 불행으로부터의 탈출은 Donatist 극단주의자들의 종교분파를 야기시켰고, 시골을 방랑했던 무법적 소작인들이 가톨릭의 농장들과 부유한 시골 사람들의 농장들을 약탈하고 파괴하였다. 트리폴리타니아의 경제적 침체는 4세기 후반에 크게 가속되었다.

Ausutrian족의 유래는 명확치 않으나 동쪽 사하라 오아시스들중 한 곳에서 왔다고 추측되어 왔다. 그러나 그보다 Hilaguas 같은 하나의 sirtic 부족이었던 듯싶다. 그들의 첫 번째 공격에서 트리폴리타니아인의 책임자들 수중에있던 Austuria인의 처단에 대해 복수를 주장했고, 침공자들은 Leptis를 둘러싸고 있는 풍요로운 영토를 황폐하게 만들었고 가져갈 수 없다는 이유로 재산들을 불태우고 시골의 주민들을 학살하였다. Leptis자체는 성벽에 의해 보존되었고, 3일 후 침공자들은 많은 전리품과 함께 철수했다. 그 지방은 침략자들에게 조직적 저항이 없었음을 보여준다. 국경방어에 대한 무력함은 limitanel이 적과의 동맹관계에 있었으나 지방자치의 총독은 지금까지 그의 지휘 하에 군대가 없는 순수한 시민의 관리였음을 추측케 한다.

침략자가 되돌아올지 모른다는 두려움에 Leptis는 아프리카 주둔군의 수석지휘관 Count Romanus에게 긴급전갈을 보냈다. Romanus는 원정군을 이끌고 왔지만 많은 양의 비품과 4천 마리의 낙타를 그에게 제공하지 않는 한 Austrian족에 대항해 싸우지 않겠다고 거절했다. Leptis는 최근의 재난 후에 그런 수요를 충당할 수 없다고 항의하자 Romanus는 캠프를 부수고 떠나버렸다. 트리폴리타니아인들이 황제의 도움을 기다리는 동안에 Austurian족이 다시 와서 Leptis는 물론 Oea까지 파괴했다. 사브라타도 약탈했다. 많은 공공건물들이 이 시기에 파괴되었다. 2차침공에 대한 소식이 전해지자 Valentinian 1세 (364~375)의 대응을 분발시켰다. 황제의 특사가 아프리카까지 발을 딛기 전에 제3차의 더욱 난폭한 맹공격이 그 지방을 파괴해버렸다.

Leptis의 영토는 다시 주 공격의 대상이 되었고 생명과 재산이 휩쓸리고 심지어 나무들과 포도나무들도 잘려져버렸다. Leptis에 대한 Austurian의 침략은 폐허를 초래했고 도시의 경제를 뒷받침했던 드넓은 올리브 농장들은 황폐화되었다. 4세기의 처음 60년간의 도시자체는 세번째 붕괴 후 부분적인 복귀가 된 것으로 보인다. 비문들은 콘스탄틴 치하에서,

그리고 지방자치 총독 Flavius victor calpurnius(340~350), Flavius Archontius Nilus(355~360), 또 Nepotianus 치하에서 공공건물들에 대한 복구를 기록하고 있다. 그리고 Austurian족을 밖에서 지켜냈던 성벽들의 기원은 아마도 이 시기일 것이다. 그러나 침공 후 쇠락은 전보다 훨씬 더 빠르게 시작되었고, 여기에 주변을 둘러싸고 있는 모래언덕의 잠식으로, 그리고 도시위의 홍수 견제댐을 터뜨려버린 wadi Lebda의 범람에 의해 쇠퇴가 가속되었다. 반달의 정복 동안에 Leptis는 좀더 좋아질 수 있었고 사브라타는 부서진 도심을 복구하면서 시민의 품위에 걸맞은 활발함을 보였다.

사브라타가 상대적으로 좀 더 번영할수 있었던 건 농업경작보다는 사하라 사막인들의 대상무역에 기반을 두었고, 고대세계에서 좀처럼 없어지지 않는 화려함과 쇠퇴하지 않는 주요 필수품에 대한 상업이 있었기 때문이었다. 4, 5세기에 유일하게 번창했던 트리폴리타니아인은

limitanei인데 Gebel 남쪽 wadi 분지에서 경제 자급자족을 이뤘다.

9. 반달과 비잔틴

429년 아프리카에 온 공사 Boniface는 그의 경쟁자 Aetius의 이중성에 의하여 여제(女帝) placidia와 분쟁에 빠지게 되고 로마에 대한 충성을 끊고 Vandal 왕 Genseric을 스페인에서 그를 지지하러 오도록 초청했다. 아프리카에 접근할 기회를 찾고 있던 Genseric은 아프리카로 왔다. 그러나 몇 달 후 Boniface와 placidia는 화해했다. Vandal 왕을 떠나도록 할 이유가 없어 힘으로 몰아내려 시도했으나 Boniface 스스로가 강제로 밀려서 떠나게 됨으로써 상황은 끝났다. 황제 Valentinian 3세는 반달족이 한때 자신의 봉신(封臣)이었음을 믿으려 했다. 그러나 439년 반달의 카르타고 점령은 로마의 아프리카에 대한 실질적 통치가 끝나게 되었다.

그 후 100년 동안 북아프리카의 주인이 된 반달족은 독일과 프랑스를 거쳐 스페인으로 오는 Sea of Azov 근처 그들의 고향으로부터 이주해온 게르만 민족의 사람들이었다. 429년에 아프리카로 건너올 때 부인들과 어린이를 포함하여 8만 명을 넘지 않았다. 그들은 이방인들을 통솔하는 전사들의 아주 작은 지배계급을 형성했고, 그들 정부의 준군사 형태에 따르는 그들 자신의 업무를 계속 처리했다. 그러나 이미 존재하는 로마의 행정관리를 바꾸려하지는 않았다. 그들의 이주 과정에서 가톨릭의 적었음에도 Avian 기독교를 적용했다. Vandal 통치 하에 아프리카 가톨릭의 개인과 교회재산은 압수되었다. 그들의 주교들은 국외로 추방되었고 가톨릭에 호의적으로 남아 있던 기독교 교회들은 자주 박해를 받았다. Leptis의 반달점령에 대한 유일한 고고학적 중

거는 시장터에서 발견된 비장 (秘藏)의 동전들이었다. 작은 요새의 발굴에서 나라의 방어를 질서 있게 구축한 노력이 나타난 것이 없고, Leptis, Sabratha 그리고 Oea의 성벽들은 적을 도울 만한 모든 방어시설은 파괴한다는 Genseric의 정책에 따라 파괴되었다. 이 정책의 어리석음은 동로마제국의 Leo 1세가 468년 Genseric에 대한 원정에 올랐고, 해적들이 동쪽 지중해를 공격하기 시작했을 때 분명해졌다. 이때 카르타고를 침공한 로마는 주력 함대이었음에도 파괴되었지만 Heraclius가 지휘한 트리폴리타니아로 파견된 작은 군대는 방어 없는 도시를 접수하고 반달수비대를 쉽게 방어하였다. 저항 없이 3년 동안 트리폴리타니아를 점령한 후에 군대는 자발적으로 철수했다. 477년에 Genseric이 죽었다. 그가 살아 있을 때는 원주민 부족들은 반달에게 저항 없이 권리를 넘겨주었었지만, 그의 죽음은 부족적 불안의 쇄신을 위한 신호였다. 그때까지 부족들은 그들의 기동력과 공격력을 크게 증가시킨 낙타의 광범위한 사용을 운용하고 있었다.

트란사문트(Transamund)왕의 통치기간(496~522)에 cabon이라는 원주민 지도자의 지도하에 트리폴리타니아에서 반란이 불꽃처럼 일어났고 이를 진압하기 위해 원정대가 카르타고에서 왔다. 그 원정에 대한 생생한 기록이 비잔틴 역사학자 Procopius에 의하여 전해진다. 반달족의 접근에 낙타들을 이용한 Cabaon 전술에 반달족은 창피한 패배를 겪었다. Procopius는 Cabaon 사람들의 이름을 언급하지 않지만 아마도 Leuathe족이었을 것이다. 527년과 533년 사이 어느 시기에 그들은 다시 트리폴리타니아에서 반달족을 패배시켰고 이때 Leptis를 약탈하고 황무지로 만들어 버렸다. 527년에 Justinian이 동로마 왕에 올랐다. 이 동로마를 비잔틴제국(Byzantine Empire)이라 부른다. 지금까지 로마제국의 서쪽 절반은 꼭 반세기동안 이민족의 손아귀에 있었다. Justinian은 그것을 재정복하겠다는 계획을 품었다. 이교도들의 압박에서 가톨릭을 구하고, 고갈된 국고를 채우는 데 주저하지 않았다. 그의 야망의 현실화를 위한 첫 번째가 잃어버린 아프리카였다. 그 곳엔 온순하고 여유가 있는 통치자 Transamund가 있었는데 Fustinian 과 친분이 있었다. 그러나 그는 부족들을 통제하는 데 실패했고 곧 조카 Gelimer에 의해 퇴위되었다. 이 불법 강탈이 Justimian에게 개전의 구실이 되었고 콘스탄티노플에서 Belisarius가 지휘하는 대함대가 결성되었다. 이 함대의 출발 전날 밤에 현지 지도자 Pudentiuas가 황제의 이름으로 폭동을 일으켰으니 즉각 도움을 요청한다는 소식이 트리폴리타니아에서 왔다. Tattimuth가 지휘하는 작은 군대가 파견되었고, 그의 도움으로 Pudentius는 쉽게 전국토를 장악했다. 그때 트리폴리타니아에는 반달군이 없었고 Gelimer는 주의를 기울이지 않았다. 그 동안에 주력 원정대는 남부 튀니지아의 Caput Vada에 안전하게 상륙하여 카르타고까지 진출했다. 533년 9월 Ad Decimum의 승리는 Belisarius의 손에 인도되었고 Gelimer는 그의 군대를 재규합했으나 Trieamarum에서 결정적인 패배를 겪고 항복했다. 그의 항복은 북아프리카에서 반달왕국의 종지부를 찍게 되었다. 그러나 반달족은 비잔틴이 북아프리카에서 직면한 단 하나의 적이 아니었다.

Gelimer의 항복 후 머지않아 Belisarius가 콘스탄티노플로 떠나려할 때 심각한 폭동이 남부 튀니지아와 Aures 지역에서 발생했다. 그 위험한 상황은 비잔틴 군내의 불만으로 더욱 위험하게 되었다. 이 비상시에 Justinian은 자신을 위해 일할 아주 유능한 두 장교를 발굴했으니 수석지휘관인 Belisarias의 후계자 Solomon과 위기의 군사적 반란

시기에 임시로 Solomon과 교체된 Germanus이다. 539년까지 이 두 장교의 활동은 당면한 위난을 막았고 황제의 권능이 군과 부족들 모두 위에 다시 세워지게 되었다. 이어지던 불안정한 평온은 5년 후 Leptis 에서 발생한 한 사건에 의해 깨어졌다.

트리폴리타니아의 군 지휘관 자리가 sergius라는 무능한 Solomon 의 조카에게 주어졌다. Sergius가 인수를 위해 Leptis에 도착한 후 곧 대규모의 Leuathae의 군대가 도시 앞에 나타나 새로운 지휘관에게 충성을 약속하는 대가로 부족의 권능을 나타내는 전통의 선물들과(왕권의 상징으로 임금이 갖는 홀(笏)인 은도금홀, 은으로 된 모자, 흰가면과 황금장화를 요구했다) Pudentius의 충고로 Sergius는 그 요구를 들어주기로 약속하고 그들의 지휘자 80명을 도시안의 연회장에 초대했다. 연회 후 열린 회의에서 리비안 들은 그들의 곡식을 훔친 비잔틴 인 들을 비난했다.

Sergius가 그에 대한 대답 없이 돌아가려 했을 때 그들 지휘자 중 한 사람이 그의 어깨를 잡았다. 한 비잔틴 경호원이 그 사람을 베었고 뒤따라 대소동이 일어나 80명 중 한사람을 제외하고는 모두가 학살되었다. 이 참사 소식이 기다리는 부족들에게 전해졌을 때 그들은 즉시 Leptis로 진격했다. 비잔틴 수비대가 도시외부에서 그들을 만나 백병전 끝에 그들의 캠프가 점령되었다. 그날 늦게 pudentius는 미숙한 소접전에서 살해됐고 Serigius는 도시안으로 철수해버렸다. 그 지도자들에 대한 사건이 사고였는지 고의적 배신이었는지는 모른다. 그러나그 효과는 Tripolitania에서 Aures까지 반란의 불꽃을 다시 붙이게 되었다. 대부분의 튜니지와 유스티니안에게 잃은 것 외의 대부분이 아프리카가 부족들의 손에 들어왔다. 그러나 5주간의 Gumtharis는 충성스런 Armenian 장교에 의해 살해되었고, 황제는 대단히 유능하고 사막전쟁의 직접경험을 가진 한 사람을 수석지휘관으로 임명했는데 John Troglita였다. 546년말에 John이 카르타고에 도착했고, 그때까지 반란군은 중앙튜니지아의 언덕에 집결시키고 있었다. 거기서 누미디언 부족들은 Ifuraces, Lenathae, 트리폴리타니아에서온 Austarian이 서로 조건을 걸고 연합했다. 군대집결에 필요한 시간만 카르타고에 머문 John은 해안도시들을 해방시키면서 남쪽으로 진군했다.

새해 초기에 비잔틴 군대와 sbeitla의 이웃에 있는 적의 주력군과의 교전은 비잔틴의 대승이었고 반란동맹군은 분쇄됐다. 살아남은 부족들은 그들의 고향으로 흩어졌고 John은 카르타고로 돌아와 그곳에서 승리의 갈채를 받았다. 그러나 그의 승리는 시기상조였으니, 단지 몇 달 후 547년의 한여름에 트리폴리타니아에서 새삼스럽게 반란이 터졌다. Infraces족의 왕 Careasan이 Jerna군대의 생존자들을 새로운 군대로 만들었고 Nasamones와 Garamantes족의 지지를 얻었다.

트리폴리타니안 해안에 대해 전광석화처럼 공격한 후 반란군은 튜니지아를 향해 북서쪽으로 진군했다. 그러나 John의 군대가 국경을 막고있는 것을 발견하고 남쪽으로 돌아 shotts족 과 Great Eastern Erg 사이의 황량한 지방으로 들어갔다. John은 즉시 추격대를 보냈으나 여름 열풍의 사막으로 더 전진을 거절한 그의 군대의 무질서는 그를 돌아서게 만들었다. 부족들 역시 그들의 길을 되돌아갔고 Gabes에서 약 40Km떨어진 Gallica(Noreth)에서 만난 비잔틴군에게 심각한 패배를 안겨주었다. John은 흩어진 군대를 규합해 Laribus로 이동하여 그곳에서 겨울을 나면서 군을 재편성했다. 봄이 되자 그는 재행동할 준비가 되었고 Campi Catonis에서 반란군을 전장으로 끌어내었다. 비잔틴의 승리속에 Carcasan은 살해되었고 그의 추종자들은 지리멸렬했다. 이때부터 643년 Arab 정복 때까지 트리폴리타니아에서 더 이상의 전쟁은 기록되지 않았다. 아프리카가 재정복되었을때 비잔틴은 행정을 재정비하는 일에 직면하게 되었는데 Diocletianic 체계에 모델을 두었다. 아프리카의 감독관구를 7개의 성으로 나뉘였고 그 하나로 Leptis를 수도로 하는 Tripolitania가 구성되었다. 감독관구의 통치자는 직접 황제로부터 책임을 수행하게 되는 프리토리안이었다.

재정복 후 Sustinian의 첫 번째 조치들 중 하나는 과세를 위한 새로운성의 자산 평가를 위해 콘스탄티노폴로부터 두 관리를 파견하는 것이었다. 아프리카인들은 그들의 과세 사정자들이 공정하지 못함을 발견했다. 비잔틴 통치하에서 트리폴리타니안 도시들은 생명의 마지막 명멸하는 빛을 보여주었다. Leptis는 다시 축성되었고, 로만시티의 일부분을 새성벽으로 둘러쌌음에도 그 대부분이 지금 모래 속에 묻혀있다. Justinian은 또한 주목할 만한 사당을 신의 어머니에게 봉헌했다. 또 4개의 다른 교회도 지었고 Severus의 왕궁을 복원했다.

비잔틴 점령의 국경에 대한 작업이나 다른 표시들이 내륙지역에서 발견된 것은 아직 없다. 우리는 직접적인 비잔틴의 권위가 해안을 따르는 길고 가느다란 땅을 넘어 크게 확대되지는 않았음을 추론해야 한다. 그러나 Procopius에 따르면 비잔틴은 부족들 사이에 가톨릭을 보급하는데 열성적이었고 개종(改宗)한 부족으로는 다수의 Gadabitani(불확실한 지역의 트리폴리타니안 부족), Cydamae의 사람들, 그리고 Fezzan의 Garamante족들이다. 보다 중요한 것은 트리폴리타니아의 el-khadra, el-Asabaa, chafagi Aamer에 있는 3개의 5세기 교회들이 이때에 비잔틴형태의 십자가 모양의 세례반을 포함하는 새로운 세례당을 갖추고 있었다는 사실이다. 이것은 Donatism에서 Catholicism으로 전환을 잘 반영해주는 것이다. 그러나 행정개혁과 가톨릭의 부흥에도 불구하고 비잔틴 문명은 트리폴리타니아에 깊게 뿌리내리지 못했다. 전면의 비잔틴 도시들은 덜했으나 배후 지방들은 급속히 이전의 전원 유목생활로 되돌아갔다. 그것이 중세 트리폴리타니아의 대 Berber부족 그룹의 출현이다. Nefusa와 Houara, 이들은 후에 그들의 국가소유권을 놓고 Arab족과 잔인하게 싸우게 된다. 642~643년 이집트의 정복자 Amr benal-Asi는 트리폴리타니아를 공격했고 도시의 정면은 순식간에 붕괴되었으며 Oea만이 약간의 저항을 시도했을 뿐이다.

02 후기의 역사

1. 아랍무슬림의 리비아 정복

아랍의 리비아 정복(AD 642~643)

리비아는 칼리프[34]로 알려진 처음 네 사람에 의해 통치된 무슬림 제국의 일부가 되었다. 뒤따라 북아프리카 전역이 비잔틴의 파멸 후 Ommayed, Abbasid, Fatimid 그리고 다른 무슬림 통치자들에 의하여 통치되었다. AD 632년 회교 교주 모하메드가 죽은 후 칼리프의 통치국이 설립되어 1924년까지 계속되었다. 오쓰만왕조의 마지막 칼리프 Abdul-Hamid는 1908년 터키인 젊은 장교들의 혁명으로 퇴위를 강요받았다.

---

34) 칼리프: 마호메트 후계자로서의 회교 국가의 교주 겸 왕Saltan의 칭호

●칼리프의 행렬과 그들의 통치 장소

-수니파 칼리프 통치당국은 Medina의 아라비아에서 시작. AD 642~661년 까지

-Pmmayed 칼리프는 시리아 다마스쿠스에서 시작. AD 661~750년 까지 통치

-Abbasid 칼리프 통치국은 이라크 바그다드에서 시작. AD 750~1258년까지 통치

-Fatimid 칼리프는 교주 모하메드의 딸 Fatima로부터의 후예로 믿어지는데 그들의 통치가 처음에는 튀니지아에서 그 다음에 이집트로 옮겨갔다. AD 910~1171년까지

-터키제국이 그 이름을 택한 Ottoman 칼리프 통치국은 1517년 통치를 시작해서 1924년까지 지속됐다.

아라비아에서 지브롤터해협을 통하여 스페인까지 통치한 무슬림 칼리프들은 코란에서 발생하는 새로운 문명과 모든 무슬림사람들을 포용하는 이슬람 전통을 건설한 최초의 개척자들이었다.

AD 610년에 튀니지아 남부에 있는 도시 Kairouan을 설립한 Uguba ibn Naafa(Omar ibn AL~As의 조카)가 이끄는 아랍무슬림 군대가 AD 642~643년에 동쪽에서부터 리비아를 점령했을 때 리비아 원주민들은 그들에게 항복하고 무저항을 제시했다. 대다수의 사람들은 전 북아프리카를 정벌하고 비잔틴 군대를 추적할 그들의 군대를 지휘할 능력이 있는 새로운 도래인들을 환영했고 AD 711년부터 1492년까지 멀리 Tangier까지 무슬림 국경을 확장했다. 아랍무슬림의 리비아에 대한 형제다운 통치와 북아프리카 다른 곳에서의 그 같은 통치는 몇 년 안

에 비잔틴의 국토와 국민들 모두의 지배를 능가하게 되었다. 리비아는 그로부터 무슬림 아랍국가가 되었고 국민들은 점차 이슬람 종교와 문화를 받아들였다. 그들의 전통, 생활방식, 그리고 언어에서 아랍무슬림이 된 것이었다.

이슬람 문화

종교, 전통, 문화, 정치적 관례, 예술과 건축적 창조, 사회와 가정생활 주변에 가깝게 들어와 자리 잡은 이슬람 문명은 모든 역사 속에서 대서사시 중의 하나이다. 이슬람은 독특하고 전례 없는 교화로 크게 세계를 빛냈다. 7세기에 근동[35)에서 출현한 무슬림 예술과 과학은 회교교주 모하메드의 가르침에 의한 새로운 영감과 혁명적인 방식이었다. 몇 세기 안에 무슬림들은 모로코, 스페인, 시실리, 페르시아를 통하여 동쪽의 인디아 그리고 극동에까지 모든 땅을 통하여 승리를 얻은 그들의 안녕의 이데올로기를 전했다. 이슬람은 우주를 창조한 영원히 구해놓은 유일신의 원리에 기초를 둔다. 그에게 평등이란 없다.

회교교주 모하메드(그에게 Allah의 평화와 축복이 있다)는 신의 사도이고, 그의 말은 전 세계의 모든 헌신적인 무슬림들에 의하여 순종된다. 그러한 것들이 순간에 몰두하거나 소모하는 공부가 되지 않게 보다 정확하게 되도록 하기위해 이슬람종교는 5개의 기둥위에 기초를 두었다. ① 신의(신앙고백) ② 기도(예배) ③ 단식 ④ 희사(헌금) ⑤ 일생에 한번 할 수 있는 모든 무슬림들의 필수 의무인 성지 Meka순례이다. 그리하여 세계도처의 무슬림들은 인종과 색깔에 관계없이 정신적

---

35) 근동(The New East): 미국에서는 발칸으로 제국, 구 아랍연합 및 서남아시아 제국을 말하고, 영국에서는 발칸제국만을 뜻함

으로 형제들이 되고 교주 모하메드의 신의에 의해 통일된다. 그러므로 통일 속에서 다양성이 발전했고 형제들을 넘어서 문명의 예술과 과학 생활에 깊고 영원한 효과를 갖는 놀라운 문화를 창출했다. 그들은 많은 다른 분야에서 위대한 선진과학을 일궈냈다. 말하자면 천문학, 수학, 물리학에서부터 의학, 원예, 공학, 철학, 건축, 항해, 지리, 야금, 공예, 서예, 문학과 음악까지 아랍무슬림 그룹의 지적활동은 두 개의 주된 분야로 집중되는데 아랍국가의 예언에 의하여 표출된 정신활동 즉, 신학, 법학, 문(헌)학, 역사학이고, 다른 하나는 지식에 대한 인간의 본능적 욕망에 의하여 표출된 활동, 즉 철학, 수학, 천문학, 점성학, 의학, 자연과학, 지리학이 그것이다.

아랍사람들은 처음에 종교에 대한 동기에서 나온 그러한 학문분야에 주의를 기울이도록 지도했고 거기에서 특별한 위대한 것을 얻어 낸 것은 그들의 타고난 능력에 대한 증명인 것이다. 세상에 중대한 공헌을 한 많은 우수한 무슬림들 중에는 학자로서 의학백과사전 편집자이고 약초의 의학적사용과 심리학의 개념에 있어 선구자인 Ibn sina, 최초로 무슬림 물리학자로 의학백과사전 편집자이며 접촉 전염병에 대한 권위자인 Al-Razi, 뛰어난 무슬림 수학자 Al-khawazizmi, 그리고 위대한 자연과학자이며 자신들의 공헌으로 고대 그리스와 로마유산의 성취를 살아 있게 한 지성과 뛰어난 능력을 가진 다른 유명한 무슬림 이름들의 주인인 El-Biruni 등을 들 수 있다.

그들은 궁극적으로 중세 말에 서방세계에서 과학문명의 급속한 출현을 가능케 만든 고대 그리스와 로마뿐만 아니라 고대 페르시아와 인디아의 불평등한 지식의 엄청난 축적을 서양에 전파했다.

북아프리카의 아랍무슬림 통치

북아프리카의 아랍무슬림 통치는 로마와 비잔틴 치세를 합친 것을 능가했다. 코란에서 그 근간을 가져온 이슬람종교와 함께 들어온 새 도래인들은 오로지 평화, 정의. 조화, 경제적 발전, 문화와 형제애를 구축하는데 관심을 갖고 열성이었다. 그것은 사람이 자유와 경의를 누릴 수 있었고 남을 이용해 먹거나 노동력의 착취, 노예제도가 허락되지 않으며, 모든 신자들이 형제로서 간주되고 어떤 형태의 계급, 종류, 언어로 인한 구별 없이 평등한 치세였다. 신성한 코란이 말하기를 '이 땅에 놓인 사람의 형제애의 원칙은 가장 넓은 토대위에 기초를 둔다. 여기서 하는 말은 신자들의 것이 아니다.

그들이 모두라고 말하는, 말하자면 한 가족의 구성원들인 일반적인 사람들에게 필요한 것이다. 그들이 종교, 국가, 종족으로 분할되지 않고, 가족들이 이간으로부터 이끌리지 않으며 다만 서로간의 더 나은 지식에 이끌린다. 그러므로 이슬람의 코란 (Quran; The Holy Book: 신성한 책)은 신의 단일성이라는 불굴의 신념에 기초하고 있다.

바꾸어 말하면 이슬람은 신과의 조화를 의미하며 언어, 피부색, 또는 다른 필연적인 자연의 영향 물로 인한 우월(교만)을 거부하고, 순수한 종교적 신심에 기초한 개개인의 우월성만을 인정한다' 아라비아 반도의 북부 지방으로부터 아랍무슬림들은 그들과 함께 코란에 기초한 이슬람과 아랍 언어를 가지고 왔고 아랍어는 신이 준 언어로서 미와 존엄성에서 독특하며, 생각과 정서를 표현하는데 가장 잘 갖추어지고 가장 잘 나타내어지는 언어라고 간주하여 왔다.

아랍어는 시인과 작가들 그리고 그와 비슷한 많은 사람들에게 놀라운 힘을 가지고 있다. 문학표현을 위한 그런 열광적인 찬사는 아랍사람들처럼 단어, 말, 글에 의해 잘 감동되는 사람들은 드물 것이다. 사용하는 사람들의 마음에서 그러한 매혹적인 영향을 행사할 수 있는 언어는 거의 없어 보인다. 현대 아랍세계의 청중들은 시의 암송에 의해서, 그리고 고전적 언어로 정식 연설을 함에 의해서 최고도로 감동할 수 있다. 리듬과 음악은 그들이 합법적 마술이라 부르는 효과를 발휘하고, 아랍어에 완벽한 명령을 내린 예술가들로 간주된다.

아랍어는 사실상 아랍사람들의 경험과 성취에 대한 기록부이며 그들의 문화와 유산의 매개물이다. 그것은 아랍세계의 폭넓음과 관대함을 통틀어 정치, 문화적 부활의 중심적 관점이 되어왔다. 그러므로 코란을 배우려는 신자에게는 배울 의무가 있고, 그것은 틀림없이 언어를 세련시키고 튼튼하게 할 것이다. 그런 까닭에 모스크와 코란센터들은 이전에는 이슬람대학으로 간주되어왔고 코란과 아랍어를 리비아에서 가르치는 데 커다란 토대가 되어왔다.

코란학교 또는 쿠탑(Kuttab)은 터키지배(1835~1911) 동안에 전국의 여러 곳에 퍼져 있었다. 1911년 이탈리아 군대의 침공에 앞서 전국토의 계몽의 주된 원천이었다. 사실은 이슬람문화의 가장 특징적 특색에 기인한다. 선생은 그 일을 수행하기위해 시험에 통과할 필요도 없었고, 학위도, 형식적 정규절차도 필요 없었다. 그의 능력, 능률, 그리고 그의 과목에 대한 통달이었다. 모든 무슬림은 그 강좌에 입학이 자유스러웠고 전혀 어떤 제약이 없었다.

2. 외세의 침공과 독립

스페인과 성 요하네 기사단의 리비아 침공

1510년 7월 리비아 서부지역 트리폴리는 바다로부터 스페인 해군의 침공 목표였다. 그들은 전 도시에서 죽임과 파괴를 일삼은 뒤 도시를 점령했다. 그리고 20년 동안의 거친 통치 후에 malta에 주둔하고 있던 성 요하네의 기사들(The Knights of St. John)에게 양도했다. 그러나 이전에 기록된 역사는 BC 650년부터 1530년까지의 리비아에 대한 외래인의 점령(그리스로부터 malta의 기사들까지)은 쉬운 것이 아니었다고 전하고 있다. 왜냐하면 모든 침공자들이 의병들에 맞서 자신들의 식민지를 세우려고 많은 사상자들을 내어야했기 때문이었다(그 당시 리비아에는 유목민생활이 대부분이었음에도). 특히 트리폴리의 거주민들이 15세기 말에 튀니지아의 'Hafsids 왕조'의 감독으로부터 자유로워져서 그들 자신의 정부를 형성했다.

한편 리비아 사람들은 16세기에 지중해 국가들과 가까운 경제적 관계를 유지하는 데 관심이 있었다. Pedro Navarro가 이끄는 스페인사람들은 1510년 7월 25일 리비아 거주자들에게 그들의 적대 정책을 밝힌 뒤 트리폴리를 점령하고 거기에 절대적 영토의 국가를 만들었다. 트리폴리의 점령으로 스페인인들은 알제리아와 튀니지에서 시작했던 그들의 무장군인활동을 완료했다. 그러나 그 다음달에 Ajerba섬에 상륙을 시도하던 중 결정적인 패배를 겪었다. 알제리아에서처럼 스페인인들은 군사적인 가혹한 점령을 확대하려하지 않았고 트리폴리를 방어하기 위해 자신들을 자제했다. 그러나 그들은 자신들의 공포정치 동안에 용감한 무장 리비안 들의 습격을 방어할 수 없었다. 뒤이어, 1530

년에 황제 찰스 5세는 트리폴리를 양도하고 같은 시기에 Malta와 Gozzo섬을 터키의 위대한 통치자 Suleyman에 의해 Rhedes(로도스섬: 에게 해 남부의 섬, 그리스 령)섬에서 추방됐던 예루살렘의 성 요하네. 기사들에게 양도했다. 그때 트리폴리는 터키해군 제독 파샤(Pasha: 터키의 문무고관의 존칭) 'Turghut'에게 함락되었는데, 그의 모스크는 아직도 손상되지 않고 있으며 1551년에 내륙지방을 터키군주에게 강제로 기탁하고 트리폴리의 통치자가 되었다. 트리폴리의 입장은 경제생활에 대한 반향의 경험이었고, 게다가 수도의 인구가 유행성 전염병으로 대폭 감소되었다. 1117~1711년까지 계속된 새로운 친위혁명 후 그다음 'Turghut' 또는 Darghout의 지배기간에 트리폴리에 정착한 터키 약탈선의 후예인 기병대 장교 Ahmed Karamanly에 의하여 원주민들에 의한 권력으로 바뀌고 후에 그를 파샤(pasha)로 이름 지은 Ottoman통치자에 의해 지지를 받았다. 그와 함께 시작된 Karamanly 왕조는 1711~1835년까지 트리폴리타니아를 통치하였다. 그러나 전체적으로 리비아에 미친 전략적, 정치적 이유로 터키(오쓰만)가 나라의 소유권을 취하기 위해 1835년에 다시 침공해왔고 1차 대전이 발발할 때까지 권력을 유지했다.

터키인(오쓰만)의 통치

오쓰만(ottoman: 터키 오스만 왕조)의 정책은 전제(독재)정치에 기초를 두었고 통치자들은 어떻게 하든 자신들의 일을 위해 국가수입을 거둬들이는 데 우선적으로 관심을 두었고, 종교, 관습, 언어와 정치적 열망과 관점이 다른 세계 모든 나라 사람들과 확장된 영토 위에 자기들의 지배를 시행하는 데 관심을 두었다.

이러한 집단의 중심에 있는 오스만제국의 직접통치 하에 놓인 아랍인들은 제국의 부(富)를 위한 오로지 재산으로서만 간주되었다. 오스만의 전략은 아랍인에게 어떤 종류의 발전도 돕지 않았고, 오스만의 지배는 아랍문명을 해치도록 노력했다. 터키는 몇몇 도로, 병원, 학교, 모스크를 제외하고는 그들의 산재해있는 아랍영토에 어떤 중요한 것도 보태지 않았다. 그들은 원주민들과 스스로 간에 거리를 두었다.

아랍과 터키인(오스만)들은 두 개의 대립되는 이데올로기가 있었다. 그들의 차별정책 선상에서 그들은 자신들의 경제적, 교육적, 그리고 정치적 일들에 수세기 동안 아랍인들의 능동적 참여 권리를 거부했다. 그래서 아랍인들은 불행하게도 터키인들이 그들의 운명에 대한 진정한 독재자였다는 사실을 직시하도록 강요받았다. 이 행위가 아랍인들의 반감을 사게 했다. 반대로 터키인들은 아랍인들이 그들의 유산, 관습, 그들의 신이 준 언어로 간주하고 있는 언어에 대해 자랑스럽게 여기게 된 것을 잘 알게 되었다.

아랍인들은 아랍무슬림 역사를 8세기에 절정에 이르게 만들었고 그들의 통치가 인디아와 중국의 서부 변두리에서 페르시아와, 아라비아, 이집트, 그리고 북아프리카를 가로질러 대서양까지 많은 땅과 사람들에게 미치도록 확장했다.

그들은 스페인에서 피레네산맥을 넘어 프랑스로 들어가 보르도(Bordeaus: 프랑스 서남부의 항구로 포도주생산의 중심지)를 점령했다. 아랍무슬림 문화가 절정에 이르렀을 때도 다른 사람들을 무시하지 않았다. 8세기부터 18세기까지 아랍무슬림들은 서부유럽 르네상스의 창시자였다. 17세기 후 오스만 제국의 통치가 현지의 반란에 의하여 빈번히 도전 받았고, 한때 가장 강력했던 제국의 운명을 결정하기 시작한 1878년의 베를린국제회의에 의해 성공적으로 제기되었다.

자신들의 운명을 자유롭게 결정할 아랍인들의 권리에 대한 억압으로부터 자유와 독립을 주장하는 정치적 운동이 여기저기서 일어났다. 왜냐하면 오스만제국이 내부적 부패로 기울고 있었기 때문이었다. 오스만제국의 파멸은 발칸에서 리비아사막까지 이미 돌이킬 수 없는 형태로 돌아가고 있었다. 오스만제국은 조만간 자신을 파멸할 세균을 옮기고 있었다. 불행하게도 제국의 병은 깊게 뿌리박힌 불치의 것이었고 젊은 터키인들이 터키의 붕괴를 막기 위해 어떤 대가를 치르더라도 제국을 전복하기 위해 벼르고 있었다.

외국세력의 침투와 드러난 간섭, 게다가 재정적, 경제적, 산업적, 정치적으로 파산이 겹친 결과로서 일반적 상황은 터키에서의 대변혁보다 더 효과적인 치료가 없을 정도로 악화되었다. 혁명은 1908년 젊은 터키인의 운동으로 일어났고 나중에는 터키인의 국수주의를 일깨우는 것이 되었다. 그것은 동시에 아랍국수주의 발흥도 가져왔다. 터키인에 의하여 발발된 위기상황은 이탈리아에게 빌미를 주게 되었는데, 1911년 수상Giolitti하의 이탈리아는 터키정부의 정책이 리비아에서 이탈리아인의 이권에 방해가 되고, 이탈리아 이주민들이 모욕과 혹사를 당하고 있으니 그들을 보호해야겠다고 하는 주장을 하게 되었다.

이탈리아는 리비아의 트리폴리, 벵가지, 그리고 이스탄불에 퍼져있는 공작원들을 통해 터키정부의 군사, 사회, 경제적 상태를 충분히 알아채었고 1911년에 기어코 리비아를 침공할 목적으로 최후통첩을 보냈다. 터키정부의 응답이 전혀 만족스럽지 않았다는 구실로 1911년 6월 26일에 먼저, 그리고 다음에 9월 12일 전쟁을 선포했다.

5일 후 이탈리아는 트리폴리를 점령하고 다음에 벵가지를 점령했다. 그러나 수상 Giolitti 와 Mussolini 두 사람의 군국주의자들을 위한 한갓 꿈과 환상이었음이 증명되었다. 쉬운 군사계획으로 침공하면서 나타난 것은 실로 너무 어렵고 도덕적, 물질적으로, 특히 인류에게 아주 비싼 대가를 치렀다. 이탈리아 군국주의자들이 아랍리비안 게릴라들에 대해 대규모 공세를 감행한 이래 20년 이상(1911~1931) 리비안 지하 저항전사들의 땀과 피에 젖지 않은 땅은 없었다.

이탈리아의 리비아 침공(1911)

터키가 1912년 10월 18일 리비아 국민들 몰래 Quchy에서 평화조약에 조인한 뒤 리비아 국민들은 이탈리아 군사침공으로부터 자신들을 방어하기위해 단순한 소총과 말을 타고 전장에 홀로 남게 되었는데 그때 최악의 결정적 순간이 왔다. 그 조약은 리비아에서 두 교전국 간의 전쟁을 끝내라는 것이었다. 이윽고 터키의 지배가 여기서 끝나고 아랍리비아 사람들은 압도적이고 잘된 훈련과 장비를 갖추고 의도적으로 기어이 리비아를 식민지로 만들려는 이탈리아 침공군에 맞섰을 경우 그들의 소름끼치는 피의 운명을 맞게 될 것을 단념하게 되었다.

이탈리아는 미리 그 약한 방어력을 알았다. 터키는 전 리비아 아랍 사람들의 안녕에 역행하는 부정하고 나쁜 결과를 가져올 그들의 행위에 대해 충분히 검토해 보지도 않고 나라와 사람들을 양도하고 말았다. 리비아 사람들은 믿었던 그들의 지지자들로부터 속임을 당한 것이다. 그러나 리비아 사람들은 터키-이탈리아 조약에 어떤 주의도 기울이지 않고 이미 리비아의 몇몇 장소를 점령한 이탈리아 침략자들에 대한 투쟁을 포기하지 않을 거라는 결정을 했다.

리비아 사람들은 이탈리아 군대의 거친 통치로부터 그들의 운명과 나라를 오직 그들의 의지와 강함만이 지킬 수 있음을 알았다.

그 후 30년 넘게(1911~1943) 리비아 사람들의 처참한 역사가 뒤따랐다. 리비안 저항 전사들의 싸움은 계속되었고 그럴수록 사상자는 늘어갔다. 이탈리아는 패배가 있었을 땐 언제나 그 지역에 Suleiman el-Baruni와 Ramadan Suwehli 같은 많은 헌신적 리비안 지도자들이 이끄는 리비안 저항군을 소탕하기 위해 수많은 군대를 동원했다. 그러나 리비아는 30년 이상(1911~1943) 식민지배의 고통을 겪었고 훗날 이탈리아군은 연합군에 항복했다.

파시스트 식민지화의 종말

1911년에 시작된 리비아에서의 파시스트의 거친 지배는 2차 대전이 발발했을 때 연합국에 대항하는 독일에 이탈리아가 가담한 1940년까지 계속되었다. 이 결과로 리비아는 수년 동안 격심한 전장이 되었고 1943년 이탈리아는 연합국에 무조건 항복할 것에 동의했다.

패전 후 리비아는 영국과 프랑스의 관리 하에 들어갔다. 패전국 이탈리아와의 평화조약이 비준되었고 1년 내 리비아의 장래지위에 관해서 동의에 이르지 못하자 1949년 11월 UN에 회부되었다. 이 사건에 앞서 두 나라의 관리 하에 있던 리비아국민들은 먼저 어떤 형태로든 외래인의 지배와 특권의 기도를 분쇄할 수 있도록 하기위한 국가의 독립을 달성할 수 있도록, 그리고 리비아국민들의 자신의 운명을 선택할 자유를 요구하는 취지의 국가형태를 정치적으로 표현할 목적으로 트리폴리와 벵가지에서 정당을 만들 필요를 느꼈다.

리비아 독립(1951)

리비아의 지위에 관해 강대국들의 의견불일치로 리비아국민들은 흔들리기 시작했고 이탈리아의 변명에 대한 반대를 전국적으로 난폭하게 보여주었다. 이것은 10년 동안 트리폴리타니아를 유지하기 위해 UN이, 키레나이카에는 영국이 남도록 만들었다. 그러나 양 제안들은 아랍 국가들과 라틴아메리카권에 의해 반대되었다. 그 결과로 1949년 11월 21일 UN은 리비아가 트리폴리타니아, 키레나이카, 그리고 페잔을 포함하는 독립국가가 1952년 1월 이전에 되도록 허락하는 결의안을 통과시켰다. 그리하여 리비아는 세습군주집권에 의해 통치되는 독립국으로 1951년 12월 24일 선포되었다.

그러나 리비아는 군주제 정권하의 독립을 하자마자 두 군사협정에 의하여 영국과 미국에 메여버렸다. 첫 번째는 1953년 7월 29일에 조인되었고, 나중 것은 1954년 9월 10일에 조인되었는데 리비아의 여러 곳에 군사기지를 설치하는 것을 두 강대국에게 허용하는 것이었다. 어떤 형태의 속박으로부터든 자유로워지려는 리비아 사람들의 국민적 열망과 조화되지 않는 이 두 협정의 결과로 외래인의 지배와 영향 하에 다시 떨어졌다. 그러나 옛 왕정은 어떤 외국지배에도 반대하는 국민들에 반하는 두 개의 군사기지 설치에 맞서 크게 분기된 국민적 감정에 맹종적 태도로 일관했다. 전국적으로 반대시위에 가담한 모든 사람들은 경찰력에 의해 와해되었고 경찰은 모든 반대자들을 체포하여 수감했다. 이와 같은 경찰의 거친 행위들에 의해 리비아 사람들은 옛 전제군주정권의 모든 행위들에 대해 반목 적이고 혐오스런 감정을 품기 시작했다. 특히 1959년에 경제성 있는 석유가 발견되었을 때 그 수입금이 국민들의 이익을 위해 적절히 사용되지 않았고, 게다가 국민들이 여러 해 동안의 억압정책에 대해 분개했다. 그것이 1969년 9월 1일의 혁명의 길을 뒷받침하게 되었고 모든 사람들에 의해 즉시 환영되었으며 왕정은 쫓겨났다.

3. 근세 리비아의 탄생

이탈리아의 침공과 리비아의 대응

1911년 10월 4일 이탈리아는 리비아를 침공했다. 아랍 리비아 사람들은 1830년부터 알제리, 1881년부터는 튀니지아를 프랑스가, 1882년부터 영국이 이집트를 점유해오는 것을 보아왔기 때문에 이미 식민주의의 원한을 경험하고 있었다. 이탈리아인의 거친 지배에 대한 증오는 리비안 시인들, 즉 Sheikh Ahmed Ashardf(1864~1959), Ahmed Al-Fighi Hassan(1898~1961), 그리고 다른 많은 사람들이 그러한 환경 속에서 그들의 시작품이 자신의 나라를 용감하게 방어하고 싸우도록 국민들을 자극하여 더욱 맹렬하였다.

그들의 애국적인 시작품들을 통해 국민들을 그들 자신의 자유와 운명을 위해 끊임없이 투쟁하도록 일깨워 놓았다. 그들은 전 국민을 상대로 모든 군대와 파시스트의 억압조치에도 불구하고 용기와 자신감을 촉진시키는 힘을 발휘했다. 대중을 장악하는 대단한 힘을 가지고 있었고 이탈리아 식민지배로부터 기어코 나라를 구하기 위해 동포들의 가슴속에 활력, 용기, 그리고 희생정신을 심어주었다. 이탈리아 정치인들의 마음속에서 제국주의자들의 모험이 발호된 것은 터키가 정치, 경제, 그리고 사회적 난관의 결과로 허약한 국가가 되었던 1869년이었다.

국가예산 부족이 겹친 위기의 상황은 터키제국을 유럽의 병자로 전락시켰고 세계 제국주의자들의 모의에 도전할 능력을 상실했다. 이 비참한 상황을 기해 이탈리아는 리비아를 식민지화하고 자신들의 복지를 위해 이탈리아의 4번째 나라로 만들려고 1911년 터키에 전쟁을 선포했다. 반면에 리비아는 비참한 운명을 맞게 되었다. 홀로 이탈리아의 침공에 직면했다. 왜냐하면 Gulf에서 대서양까지의 다른 모든 아랍 국가들이 18세기에 이미 프랑스, 스페인, 그리고 영국의 식민지가 되어 있었기 때문이었다.

그러한 상황에서 이탈리아는 쉬운 전쟁이 될 것이고, 인적, 물적 손실 없이, 그리고 리비아 사람들이 자기들의 공격적인 군사력을 마치 자유의 해방자처럼 쌍수로 환영할 것이라는 기분에 젖어 있었다. 그러나 리비아 국민과 나라를 정복하는데 20년 이상이 걸렸다. 리비아 사람들은 21년 동안의 억압자들에 대항한 치열한 싸움에서 수많은 순수하고 영웅적인 시민들을 잃었다. 그러나 그 어려운 세월동안 그들은 굳건히 설 수 있었고 30년 이상(1911~1943) 파시스트의 잔인한 통치의 맹공을 견딜 수 있었다. 이탈리안 파시스트 시대가 남긴 건 가난, 비참함, 문맹, 그리고 어디서나 파괴뿐이었고 약 8만 명의 리비아 사람들을 전멸시키기 위해 모아놓은 캠프집단의 설치뿐이었다.

리비아의 식민지화와 그 결과

이탈리안 파시스트 식민지화는 무엇을 향상시키는 데는 신경을 쓰지 않았는데 특히 교육향상에 관심을 두지 않았다. 대신 그들 자신의 언어를 강요했다. 법률들은 알제리에서의 프랑스, 이집트와 수단에서의 영국, 모로코에서의 프랑스처럼 식민주의자들의 정착에 이득 되는 것은 무엇이든 식민정권이 망가뜨리고 몰수하고 수용하도록 허락하기 위하여 만들어졌다. 식민정권은 자신의 주권을 주장했고 무든 분야에서, 특히 지식분야에서 원주민의 주장을 격하했다. 모든 리비아 사람들은 자신의 나라에서 이방인이 되어버렸다. 이러한 상황은 1952년까지 영국과 프랑스의 관리체제 동안에도 계속되었다. 독립된 후 전제군주제정권은 진정한 독립국의 요구사항을 충족시키지 않았고 낡은 것들을 철폐하지 않았다. 이러한 논거에서 3가지 모토(자유, 사회주의, 통합)와 관련된 새로운 전망을 가지고 나타난 혁명 후 Jamahiriya(대중국가)는 낡은 전제군주제의 구조와 리비아 국민생활을 변화시켰다.

근본적인 변화들은 사회, 문화, 경제, 군사 그리고 정치적 행위의 모든 분야에서 절실한 것들이었고 그 모든 것이 국가에 새로운 양상을 주었다. Jamahiriya는 무(無)에서 개발계획을 시작했고 그 진행은 모두를 위한 교육정책을 공식화했다. 교육은 모든 리비아시민들의 권리이기 때문이다. 리비아는 1951년에 약 90%의 문맹률을 가지고 있었다. 이 수치는 대중국가의 포괄적이고 기초적이며 기능적인 문명운동의 결과로 오늘날은 엄청나게 줄었다. 대중국가가 적용한 체계는 경제, 사회발전계획(1970~1985)의 요구사항을 달성하기 위하여 교육과 직업구조를 연결시키고 문맹근절 정책과 활동적인 리비안 간부들이 선진국과 번영된 나라 건설이 가능하도록 석유로부터의 수입에만 의존할 것이 아니라 보다 높은 선진교육을 통한 다양한 임무의 증대, 교육과 일반적 지식을 촉구하는 방향으로 진행되었다. 그러므로 이 정책은 제3의 국제이론의 윤곽에 의해 길잡이가 되었다. 민주주의의 해결, 경제적, 그리고 사회적 문제의 해결, 전 국민을 위한 보다나은 고

귀한 자유생활을 실현하기위해 노력하고 있다. 이구조의 결과로 리비안 작가와 문인협회가 1976년에 창설되었고 자유, 사회주의, 통일의 3가지 주요기본원칙의 목표에 도달하기위한 국가임무를 돕는 그들의 활발한 역할에서 작가와 시인들의 힘을 통합하는 것이었다. '아랍세계의 통일' 이것은 가능한 한 빨리 달성해야할 대중국가의 목표이다. 자유는 인간에게 필요한 것이고 정치적 목표이기도 하다. 사회주의역시 시회복지를 위한 필요성이며 사회문제를 해결하기위한 필연적인 것이다. 이것은 이 분야에서 이슬람주의에 의하여 이끌어지며 아랍통일은 경제적, 정치적 필요성뿐만 아니라 아랍국가의 본질을 구체화시키는 문제이기도하다. 국민회의에 의하여 명문화된 전략과 목적들은 사회주의인민 리비안 아랍 대중국가(Socialist people's Libyan Arab Jamahiriya)에서 적용한 정치, 사회, 경제적 개념의 뼈대위에 기초하고 있다.

대중국가의 설립

터키의 지배, 이탈리안 파시스트의 식민지화, 전제군주 정권, 영국과 프랑스의 식민관리로부터 리비아대중에게 가한 모든 물질적, 도덕적 비행에 반대해서 일어난 9월1일의 혁명은 'Jamahiriya' 대중의 국가란 슬로건을 걸고 정치적체제와 재산의 소유권에 있어서 혁명적인 변화에 의한 개혁을 시작했다. 사회주의가 되었으므로 국민들은 리비아 전국에 형성되어 있는 기본국민회의와 국민위원회를 통하여 부를 소유하고 결정을 하도록 한다. 따라서 국가의 빠른 발전을 위해 리비아 대중의 생계를 안정시키기 위한 새로운 사회주의 사회를 적절하게 건설하기 위해서는 다음과 같은 원칙이 지켜져야 한다.

· 사회주의 사회의 목적은 물질적, 정신적 자유를 통하여 현실화될 수 있는 인간의 행복이며 그러한 자유의 취득은 자연히 인간의 필요한 것에 대한 소유의 확장에 의존한다.

· 새로운 사회주의 사회의 목적은 자유스러움으로 인해 행복한 사회를 창조하는 것이다. 이것은 외부지배와 통제로부터 이들 필요한 것들의 해방을 통하여 차례로 나타나는 인간의 물질적, 정신적 필요성을 만족시킴으로서 성취될 수 있다.

· 새로운 사회주의 사회에서 경제적 활동은 물질적 필요한 것들의 만족을 위한 생산적 활동이다.

· Green Book(카다피가 저술한 책) 2장의 "다른 개인에게 속하는 것" 에 따라서 만족을 위해 필요한 것 이상으로 더 많은 부를 가지기위한 경제적 활동을 수행하는 개인적 권리는 없다. 궁극적으로 모든 것은 개인의 만족을 넘어 사회 모든 구성원들의 재산으로 남아있어야 한다.

· 봉급노동자들은 봉급이 좀 향상되었지만 노예들의 형태이다. 따라서 궁극적인 해결은 봉급체계를 폐지하는 것이다(다만 사업파트너를 제외하고).

· 땅은 누구의 재산이 아니다. 그러나 일을 하거나 농사를 짓거나 목축으로 이득을 얻고자하면 누구나 땅을 사용할 권리를 가진다.

· 진정한 민주주의는 국민들의 대표자들을 통해서가 아니라 직접 참여를 통해서만이 확립될 수 있다. 권력은 전적으로 국민에게 속해야만 한다. 국민회의와 국민위원회는 직접민주주의의 유일한 기관이다. 위의 과정은 1969년 9월 1일 방송된 혁명명령위원회 공보 1호에 근거한다. 국민의 혁명을 강화할 필요는 수년간의 경험과 9월1일 혁명이래. 정치, 경제, 사회, 문화 분야에서 성취가 이뤄졌음에도 새로운

리비아 건설과 아랍통합을 현실화하는 것에 추진력을 실현하기 위하여 5개 역점사업이 취해졌다. 그리하여 국민의 혁명은 모든 마을, 도시나 읍, 대학과 학교에 위원회의 구성을 필요로 한다. 그래서 선출된 국민위원회가 5개 역점사업을 수행한다. 각 위원회는 혁명의 진취적인 진행을 훼방 놓는 장애물들을 제거하기위한 노력을 한다. △모든 기존법률(규제)은 파기되어야 한다. △혁명진행을 훼방 놓으려 하거나 반대되는 모든 요소들의 일소 △수고하는 일반대중의 완전한 자유 △행정관리의 근본적 교체 △문화적 혁명의 전국적 실행. 이 프로그램은 자유 국민들에 의해 열망된 경제성장과 사회발전의 정면에 서서 장애나 저항에 의한 리비아의 생활구조를 일변시키도록 계획되었다. 어쨌건 1951년 독립 후 아드리스왕에서 건국된 서구적인 국가에서 자마힐리야(대중국가)를 통한 대중민주주의 제도가 탄생했다. 혁명 후 유목이나 목축중심국가에서 인구의 70%가 도시에 거주하는 사회로 변화되어 가는 중이다.

● 'Jamahiriya' 체제란?

모든 인민은 기초국민회의(Basic people's congress)에 참여하여 지방자치 조직을 구성하며, 여기서 선출된 대표는 국가최고기관인 국민회의(General people's congress: 국회에 해당)에 참가. 국가차원의 정책결정, 예산편성 등의 권한을 행사하고 중앙정부조직인 국민위원회(General people's committee)를 구성한다.

●국민회의와 국민 위원회(카다피 저 Green Book에서)

국민은 기본 국민회의로 나뉘어져서 조직된다. 각 국민회의는 각각의 서기를 선출한다. 이 서기들이 모여서 기본국민회의를 제외한 여러 레벨의 국민회의를 구성한다. 다음에 각각의 기본국민회의에 결집하는 대중은 국민위원회를 선출한다. 이것이 행정을 맡는다. 모든 공공사업은 국민위원회에 의해서 운영된다. 국민위원회는 기본국민회의에 대해서 책임을 지고, 기본국민회의는 국민위원회에 대해서 그것이 수행해야 할 정책을 정하고 그 시행과정을 감독한다. 이처럼 행정, 감독의 양면이 국민적으로 운영되는 것이다. 즉, 국민 자신이 통치기구의 주체라는 것이다.

◀참 고 서 적▶

1. The antiquities of Tripolitania
D.E.L. Haynes 저. London의 Darf 출판사
2. Sabratha. A Guide for Visitors
Philip Ward 저. London의 Darf 출판사
3. Leptis Magna
Dar Al Fergiani 저. London
4. From Tripoli to Gadames
5. Ghadames
the gateway to the Sahara.
—Photos by Mohamed Salah Bettaieb.
—Text by Salah Bettaieb.
London 의 Darf출판사. 1997
6. The way to the White City
Mariam Ahmed Salama(Second edition).
Darelkalima Tripoli. 2004
7. Your Guide to Libya(Past and Present)
Ahmed Mohamed Ashiurakis 저.
Dar Al-Fergiani. 1992
8. The Green Book
Mouamad Al Kadafi 저.
9. Cyrene (Civilization to be remembered)
Dar Al-Anies 저. National Library-Benghazi. 2007